# Meine Freundin Isabell

Jochen und Renate Krohn
# Meine Freundin Isabell

Geschichten und Gedichte aus unserer Zeit
mit Humor und Tiefgang

Die vorliegenden Geschichten und Gedichte sind aus dem täglichen Leben gegriffen und einfach dem Volks aufs Maul geschaut. Jeder erlebt Situationen, die entweder zum Schmunzeln oder zum Nachdenken anregen.
Namen und Orte sind willkürlich ausgewählt und stehen nicht im Zusammenhang mit noch lebenden Personen. Übereinstimmung wären zufällig und von den Autoren nicht beabsichtigt.

Jochen und Renate Krohn
**Meine Freundin Isabell**
Erstausgabe 2022

Impressum

Herstellung und Verlag: BoD, Books on Demand, Norderstedt
ISBN 978-3-7557-9042-6

| | |
|---|---|
| Lektorat | Renate Krohn, Leverkusen |
| Illustrationen | Nuran Scheidel, Leverkusen |
| | Jochen Krohn, Leverkusen |
| Coverbild | BoD Norderstedt |
| Satz | Renate Krohn, Leverkusen |

*Geschichten mit Herz*

# Mitten im Wald

Sie waren eine verschworene Gemeinschaft. Willi, nicht unbedingt der Kräftigste, gerade mal etwa anderthalb Meter lang, dafür mit Haaren, so blond, wie ein Kornfeld im Sommer. Der zweite, Helmut, zwar gleich groß, wog aber mindestens zwanzig Kilogramm mehr und war kräftig gebaut.

Das Auffallendste an ihm waren seine Haare. Ein rabenschwarzer Lockenkopf. Alle fragten sich, woher er den wohl hatte? Beide Eltern waren blond beziehungsweise dunkelbraun. Vielleicht wanderten die Vorfahren damals schon aus südlichen Gefilden ein und wurden in Deutschland heimisch.

Fritz vervollständigte die Gruppe. Doch im Gegensatz zu seinen Freunden Willi und Helmut hatte er eine normale Figur, war aber einen Kopf kleiner. Und, sehr ungewöhnlich für sein Alter, zwölf Jahre, er hatte keine Haare mehr. Deshalb trug er immer eine Mütze, die er nur zuhause auszog. Er war der Intelligenteste von ihnen, beständiger Klassenprimus in der Schule, die die drei gemeinsam besuchten.

Sie wohnten in einem kleinen Ort im nördlichsten Bundesland unserer Republik. Die Nordsee war nicht weit. Die Landschaft ihrer Heimat war für Kinder und Jugendliche zum Spielen wie geschaffen. Weite Felder, die im Herbst zum Drachenfliegen einluden. Ausgedehnte Waldstücke, in denen man, beispielsweise, Räuber und Gendarm oder Verstecken spielen konnte.

Das schönste von allem war aber eine richtige Kiesgrube mittendrin! Konnte man da doch herrlich die Hänge auf dem Hosenboden runter rutschen.

Eines Tages kam Fritz auf eine tolle Idee. Samstagnachmittag trafen sich die drei Freunde. Fritz legte Willi und Helmut seinen Plan vor.

„Wisst Ihr was – wir werden Schatzsucher!"

„Wie meinst du das?" fragte Helmut seinen Freund.

„Na, seht doch mal! Ist Euch schon einmal aufgefallen, dass es an manchen Stellen in der Kiesgrube richtig glitzert?"
Willi und Helmut sahen ihren Freund erstaunt an.
„Nee", sagten beide wie aus einem Mund.
„Was meint Ihr, Freunde, sollen wir mal ein wenig buddeln? Es könnte doch sein...!?"
Sie waren sich schnell einig – einen Versuch war das allemal wert.
Als sie dann tatsächlich an einem der nächsten Wochenenden einen wunderschönen Stein fanden, gab es kein Halten mehr. Jede freie Stunde, die neben Schularbeiten und anderen Verpflichtungen blieb, trafen sich die drei nun in der Kiesgrube, um nach Edelsteinen zu suchen. Den anderen Schulkameraden gegenüber wurde natürlich absolutes Stillschweigen gewahrt. Nur geteilt durch drei – das rechnete sich besser!
So vergingen die Jahre und die Schulzeit neigte sich dem Ende zu. Ein Beruf musste her und eine Lehrstelle gesucht werden.

Willi blieb im Heimatort und lernte bei seinem Vater auf dem Hof das Handwerk des Bauern. Er hatte schon immer die Natur und die Tiere geliebt; sein Vater freute sich, dass er die Hoffnung haben konnte, sein Sohn würde eines Tages den Hof weiterführen.
Helmut wollte unbedingt zur Bundeswehr. Seine Passion, von Kindesbeinen an, war die Fliegerei. In seinem Zimmer daheim waren die Bücher über Flugzeuge und Zubehör nicht mehr zu zählen. Er wollte unbedingt Pilot werden.
Und Fritz – er strebte in die Forschung: das hieß Studium an einer Universität.

So trennten sich die Wege der Freunde. Fritz bekam seinen Studienplatz in Berlin und Helmut kam zum Bundeswehrstandort nach Frankfurt. Nur Willi blieb, wie gesagt, daheim.

Es verging eine geraume Zeit, bis die drei Freunde sich endlich wieder für ein Wochenende zusammenfanden. Sie trafen sich am

Freitagabend im Dorfkrug. Es gab viel zu erzählen und mehrere Bierchen mussten im Laufe des Abends dran glauben. Bevor Willi, Helmut und Fritz sich trennten, verabredeten sie sich für Samstagmorgen nach dem Frühstück. Sie wollten doch einmal sehen, was *ihre* Kiesgrube denn noch so machte.

Wie früher, Treffen an der alten Kastanie … pünktlich! Und dann marschierten sie los, Richtung Wald.

Nach einer guten viertel Stunde, sie waren langsam, plaudernd gegangen, rief Willi mit einem Mal: „Kinder, schaut mal da vorne!"

Es glitzerte zwischen den Bäumen. Sie beschleunigten ihre Schritte und staunten nicht schlecht.

Aus ihrer schönen Kiesgrube war ein Baggersee geworden.

Ein bisschen verdutzt schauten sie sich schon an: nun waren all' die schönen Steinchen unter Wasser.

Willi, immer praktisch denkend, sagte ganz spontan: „Na und? Es ist schönes Wetter, Sonnenschein und einigermaßen warm. Freunde auf geht's! Raus aus den Klamotten und rein ins kühle Nass."

Helmut und Fritz, beinahe schon wieder im Duett: „Wir haben keine Badehose mit...!"

„Na und? Schaut Euch doch mal um, hier ist keine Menschenseele in der Nähe."

Sie entkleideten sich und sprangen, nachdem sie ihre Sachen doch ein wenig versteckt hatten, kopfüber ins Wasser.

Nachdem sie einige Runden geschwommen waren, ließen sie sich am Ufer von der Sonne trocknen. Fritz, der zwischendurch einmal recht tief getaucht war, grinste in die Runde. „Schaut mal, was ich hier habe!"

Willi und Helmut blickten ihn ein wenig neugierig an als er seine Faust öffnete. Darin schimmerte ein wunderschönes, rotes Steinchen.

Und Willi, gerade er, der immer Praktische, meinte, nachdem sie sich alle wieder angezogen hatten: „Kinder, das ist jetzt halt nicht mehr unsere Kiesgrube – das ist unser Baggersee. Und schaut mal über die Oberfläche, da glitzern all unsere Edelsteine im Sonnenlicht."

\*\*\*

## Der Birkenhofbauer

Dreihundert Jahre war der Hof alt und bis zum heutigen Tag im Familienbesitz. Immer in der gleichen Familie, denn bislang gab es in jeder Generation männliche Nachkommen. Betrachtet man das Landleben etwas genauer, ist es nicht selbstverständlich, dass gerade der älteste Sohn immer Lust hat, sich ein Leben lang der Natur und den Lebewesen unterzuordnen. Vom frühen Aufstehen bis zum Spät-ins-Bett-gehen mal abgesehen. Heute leben auf dem Birkenhof der Altbauer Josef Mooser, seine beiden Söhne Fabian und Florian und Tochter Waltraut.

Fabian, der Ältere, war mit einem Mädchen aus der Gegend verlobt und es war ausgemacht, dass er den Hof einmal übernahm.

Florian, der Mittlere, war zwar auch schon über Zwanzig, doch eine feste Freundin war nicht in Sicht.

Waltraut war die Jüngste in der Familie, gerade achtzehn und Vaters Liebling. Auch hatte sie ein besonderes Verhältnis zu den Tieren auf dem Hof. Sobald sie irgendwo auftauchte, begrüßte man sie in vielfältiger Sprache. Man konnte den Eindruck gewinnen, dass Mensch und Tier miteinander kommunizierten.

Nachdem dem Altbauern vor zwei Jahren die Frau verstarb, saß er die meiste Zeit im Wirtshaus. Dort verweilte er bei einigen Maß Bier bis zum Mittag; dann ging er heim um sein Essen einzunehmen und sich danach zur Ruhe zu legen. Nachmittags marschierte er über den Hof. Immer fand er irgendetwas: „Fabian, das habe ich aber früher so gemacht", moserte er, oder – „Florian da muss aber noch etwas mehr Stroh unter die Kälber!"

Waren beide Brüder sich einig und gut gelaunt, machten sie eine Faust in der Tasche und dachten: lass den Alten reden, *wir* machen die Arbeit; oder: meckern kann jeder, du sitzt den ganzen Morgen im Wirtshaus; es könnte nicht schaden, wenn du auf dem Hof noch ein bisschen helfen würdest.
Waren die zwei nicht so gut drauf, hieß es dann eher: Mach es selber, oder lass es unsere Schwester machen, die kann in deinen Augen doch sowieso alles besser!
In gewisser Weise hatten die Brüder sicher recht; gebrechlich oder alt war der Vater noch nicht. Im Wirtshaus sitzen und Trübsal blasen, brachte ihm die Frau und seinen Kindern die Mutter nicht zurück. Überdies brauchte er sich nicht zu beschweren, dass das Geschehen auf dem Hof meist an ihm vorbei lief, wenn er sich nicht daran beteiligte. Schließlich war er gerade mal über die Fünfzig.

Die nächsten Jahre gingen dahin; sie hatten so eben ihr Auskommen. Nicht, dass es ihnen schlecht ging, das könnte man nicht behaupten, doch es wurde mit jedem Jahr schwieriger. Die Preise stiegen permanent, und nicht nur für ihre Produkte: Rindfleisch, Getreide – sogar für die Eier von freilaufenden Hühnern gab es immer weniger Geld.
In diesem Jahr beging Fabian, der ältere der beiden Brüder, seinen dreißigsten Geburtstag. Im Juli, was in der Landwirtschaft ein ungünstiger Monat war. Die Heuernte war im vollen Gang, so dass er seinen Geburtstag meistens nicht an dem eigentlichen Tag feiern konnte, sondern warten musste, bis alles unter Dach und Fach war. Zudem war es die ganze Zeit über sehr feucht und die Ernte zog sich hin. Am letzten Juliwochenende wurden dann die Freunde eingeladen und bei Grillwürstchen und Bier der Tag nachgefeiert. Alles verlief friedlich, sogar Josef, der Altbauer, ließ sich sein Bier schmecken. Als die Gäste gegangen waren und nur noch die Fami-

lie zusammen saß, schaute Fabian erst seine Braut an und dann in die Runde. Er bat um Ruhe.

Alle waren gespannt, was er wohl zu vermelden hätte. Er holte einmal tief Luft und verkündete: „Susi und ich werden am Jahresende heiraten. Wie Ihr wisst, hat jeder derzeit seine Kammer; die Küche benutzen wir gemeinsam. Damit ist dann Schluss. Ihr, Florian und Waltraut, macht euch bitte schon mal Gedanken ... Vater wird natürlich bei uns wohnen bleiben."

Dass irgendetwas geschehen würde zeichnete sich schon eine Weile ab; trotzdem waren sie verblüfft; so sehr, dass das Thema an diesem Abend nicht mehr abschließend diskutiert werden konnte. Jeder ging mit eigenen Gedanken aufs Zimmer. Am darauf folgenden Morgen beim Frühstück waren sie nur zu dritt. Vater Josef fragte: „Wo ist denn Florian abgeblieben? Das ist etwas ganz neues, nicht pünktlich zum Frühstück zu erscheinen. Waltraut sieh bitte nach."

Langsam stand diese auf und machte sich auf den Weg. Die Stiege nach oben war schmal, doch mit einem dicken Läufer belegt.

Man hörte kaum, wenn jemand rauf- oder runterging. Oben angekommen, klopfte sie an Florians Zimmertür. Nichts rührte sich. Sie wiederholte das Klopfen etwas lauter, nix! *Mensch*, dachte sie, *soviel hat er doch gestern gar nicht gebechert* ... Sie drückte die Klinke herunter; die Tür schwang leise auf; das Zimmer war leer. Waltraut schaute sich eingehend um. Sowohl die Schranktüren als auch die Schubladen waren halb geöffnet, das Bett unberührt.

Sie drehte sich um und rannte die Treppe hinunter. Auf halber Höhe rief sie: „Er ist weg! Der Florian ist weg ..."

„Wie – weg?" kam es wie aus einem Mund.

„Wie es aussieht, hat er das Nötigste zusammen gepackt und ist bei Nacht und Nebel abgehauen."

Nun standen auch Josef Mooser und Fabian auf. Gemeinsam gingen sie in Florians Zimmer. Nach einer gründlichen Prüfung stand fest: es fehlten zwei Koffer und seine persönlichen Sachen. „Was nun?" fragten die drei.

Alt genug war er ja; doch ohne Abschied! Einfach weg? Hatte es mit Fabian's Hochzeit zu tun? ... und wo war er überhaupt hin? Eine feste Freundin hatte er nicht? Fragen über Fragen. An diesem Morgen gab es kalten Kaffee.

„Nun muss die Arbeit auf diesem Hof durch drei geteilt werden", sagte der Vater und sah in die Runde.

„Wieso denn das?" meinte Fabian, „Susi zieht vorläufig in Flori's Zimmer. Ich werde gleich heute mit ihr sprechen. Sie wollte sowieso von daheim weg und würde uns dann helfen."

Erstaunt sahen sich Vater und Tochter an. War das etwa vorher abgesprochen zwischen den Beiden?

Waltraut überlegte nach getaner Arbeit ins Dorf zu gehen und sich ein wenig umzuhören. Vielleicht gab es jemanden, der ihren Bruder in der vergangenen Nacht gesehen hatte.

Der Vormittag verlief wie gewohnt; doch musste jetzt jeder erst einmal einen Teil der Arbeit des so plötzlich verschwundenen Bruders übernehmen. Da Waltraut für das leibliche Wohl zuständig war, überlegte sie, welches Gericht sie wohl am schnellsten auf den Tisch bekäme. Sie entschied sich für eine noch eingefrorene Gemüsesuppe. Auftauen ging schneller als kochen.

Die Vormittagsarbeit war erledigt, nun saßen sie in der Küche am Tisch und löffelten die Suppe. Es herrschte gedrückte Stimmung; jeder beschäftigte sich mit Florians Verschwinden.

Nach dem Essen verzogen Vater und Sohn sich für eine Stunde auf ihre Zimmer. Waltraut wusch das Geschirr ab und ging danach ins Dorf. Vater und Fabian verließen gerade das Haus, als sie wieder zurück kam. Der Altbauer sah seine Tochter fragend an; Fabian ging einfach weiter in Richtung Stallungen. Interessierte ihn der Verbleib seines Bruders nicht? Ihr Verhältnis war nicht immer einvernehmlich gewesen, doch wenn plötzlich einer verschwand? Waltraut konnte ihrem Vater nichts sagen; sie hatte einige Bekannte gefragt, doch keiner hatte ihn gesehen oder gehört.

Florian meldete sich auch im Laufe der Woche nicht und alle waren inzwischen überzeugt, dass er auf- und davon gegangen sei.

Die restlichen Sachen wurden aus seinem Zimmer geräumt, zusammen gepackt und auf dem Dachboden verstaut. Am darauf folgenden Wochenende wurde der Raum renoviert, dann zog Susi ein. Nun waren zwei Frauen im Haus, ob das wohl lange gut ging?

Vater und Waltraut hatten gewaltige Bedenken und, wie sich bald herausstellte, sollten sie sich nicht irren. Nach kurzer Zeit benahm Susi sich, als sei sie bereits mit Fabian verheiratet und die neue Hausherrin. Waltraut litt am meisten; sie war gewöhnt, selbstständig auf dem elterlichen Hof zu arbeiten und nun wurde sie dauernd von jemandem herum kommandiert. Ihr Bruder stellte sich auf die Seite seiner künftigen Frau und der Vater hielt sich zurück. Hatte er resigniert oder war es einfach nur Bequemlichkeit? Waltraut machte sich ernsthafte Sorgen. Seit Florians Verschwinden ging der Bauer zwar wieder seiner Arbeit auf dem Hof nach, dafür war er abends kaum zu Hause. Das Wirtshaus hatte ihn wieder!

So gingen die Monate dahin; der Herbst war vorbei, die Ernte eingebracht und die Felder mit der Wintersaat vorbereitet.

Sie saßen gemeinsam beim Abendessen, als Fabian sich zu seiner Schwester umdrehte. „Hast du dir mal Gedanken gemacht, was du nun tun willst? Wenn wir zum Jahresende heiraten, brauchen wir mehr Platz. Anbauen können wir nicht, dafür reicht unser Gespartes nicht aus", sagte er zu ihr.

Mit zornigem Gesicht schaute Waltraut ihren Bruder an: „Willst du mich jetzt genauso aus dem Haus treiben wie du es mit Florian gemacht hast?" Sie warfen sich noch eine ganze Weile böse Worte an den Kopf. Waltraut sah zu ihrem Vater, doch der sagte keinen Ton, sondern zog seine Joppe an und verschwand in den Dorfkrug. Sie fühlte sich völlig allein gelassen und die ersten Tränen wollten laufen, doch dieses Schauspiel gönnte sie ihrem Bruder nicht und der zukünftigen Schwägerin gleich gar nicht. Mit einem heftigen Ruck schob sie den Stuhl zurück und rannte in ihr Zimmer. Dort warf sie sich aufs Bett und heulte sich die Seele aus dem Leib. Mitten in der

Nacht wachte Waltraut auf und stellte fest, dass sie in ihren Sachen eingeschlafen war. Sie schaltete die kleine Nachttischlampe an und setzte sich auf die Bettkante.

Was nun, begann sie ihre Überlegungen. Soll ich mich vertreiben lassen? Soll ich um den Platz in meinem Elternhaus kämpfen? Habe ich überhaupt eine Chance gegen Fabian und Susi? Und ... kann ich den Vater mit den beiden allein lassen?

Für den Rest der Nacht kreisten viele Fragen in ihrem Kopf herum; an Schlaf war nicht mehr zu denken. Zu einem Resultat kam sie allerdings ebenso wenig. Mit Kopfweh ging sie am Morgen in die Küche und bereitete das Frühstück. Keiner sollte ihr nachsagen, sie würde ihre Pflichten vernachlässigen, solange sie im Hause war.

Als die anderen aus ihren Zimmern kamen, hatte Waltraut bereits gefrühstückt. Sie war draußen, im Gemüsegarten musste Unkraut gejätet werden. Die Sonne stand schon recht hoch, die Vögel zwitscherten um sie herum und sie bückte sich gerade zu einem besonders dicken Löwenzahn als sie einen Schatten bemerkte.

„Vater ... was machst du denn hier? Wieso bist du nicht im Stall?"

„Weißt du, Waltraut, ich habe keine Lust mehr. Ewig der Zank, keiner kann es mehr mit dem Anderen. Am liebsten würde ich der Mutter nachfolgen", sagte er zu seiner Tochter. „Mein Testament ist bereits gemacht und bei unserem Notar hinterlegt. Gestern war ich noch beim Beerdigungsinstitut; sollte mir etwas zustoßen oder der Herrgott holt mich einfach, dann ist alles geregelt."

Sprachlos, mit offenem Mund, lauschte Waltraut ihrem Vater, sie begriff ihn nicht. Er drehte sich um und schlurfte ins Haus zurück, ohne ein weiteres Wort zu sagen. Sie legte die Hacke weg und ließ sich auf der Gartenbank nieder, die unter einem weit ausladenden Kirschbaum stand. Was der Vater da gerade sagte, musste sie erst einmal verdauen. Nach einer halben Stunde war sie zu einem Entschluss gekommen und nahm ihre Arbeit wieder auf. Sie würde den Kampf mit Bruder und Schwägerin aufnehmen; keinesfalls durfte sie ihren Vater allein lassen. Sie würde einfach mit den Beiden nicht mehr sprechen, egal was man ihr an den Kopf warf. Die lachten sich wahrscheinlich ins Fäustchen, wenn auch sie stillschweigend das Feld räumte – so, wie Florian vor einigen Monaten. Bis heute hatte niemand mehr etwas von ihm gehört.

Die Wochen schlichen dahin. Dezember. Die Natur schlief und Petrus schickte zum Jahresende eine dicke Schneedecke über das Land. Die Bauern waren froh, so konnten die Nachtfröste der Wintersaat nichts anhaben. Draußen war wenig zu tun, dafür reichte die Zeit jetzt, um Gerätschaften zu reparieren; hier und da einen Besuch zu machen ... und zum heiraten. Auf dem Birkenhof war alles für das Fest gerichtet. Susi war längst hochschwanger. Also höchste Zeit.

Sie waren immer noch zu viert auf dem Hof und das Zusammenleben oft bis zum Unerträglichen angespannt.

Die Hochzeitsfeierlichkeiten liefen ohne Störungen ab. Susi und Fabian hatten sich entschlossen, den Saal im Dorfkrug zu mieten.

Am 24. Dezember waren Vater, Fabian, Susi und auch Waltraut in ihre Zimmer gegangen, um sich für die Christmette umzuziehen. Trotz aller Differenzen in der Familie, wollten sie an diesem Tag gemeinsam in die Kirche gehen, um den Leuten im Dorf nicht weiteren Stoff zum Tratschen zu geben.

Waltraut hielt sich in der Küche auf, als nacheinander Susi und ihr Bruder die Treppe herunter kamen. Zu dritt warteten sie auf den Altbauern. Nach einer viertel Stunde schauten alle nervös auf die Uhr, Vater war immer noch nicht unten. Fabian rief ihn lautstark. Keine Reaktion. Waltraut ging die Treppe hoch, um nachzusehen. Als sie vor seiner Zimmertür stand, wunderte sie sich, dass überhaupt keine Geräusche aus dem Raum drangen. Sie klopfte an – nichts, drückte die Klinke herunter und trat ein. Er lag, bekleidet mit seinem besten Anzug, auf dem Bett und schlief.

Langsam ging Waltraut an das Bett um ihn zu wecken. Sie schüttelte ihn sanft an der Schulter: „Vater aufwachen. Wir müssen zur Kirche." Vater hörte sie nicht.

Er würde nie wieder hören.

Am Heiligen Abend war er für immer gegangen.

Waltraut ging zurück zur Tür und rief den Beiden unten zu: „Ihr müsst allein in die Mette gehen. Ich bleibe bei Vater."

„Was ist denn nun schon wieder", antwortete Fabian ungehalten.

„Vater ist von uns gegangen – betet für ihn."

Dann drehte sie sich um, ging ins Zimmer zurück, setzte sich an sein Bett und ließ ihren Tränen freien Lauf. Bruder und Schwägerin hingegen verließen teilnahmslos das Haus. Noch bevor Fabian und Susi aus der Kirche zurück waren, hatte sie den Hausarzt verständigt. Als dieser einen normalen Herztod bescheinigte, rief Waltraut das Beerdigungsinstitut an. Da diese Einrichtungen Tag und Nacht erreichbar sind, dauerte es nicht lange und Vater wurde abgeholt.

Nun stand sie ganz allein. Der Vater war nicht mehr, Bruder Florian verschollen, mit Fabian und seiner Frau Susi war kein Auskommen. Was nun?

Nach den Feiertagen ließ Waltraut eine Anzeige in der überregionalen Zeitung schalten:

*Am 24. Dezember 2020 ist unser lieber Vater entschlafen. Die Beisetzung findet am 29.12.20 um 10:00 Uhr auf dem örtlichen Friedhof statt.*

Im Stillen hoffte sie einfach, ihr Bruder Florian würde die Anzeige lesen. Am Tage der Beisetzung, Fabian hatte seinen Vater noch nicht einmal mehr sehen wollen, ging sie erst wenige Minuten vor der angesetzten Trauerfeier von daheim los. Erfahrungsgemäß war es in der Kapelle durch den Steinfußboden sehr kalt; sie wollte sich nicht unbedingt mehr eisige Füße holen als nötig.

Als die restliche Familie dann die Kapelle betrat, war diese bereits gut gefüllt. Bei dem Wetter wollte niemand draußen warten.

Normalerweise betraten die Trauergäste die Kapelle erst, wenn die Familienmitglieder Platz genommen hatten. Die erste Reihe wurde ohnehin dafür freigehalten. Beim Näherkommen stutzten alle und verhielten kurz ihren Schritt. Da saß doch tatsächlich jemand auf der *Familienbank*. Nach genauerem Hinsehen hätte Waltraut fast einen Schrei ausgestoßen; sie konnte ihn gerade noch unterdrücken. Dort saß Florian, ihr verschollener Bruder. Waltraut und Florian nahmen sich fest in die Arme; Susi und Fabian würdigten ihn keines Blickes.

Nach der Beisetzung traf man sich im Dorfkrug. Für Freunde und Weggefährten des Verstorbenen hatte man einen kleinen Imbiss vorbereitet. Waltraut und Florian setzten sich nebeneinander. Sie war neugierig, was der Bruder alles zu berichten hatte. Er informierte seine Schwester eine halbe Stunde ohne Unterbrechung; der Kaffee in beiden Tassen wurde kalt.

Florian war in der besagten Nacht mit einem Freund vom Wehrdienst in dessen Wohnort gefahren. In der nahe gelegenen Stadt bekam er Arbeit auf einer Werft und fand auch ein Zimmer. Seinen Freund hatte er verdonnert, keiner Menschenseele etwas zu erzählen. Das sei in groben Zügen eigentlich alles, meinte Florian zu seiner Schwester.

„Wo wohnst du und wie lange bleibst du?" fragte Waltraut.

Florian lächelte und schaute an die Decke. „Hier oben wohne ich. Und wie lange ich bleibe? Ich bleibe hier, bis wir beim Notar waren. Vater hat doch sicher ein Testament hinterlassen, oder?"

Waltraut bestätigte das; sie konnte auch schon einen Termin nennen. Es war der vierte Januar des kommenden Jahres. Also in nur wenigen Tagen.

Die anderen Gäste, auch Fabian und Susi, waren schon längst gegangen als Waltraut und Florian sich kurz vor Mitternacht voneinander verabschiedeten.

Um elf Uhr vormittags fand die Testamentseröffnung statt. Die Geschwister saßen dem Notar gegenüber und warteten gespannt, was ihr Vater beschlossen hatte. Und dann kam es ganz dicke als der Notar das Siegel erbrach und ihnen vorlas: „Ich, Josef Mooser verfüge, dass meine Tochter Waltraut den Birkenhof mit allen beweglichen und unbeweglichen Gütern zu einhundert Prozent erbt.

1.    Will oder kann sie den Hof nicht selbst bewirtschaften, darf sie ihn an einen ihrer Brüder verpachten.

2.    Der Pachtzins ist mit einem Gutachter auszuhandeln.

3.    Die festgesetzte Summe geht dann zu gleichen Teilen an die Geschwister

Dies alles ist hier und heute vor dem anwesenden Notar festzulegen.

*Unterschrift und Datum:    Josef Mooser*
*August 2020*

Man konnte eine Stecknadel fallen hören; so ruhig war es plötzlich im Raum.
„Ich gebe Ihnen eine Stunde Zeit", sagte der Notar zu ihnen und verließ das Büro.
In einem Nebenzimmer der Kanzlei wurde ihnen von der Sekretärin Kaffee serviert, danach waren sie wieder allein. Alle drei hatten das Gehörte unterschiedlich aufgenommen.
Fabian, fest davon überzeugt, ihm würde der Hof zustehen, war reichlich blass um die Nase. Florian lächelte schadenfroh in sich hinein und Waltraut sah man an, dass sie damit nun gar nicht gerechnet hatte.

Sie einigten sich:

*Florian blieb in der Stadt und arbeitete weiter auf der Werft;*
*Waltraut verpachtete den Hof an Fabian und seine Frau –*
*sie waren einverstanden.*

So blieb der Hof im Ganzen erhalten; Waltraut packte ihre Sachen und wanderte nach Italien aus. In das Land ihrer Träume. Sie hatte nie ein Wort darüber verloren und heimlich vor Jahren bereits die Sprache gelernt. Jetzt würde sie diesen Traum endlich verwirklichen. Ihren Anteil an der Pacht sollte Fabian auf ein Konto bei der Sparkasse überweisen – sie würde es sich dann schon zu gegebener Zeit abholen.

\*\*\*

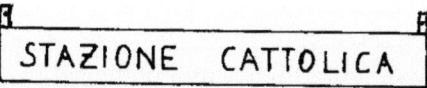

Jochen Krohn

# Tierversuche

Es gibt auf unserer schönen Welt,
Einen Platz der uns gefällt.
Dort leben Tiere aller Rassen,
Sogar Menschen leben dort – in Maßen.

Und was keine Gene schaffen,
Da wandelt sich der Fisch zum Affen!
Ein Löwe auch zum Sprung ansetzt,
Er löst sich auf – bevor er jemanden verletzt.

Doch dann ganz plötzlich – ein Mann mit Bart,
Er wird zum Pudel, fein und zart!
Sogar ein Saurier ist auferstanden,
Wie ihn keine Menschen kannten.

Das alles sieht man mit viel Phantasie
Am Himmel und im Wolkenbild.
Wenn dann der Wind kommt angefegt,
Sind die schönen Wolkenbilder weg.

Mensch und Tiere müssen warten,
Bis neue Wolken am Himmel zieh'n
Und die menschliche Phantasie
In den Wolken wieder Tiere sieht.

\*\*\*

# Pferdegeflüster

Ein Pferd leis' zu dem anderen spricht:
Ich verlasse meine Box heut nicht;
Und wenn der Bauer mit der Peitsche knallt,
Ich bleibe heut in meinem Stall!


Das Wetter draußen schlägt Kapriolen,
Ich könnte mir den Tod dort holen.
Und außerdem – was willst du machen,
In Pfützen und im Matsch rumstapfen?


Nun, spricht das andere Pferd zurück:
Ich glaub' damit hast du kein Glück,
Denn bist du dem Bauern nicht zu Willen,
Wird er nicht deinen Hunger stillen.


Erwidert drauf das erste Ross:
Nun, dann fress' ich heut nur Stroh;
Immerhin kann's auch nicht schaden,
Mal ein Pfündchen abgenommen zu haben.


Der Bauer kommt dann in den Stall ...
Den Hut tief im Gesicht,
Regentropfen hat er überall,
Und er zu seinen Pferden spricht:

Ein elendes Wetter ist da draußen,
Wir machen heute mal 'ne Pause.
Ich mache euch ein trockenes Bett aus Stroh,
Hafer und Rüben gibt's in den Trog.


Denn morgen, wenn das Wetter gut,
Gehen wir drei mit frischem Mut,
An die Arbeit auf das Feld,
Der Traktor dann seine Pause erhält.


Als der Bauer fortgegangen,
Sagt ein Pferd dann zu dem andern:
Wir haben einen guten Herrn,
Lässt uns im Stall, tut uns nicht ärgern.


Und die Moral von der Geschicht ...
Dem Menschen steht's gut zu Gesicht,
Zu seinen Tieren lieb zu sein,
Zur Arbeit braucht er sie nicht treiben,
Sie machen's dann fast von allein.

\*\*\*

# Meine Freundin Isabell

Vierzehn Jahre war Ilona alt und hatte den Schulabschluss schon in der Tasche, als sie mit ihren Eltern nach Deutschland kam. Der Vater fand eine Stelle in einem großen Werk in der Computerbranche. Mutter blieb auch in Deutschland Hausfrau und betrachtete zunächst einmal die fremde Umgebung. Die Eingewöhnung ging recht problemlos, da die Nachbarn ihnen alle aufgeschlossen gegenüber traten. Nach kurzer Zeit waren sie sogar in der Lage, sich ein kleines Haus mit Garten am Stadtrand zu mieten. Die neuen Nachbarn waren ebenfalls sehr nett und machten es ihnen leicht, sich in die Gemeinschaft einzufügen.
Sieben Jahre waren vergangen. Da Ilona inzwischen auch arbeitete, entschloss sich die Mutter ebenfalls zum Lebensunterhalt beizutragen. Die ganze Familie schaffte im gleichen Werk und Ilona wohnte noch zu Hause.
Sie war eine unverbesserliche Leseratte und die Werksbibliothek war ihr liebster Aufenthaltsort. Dort lernte sie auch Isabell kennen. Die beiden jungen Damen hatten etliche Bücher ausgesucht, die im Computer als *ausgeliehen* registriert wurden. Den Beleg unterschrieben sie mit ihrem Kürzel. I.M.
„Du kannst doch nicht das gleiche Kürzel nehmen wie ich", moserte Ilona.
„Wieso nicht … ich kann nichts für meinen Namen."
Sie stellten sich gegenseitig vor.
„Ich heiße Ilona Merkes und komme aus Spanien."
„Und ich heiße Isabell Mann und komme aus Deutschland."
Die gleichen Initialen entlockten den Beiden ein Schmunzeln und das legte den Grundstein für eine Freundschaft.

*

Isabell wohnte nur wenige Straßen weiter, so dass sie sich öfter besuchten. Mal bei Ilona, mal bei Isabell. Letztere zeigte ihrer Freundin die Umgebung; Lokale, wo man nicht nur tanzen konnte; dabei stellten beide fest, dass die Auswahl an Männern, die man vielleicht interessant finden könnte, äußerst überschaubar war.

So gingen die Jahre ins Land und eines Tages hieß es dann doch Abschied nehmen. Ilonas Vater wurde nach Spanien zurück versetzt. Das bedeutete: Koffer packen, das lieb gewordene Umfeld zu verlassen und wieder in die Heimat zu reisen. In die Heimat?

Ilona machte so gar keine Anstalten, ihre Sachen zu packen; nach ein paar Tagen fragen die Eltern dann doch, was los sei. Ob sie vielleicht die Koffer für ihre Tochter packen sollten?

Ilona blickte die Beiden an und tat kund, dass sie in Deutschland bleiben wollte „Ihr könnt den Mietvertrag vom Haus auf mich und meinen Freund umschreiben lassen. Wir werden dann heiraten, so lange Ihr noch hier seid."

Mutter und Vater schauten Ilona ungläubig an: „Diesen Bengel willst du heiraten?" Vater fügte hinzu: „Ich schätze, du wirst dich noch wundern – der ist nicht so liebevoll wie er tut. Glaube mir."

„Ich liebe ihn aber und außerdem hat er sich bei allen Besuchen hier untadelig verhalten, oder?"

„Du wirst schon sehen, wie es dir ergeht", ließ die Mutter sie nun ihrerseits wissen, „also trennen sich nun unsere Wege. Nur schade, dass es auf diese Weise passiert. Wir hätten dir mehr Weitblick – und gewiss auch einen besseren Mann – gewünscht."

Die letzte Amtshandlung war, den Mietvertrag auf Ilona umschreiben zu lassen und sie konnten sich glücklich schätzen, dass der Vermieter sich darauf einließ. Sechs Wochen später heiratete sie ihren Willi; er zog in das Haus ein und die Eltern flogen zurück in die Heimat. Sie würden über Skype in Verbindung bleiben.

\*

Isabell, Ilonas Freundin, war inzwischen auch verheiratet und die Treffen wurden seltener. Willi, Ilonas Mann, war der Ansicht, dass er nun da sei und sie sich um ihn zu kümmern hätte. Die erste Meinungsverschiedenheit? Nach wenigen Wochen gingen sie zudem nicht mehr tanzen. Ilona nahm es hin und traf sich heimlich mit Isabell in der Mittagspause oder, wenn ihr Mann samstags arbeiten musste.

Es kam schleichend. In der Woche kam Willi mal eine Stunde, mal eineinhalb Stunden später nach Hause. Auf Ilonas Frage, wo er so lange gewesen sei, reagierte er aggressiv. „Hab' mich mit *Freunden* getroffen."

Seine Alkoholfahne sagte alles, statt nach Hause, führte sein Weg in die Kneipe. Eine Aussprache half nicht, er wurde nur noch zänkischer und dann passierte es – er erhob die Hand gegen sie und schlug zu.

Weinend ging Isabel ins Schlafzimmer und legte sich aufs Bett. *Hatte ihr Vater doch Recht?*

Die Vorfälle häuften sich und Ilona, die das Opfer war, schämte sich vor ihrer Freundin, als diese sie auf ihre blaue Nase ansprach. „Ich bin gefallen", antwortete sie.

„Ja, das glaube ich dir aufs Wort!"

Dann ging es mal eine ganze Woche gut. Willi kam pünktlich nach Hause, half sogar im Garten.

Doch dann war es wieder einmal soweit. Und dieses Mal war er so stockbetrunken, dass Ilona, bevor er wieder handgreiflich wurde, zu den Nachbarn flüchtete. Dort weinte sie sich aus und erfuhr, dass diese durchaus wussten, was nebenan passierte. Da die Begebenheiten sich häuften, rieten ihr die Nachbarn zu einem Schlussstrich.

„Trennen Sie sich von diesem Mann, bevor er Sie vollends ruiniert. Ihr Nervenkostüm ist jetzt schon so ramponiert, dass man Ihnen ansieht, wie todunglücklich Sie sind." Worauf Ilona einen regelrechten Weinkrampf bekam.

„Sie haben Recht", schluchzte sie, „aber wie soll ich das bewerkstelligen?"

„Gehen Sie zu ihren Eltern. Nach Spanien."

Sie nickte, bedankte sich fürs Zuhören und Trösten und ging nach Hause. Es änderte sich nichts. Auch in den kommenden Tagen wurde Willi mehr und mehr ausfallend, so dass Ilona jetzt auch innerlich zu einem Ende bereit war. Sie wurde aktiv.

*Was mache ich zuerst?*

Sie kündigte ihre Arbeitsstelle mit dem Argument, dass sie zu ihren erkrankten Eltern nach Spanien zurück müsse.

Weiterhin kündigte sie ihr Konto bei der Bank und räumte es ab; danach fuhr sie zum Flughafen und besorgte sich ein Ticket nach Barcelona. Viel Zeit blieb ihr nicht, noch am gleichen Abend ging ein Flieger. Also – ab nach Hause und packen. Ihr Mann war noch arbeiten, so dass sie die Koffer in die Diele stellen konnte. Isabell war seit dem letzten Wochenende eingeweiht und bei der Gelegenheit hatte sie sich auch gleich verabschiedet.

„Wir hören uns und mal schreiben wäre auch nicht schlecht!"

Eine innige Umarmung, beide hatten Tränen in den Augen – ein letztes Mal winken.


Als das Taxi vor der Tür stand, überlegt sie noch: *habe ich an alles gedacht?*

Schnell noch einmal zu den Nachbarn, die sie ebenfalls schweren Herzens ziehen ließen, dann schloss sie das Haus ab. Den Schlüssel warf sie in den Briefkasten. Sie setzte sich in den Wagen und ließ sich zum Flughafen fahren. Im Stillen feixte sie – es war als sei eine Riesenlast von ihr abgefallen – und malte sich aus, wenn ihr Noch-Ehemann heimkam und das Haus verschlossen vorfände. Er hat es nicht anders verdient … und zum ersten Mal seit Wochen lächelte sie.

\*\*\*

# Ein ungewöhnlicher Wächter.

Endlich war wieder Sonntag; der einzige Wochentag, den Else und Karl gemeinsam hatten.

Karl betrieb ein Fahrradgeschäft inklusive Reparaturwerkstatt in einem kleinen Ort vor den Toren einer Großstadt. Da es das einzige Geschäft dieser Art im Umkreis war, konnte er sich weder über Arbeitsmangel noch über den Umsatz beklagen. Einen Haken hatte diese Idylle jedoch. Natürlich kannten sich die Nachbarn mehr oder weniger und da kam es häufiger vor, dass Kunden auch nach Geschäftsschluss noch anklopften. Meist mit dem Argument: „Karl, ich brauch' das Rad morgen ganz dringend. Es ist doch auch nur eine Kleinigkeit!"

Weil Karl so schlecht nein sagen konnte, wurde es oft abends spät. Seine Frau hatte sich im Laufe der Jahre daran gewöhnt; abends gab es grundsätzlich nichts Warmes. Am Anfang ihrer Ehe waren mehr als einmal die Kartoffeln kalt und das Fleisch knochentrocken geworden.

Doch heute war Sonntag und auch der Wecker auf dem Nachttisch hatte Ruhetag. Sie konnten sich also noch ganz gemütlich im Bett herumdrehen und eine Stunde dranhängen. Sogar Egon unterschied inzwischen, wann Sonntag war und verhielt sich mucksmäuschenstill, um seine Herrchen nicht in ihrer wohlverdienten Ruhe zu stören. Er wusste aber auch, wenn es an diesem Tag bei seinen Menschen die spätere Morgenmahlzeit gab, fiel für ihn immer etwas Besonderes ab.

Else stand in der Küche und bereitete das Frühstück; Karl stand noch unter der Dusche, als es an der Haustür klingelte. Nanu, wer könnte das denn sein, am frühen Sonntagmorgen, überlegte Else, während sie zur Haustür ging. Ob mit der Schwiegermutter irgendetwas ist? Die alte Dame zählte inzwischen über achtzig Jahre und war in letzter Zeit nicht mehr so ganz beisammen.

Sie schaute durch das Guckloch in der Tür und war beruhigt, als sie den Nachbarn Johann erkannte. Else öffnete die Tür weit, um ihn zu fragen, was er denn so früh am Morgen möchte, als sie Johanns entsetztes Gesicht sah. Der wiederum fragte zuerst einmal, ob sie immer mit einem Messer in der Hand die Tür öffnen würde. Erst jetzt bemerkte Else das Küchenmesser in ihrer Hand und lachte laut auf.

„Ich war gerade damit beschäftigt, das Frühstück für uns zuzubereiten", sagte sie zu Johann.

„Kann ich deinen Mann sprechen?", fragte der zurück.

„Nein, im Moment nicht, er steht noch unter der Dusche. Um was geht es denn?"

„Ja, weißt du, Else", druckste Johann herum, „mein Sohn, der Ulli, hatte sich heute Morgen mein Fahrrad geliehen, um damit in die Stadt zu fahren ..."

„Ja, und?", hakte Else nach.

„Nun... er hatte einen Unfall und liegt im Städtischen Krankenhaus. Jetzt wollte ich Karl fragen, ob er mir ein Rad leiht, damit ich zu ihm fahren kann. Am Montag werde ich dann wohl kommen, um ein Neues kaufen zu müssen."

„Ist doch klar", meinte Karl, der, inzwischen frisch geduscht, dazukam und die letzten Worte gehört hatte.

Else ging zurück in die Küche und Karl nahm seinen Nachbarn mit in die Werkstatt. Die Uhr zeigte fast zehn, als Else und Karl endlich am Kaffeetisch saßen. Die Brötchen waren auch nicht mehr frisch und mussten im Backofen erst wieder aufgepäppelt werden. Die Eheleute unterhielten sich noch eine Weile darüber, was wohl Nachbars Sohn am Sonntagmorgen früh in der Stadt zu tun hatte. Dann wurden andere Themen wichtig; zum Beispiel eine Lieferung neuer Fahrräder, die für die kommende Woche angesagt war. Heute Nachmittag stand ein Besuch bei Karls Mutter an und, besonders wichtig, am Abend wollten sie chic essen gehen. Das Mittagessen fiel deshalb aus; Else hatte Zeit, in ihrem angefangenen Buch ein wenig weiter zu lesen und Karl setzte sich notwendigerweise an seine Buchführung. Gegen vierzehn Uhr erkundigte Else sich bei ihm, ob er eine Tasse Kaffee haben möchte.

„Nein", antwortete der, „du weißt doch, wenn wir gleich zur Mutter gehen, musst du ganz bestimmt ein Stück Sahnetorte essen und mindestens zwei Tassen Kaffee dazu trinken. Lehnst du ab, kommt mit Sicherheit die Frage *schmecken dir meine Sachen nicht?*".

„Du hast Recht", seufzte Else, „und dann sollten wir die Dame in ihrem hohen Alter nicht mehr ärgern. Wer weiß, wie lange wir sie noch haben."

Nach diesem Dialog machten sie sich ausgehfertig. Auf eine Jacke konnte man am heutigen Nachmittag bequem verzichten. Auch Else zog ein luftiges Kleid an; das Thermometer zeigte +25° Celsius. Außerdem hatten sie es nicht weit. Karls Mutter lebte am Dorfrand, in einem alten Fachwerkhaus direkt am Wald. Als Kinder hatten sie oft bis in den späten Abend vor dem Haus gesessen und sich ganz ruhig verhalten. Dann kamen die Rehe und manchmal sogar Wildschweine bis kurz vor den Gartenzaun.

Schon von weitem leuchtete das kleine Haus in der Sonne. Zum letzten Weihnachtsfest hatten Else und Karl der Mutter einen Gutschein geschenkt; neue Fenster und ein neuer, weißer Anstrich konnten so in Auftrag gegeben werden. Sie gingen beide durch die Gartenpforte auf das Haus zu, vorbei an wunderschönen, duftenden Rosen. „Komisch", meinte Else in diesem Moment zu Karl, „sonst steht sie doch immer schon in der Tür, wenn sie uns von weitem kommen sieht. Auch die Gardinen sind noch zugezogen!"

„Nun", erwiderte Karl, „vielleicht sind die Gardinen wegen der Sonne geschlossen. Doch du hast Recht, dass sie nicht an der Tür wartet, ist schon ungewöhnlich; dann wollen wir mal klingeln."

Als die Mutter nach dem dritten Klingeln immer noch nicht öffnete, wurden die beiden unruhig. Ob da irgendetwas passiert ist? „Gestern Abend, als ich mit ihr telefonierte, hörte sie sich aber noch ganz munter an", sagte Else. Karl hatte immer einen Schlüssel; schließlich war es sein Elternhaus. Den benutzte er jetzt. Gott sei Dank hatte seine Mutter ihren eigenen Schlüssel nicht von innen stecken lassen. Als sie beide eingetreten waren, riefen sie im Treppenhaus. Keine Antwort.

Es war fein säuberlich aufgeräumt, wie sie es kannten. Langsam gingen sie alle Räume ab, doch von Mutter keine Spur.

„Irgendwie ist das eigenartig", sinnierte Karl.

„Einen Raum haben wir noch nicht in Augenschein genommen", stellte Else fest. „Mutter hat die letzte Zeit oben im Gästezimmer geschlafen; im Erdgeschoss hatte sie Angst vor Einbrechern."

„Ja? Davon wusste ich gar nichts", bemerkte Karl erstaunt.

„Ihr Männer müsst auch nicht immer alles wissen", lächelte Else.

Sie machten sich auf den Weg ins Obergeschoss. Als sie die Tür öffneten, sahen sie die Mutter mit geschlossenen Augen im Bett liegen.

„Hallo Mutter", riefen sie fast im Duett.

Mutter rührte sich jedoch nicht; Karl trat an das Bett und wollte sie ein wenig schütteln, als er die ungewöhnliche Blässe des Gesichts bemerkte. Und als er noch seine Hand an ihren Hals legte, stellte er fest, dass die Haut kalt war.

„Els'chen", sagte Karl leise, „meine Mutter ist von uns gegangen." Beiden kamen die Tränen; sie nahmen sich in den Arm und hielten sich fest. Ab jetzt waren sie mit ihrem Kater allein.

„Als erstes müssen wir wohl ihren Hausarzt verständigen", überlegte Karl. Sie hatten Glück, dass er daheim war. Er versprach, in einer viertel Stunde vor Ort zu sein. Inzwischen nahmen sie sich im Wohnzimmer Mutters Papiere an. Sie benötigten verschiedene Unterlagen für den Hausarzt und fanden nach einigem blättern, bei der Gelegenheit erstaunlicherweise ein Testament.

Gleichzeitig hielten sie zu ihrer Überraschung eine Vereinbarung mit einem Beerdigungsinstitut in den Händen, die anzeigte, was und wie alles zu regeln sei.

Der Hausarzt bestätigte Else und Karl, dass die Mutter schon längere Zeit ein sehr schwaches Herz gehabt habe, so dass er keine Bedenken hatte, den Totenschein auszustellen. Danach telefonierten sie mit dem Beerdigungsinstitut. Auch von dort versprach man, sofort zu kommen, um die Mutter abzuholen.

Beide gingen noch einmal durch das verwaiste Haus. Sie drehten die Sicherungen heraus, stellten den Hauptwasserhahn ab und verschlossen sorgfältig die Eingangstür. Traurig über den Verlust gingen sie nach Hause. Nach einem Abendessen stand keinem mehr der Sinn.

Doch das Leben ging weiter; nach einer Woche waren alle Angelegenheiten, inklusive der Beisetzung, erledigt. Nun machten sie sich Gedanken darüber, was mit dem kleinen Haus geschehen sollte. Vor allen Dingen: wohin mit den ganzen Sachen?

„Ich habe eine Idee", zeigte Else mit dem Zeigefinger in die Luft.

„Und ich höre", erwiderte Karl.

„Wir machen einen Raum leer und stellen alles das hinein, was wir behalten wollen. Dann setzen wir eine Annonce in die Zeitung: An einem bestimmten Tag kann jedermann das Haus betreten, sich etwas aussuchen und kostenlos mitnehmen. Was hältst du davon?"

„Das ist eine tolle Idee", lächelte Karl, „die könnte glatt von mir sein!"

Else drohte mit dem Finger, aber schmunzelte dabei.

„Ich habe auch eine Idee"; fügte Karl hinzu, „und zwar hinsichtlich der Zukunft dieses Hauses."

„Heraus damit!"

„Wenn das Haus leer geräumt ist, werden wir renovieren und es als Ferienwohnung zu vermieten."

So wollten sie es handhaben; die Vorschläge wurden jeweils ohne Gegenstimme angenommen.

Beide ließen sich sehr viel Zeit; untersuchten alles genau und nach drei Wochen war als letztes nur der Küchenschrank noch nicht sortiert und ausgeräumt. Karl hatte sehr wohl gesehen, dass Else die Tür des Schrankes einmal geöffnet und sofort wieder geschlossen hatte. Dem Vorfall maß er keine Bedeutung bei und vergaß ihn zunächst. Da dieser Schrank als einziges Objekt noch nicht bearbeitet war, fiel ihm der Moment wieder ein und er fragte seine Frau, aus welchem Grund sie alles in der Küche untersucht habe, nur diesen Schrank nicht.

„Ganz einfach! Als ich die Schranktür öffnete, kam mir eine riesige schwarze Spinne entgegen und du weißt, wie sehr ich diese Tierchen liebe."

„Die ist in den vergangenen Wochen bestimmt des Hungers gestorben," meinte Karl. „Außerdem – wie soll die wohl da hinein gekommen sein? Wir werden sehen ..." Er ging zum Schrank und öffnete die Tür. Weit und breit nichts von einer Spinne zu sehen. Demzufolge begannen beide, die Fächer Stück für Stück auszuräumen. Als sie aus der hintersten Ecke die letzte Büchse herausnahmen, sahen sie sie.

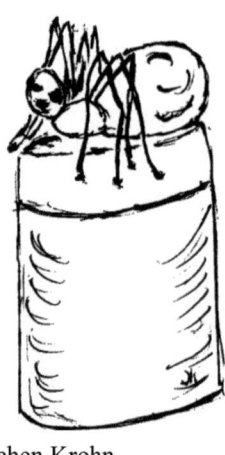

Jochen Krohn

In sich zusammengezogen, kauerte sie leblos auf dem Dosendeckel.

Mit ein wenig spitzen Fingern angelte Else die etwas höhere Kaffeedose heraus, wobei sie eine relative Überraschung erlebte.

Sie wunderten sich sowieso, warum die Mutter den Deckel einer Kaffeedose zusätzlich rundum verklebt hatte. Nachdem sie das Klebeband entfernten, fanden sie Belege über fast 200 Aktien eines Chemiekonzerns.

„Wie hat sie das wohl gemacht? Immer hat sie über ihre karge Rente geklagt. Nun gut, in den letzten Jahren haben wir sie ein bisschen unterstützt, doch bei weitem nicht in dieser Größenordnung?", schüttelte Karl ratlos den Kopf.

„Die große Spinne war wohl eine Art Wächter für die wertvolle Dose", meinte Else und es schauderte sie. Auf diese Fragen bekamen sie nun keine Antwort mehr.

Übrigens: die Wohnungsauflösung hat hervorragend geklappt. Alles ging weg wie die sprichwörtlichen warmen Semmeln und das Dorf hatte endlich mal eine richtige Sensation!

\*\*\*


# Ein besonderes Wochenende

Sie wurden von allen nur „MM" genannt. Nicht, dass darunter der Sekt einer bestimmten Kellerei gemeint war. Nein – das erste „M" stand für Manuela Förster, dunkelhaarig, nicht ganz schlank und Mitte vierzig. Das zweite „M" galt Max, ebenfalls Förster, mittelblond und schlank, fast mager und ein Jahr vor der Fünfzig. Beide waren schon dreißig Jahre miteinander verheiratet. Kinder hatten sie keine, sehr zum Leidwesen Manuelas. Wenn das Thema zwischen den Beiden wieder einmal diskutiert wurde, kam von Max immer die gleiche Antwort: „Sieh doch mal Schatz, du hast so viele Nichten und Neffen; tu' denen ab und an etwas Gutes und lass sie auch gern zu Besuch kommen. Nach ein paar Stunden sind sie wieder weg ... und denke auch an unser Alter!"
Damit war das Kapitel wieder abgehakt.
Das doppelte „M" stand auch für den Begriff *gemeinsam*. Es gab nur ganz wenige Ausnahmen, bei denen einer von Beiden allein auftauchte. Ansonsten gab es sie nur im Doppelpack.
Manuela war als Sekretärin bei einer großen Versicherungsgesellschaft beschäftigt, die *noch* auf soliden Beinen stand.

Max hatte Einzelhandelskaufmann gelernt, sich langsam hochgedient und arbeitete jetzt als Filialleiter eines Lebensmittelladens am gemeinsamen Wohnort.

Beide waren in Berufen tätig, in denen die 35-Stundenwoche ein Traum war. An den meisten Tagen waren ein bis zwei Überstunden üblich; ohne Zusatzzahlung, versteht sich. Die Firmenleitung setzte das für die jeweilige Position einfach voraus. Beide notierten sich zwar privat die mehr geleisteten Stunden, denn es konnte ja sein, dass die Chefs, sollte man mal um einen zusätzlichen freien Tag bitten, Schwierigkeiten machten ...

An einem Freitag im August war es wieder einmal soweit. Manuela hatte gerade richtigen Stress mit einem Kunden hinter sich. Als der endlich gegangen war, griff sie zum Telefon und rief Max an: „Hör mal ... was hältst du von einem verlängerten Wochenende in der Heide?"

„Sehr viel", kam es vom anderen Ende, „doch für heute kannst du das vergessen."

„Nein", antwortete Manuela, „ich meine das kommende Wochenende, so von Donnerstag bis Sonntag."

„Gut", erwiderte Max, „ich habe mehr als genug Stunden. Mal sehen, was sich machen lässt."

„Und denke an das Fleisch zum Grillen für heute Abend!", rief sie regelrecht in den Hörer, weil Max schon wieder auflegen wollte.

„Okay Schatz – mach' ich. Bis nachher also. Tschüs!"

Fast gleichzeitig erreichten die beiden am Abend ihr Zuhause.

„Na, wie war es? Hast du deinen Chef überzeugen können, was das nächste Wochenende betrifft?", fragte Max.

„Ja, das ging besser als gedacht. Eine Kollegin springt für mich ein, weil sie etliche Minusstunden auszugleichen hat, freut sie sich, ihr Stundenkonto auf diese Weise wieder in die Reihe zu bekommen. Und du?", fragte sie zurück.

„Jaaa ... im Prinzip habe ich auch frei bekommen. Mich vertritt ein Kollege aus dem Nachbarort; dort wird gerade der ganze Laden renoviert und ist an dem Wochenende geschlossen."

„Was heißt *im Prinzip*?"

„Na ja, ich muss am Donnerstag früh noch einmal in den Laden. Wir übernehmen einen Teil der Frischware des Nachbarn und stell dir vor: du weißt doch, dass auf dem Grundstück neben unserem Geschäft die Schweine frei herum laufen. Letzte Nacht haben sich einige unter dem Zaun durchgewühlt und auf dem Parkplatz sogar ein paar Pflastersteine hochgehoben. Ich soll die Warenumlagerung und die Reparaturarbeiten noch beaufsichtigen – danach habe ich dann frei."

Manuela seufzte: „Dann hoffen wir mal, dass das nicht so lange dauert. Aber", grinste sie hinterhältig, „beim Einfangen der Tiere brauchst du sicher nicht auch noch helfen, oder?"

„Nein, ich werde nur ein wachsames Auge auf die Handwerker haben", gab Max zur Antwort.

Und tatsächlich, an besagtem Tag ging alles reibungslos; kurz nach zehn Uhr, Donnerstagvormittag, saßen M + M im Auto und düsten Richtung Lüneburger Heide. Schon oft waren sie diese Strecke gefahren; sie brauchten keine Karte mehr; das Auto kannte die Route von allein, wie man so sagt.

Kurz nach dreizehn Uhr war es geschafft. Knapp 400 km lagen hinter ihnen, als das Ortschild von Undeloh auftauchte. Wie war das doch gleich? *Nur fliegen wär' schöner ...!*

Nach wenigen hundert Metern bogen sie links ab und kurz danach noch einmal nach links – auf den Parkplatz des Landgasthauses Smes Hof. Mit lautem Hallo wurden die beiden von den Wirtsleuten begrüßt: „Wo kommen Sie denn her?"

„Wir haben drei Tage frei! Haben Sie denn auch noch ein Doppelzimmer für uns?", erkundigte sich Max.

„Na klar", meinte Herr Homann, „für *euch* doch immer!"

M + M fühlten sich gebauchpinselt und bedankten sich artig. Ein paar Sachen wurden schnell im Zimmer untergebracht, dann machten sie gleich ihre erste Runde. Von der Pension aus links, gingen bis zu den letzten Häusern im Dorf und kamen am Ortsrand auf die Straße nach Wilsede. Von M + M spöttisch als *Haupttrampelpfad* bezeichnet.

Rechts und links standen, wie auf einer Allee, Birkenbäume und dahinter sahen sie die herrlich blühende Heide. Soweit das Auge reichte. Die Luft war von einem Summen erfüllt, so dass man denken konnte, alle Bienen der Republik seien unterwegs, um von hier die Nation mit Honig zu versorgen.

Als Manuela und Max kurz vor Wilsede am Alten Schafstall ankamen, sahen sie eine größere Menschenmenge dort stehen. Der Grund war schnell gefunden: der Schäfer kam mit seiner Herde zurück; da war einfach kein Durchkommen. Grinsend stellten sie fest, dass es auch hier, wie in jeder Großfamilie, einige schwarze Schafe darunter gab.

Als die Straße wieder frei war, bogen beide rechts ab; am Schafstall vorbei, zurück in Richtung Undeloh.

Im Hotel ging es erst einmal unter die Dusche. Nicht nur, um das Gefühl verschwitzt zu sein loszuwerden, sondern auch eine Menge Staub. Um diese Jahreszeit ist der Heideboden total trocken und die Pferdekutschen wirbeln einiges davon auf.

Als die beiden anschließend im Speiseraum auftauchten, wurden sie zu einem gesonderten Tisch geführt. *Reserviert* und ein wunderschöner Blumenstrauß aus duftenden Freilandrosen zierte die Tafel. Manuela schaute ihren Mann an: „Wieso reserviert und wieso Blumen?"

„Ja, dann überlege mal, was wir für ein Datum haben", antwortete Max. Ein Blick auf den Kalender ... „Mensch, tatsächlich! Wieder mal vergessen! Unser Hochzeitstag."„Ein Glück", amüsierte Max sich, „dass *ich* diesmal daran gedacht habe."

Ein Küsschen in Ehren, schließlich befanden sie sich sozusagen in der Öffentlichkeit, danach ließen sie mit einem guten Essen und einem Schoppen den ersten Abend ausklingen.

Am nächsten Morgen bestaunten sie die neu gestalteten Appartements. Wo einst die Kegelbahnen waren, hatte man gemütliche Unterkünfte entstehen lassen. Stolz merkte Herr Homann an, dass er das fast alles in Eigenleistung erstellt habe.

Danach stand ein Ausflug nach Lüneburg und Celle auf dem Programm; für den Rest des Tages aalten sie sich vor dem Haus in der Sonne. An diesem Abend trafen sie Brigitte und Manfred wieder, die sie bei einem zurück liegenden Besuch kennen gelernt hatten.

Den Samstag verbrachten M + M mit einer Wanderung zum Totengrund. Dort angekommen beschlossen sie, ihn zu umrunden. Ein paar Meter rechts neben dem Hinweisstein ging der Wanderweg bergab. Rechts und links herrlich blühende Heide und dunkelgrüne Wacholderbüsche. Manche waren so bizarr geformt, dass es einem ganz schön gruselig würde, sollte man auf die Idee kommen, hier im Dunkeln herum zu spazieren.
Manuela blieb plötzlich stehen.
„Was ist?", fragte Max.
„Hörst du das auch?"
„Was?"
„Da unten, wo der Steg über den kleinen Sumpf führt ... aus der Richtung kommt so ein Quietschen."
Angestrengt lauschte Max in die angegebene Richtung. Tatsächlich. Jetzt hörte er es auch.
„Wir kommen gleich daran vorbei. Ich bin neugierig, als was sich das entpuppt", meinte Max. „Hört sich an, als würde ein Schwein quieken."

Als sie die Stelle erreichten, sahen sie die Bescherung. Ein niedliches, kleines gestreiftes Schweinchen, kämpfte mit Schlamm und

Wasser und schrie erbärmlich. Es strampelte mit seinen kurzen Beinen, mit dem Erfolg, immer weiter im Tümpel zu versinken. Unglücklicherweise war es auch ziemlich weit vom Steg entfernt, so dass Max's Arm zu kurz war, um es noch zu erreichen.

Jochen Krohn

Erst ein langer Stock, am Ende zu einer Astgabel geformt, halfen M + M, das kleine Tier aus seiner misslichen Lage zu befreien.
Wieder festen Boden unter den Füßen, machte es mit einem unergründlichen Seitenblick auf die beiden kehrt und verschwand im Wald.
Während des restlichen Weges unterhielten sie sich noch ausführlich über das Erlebnis. Ob es seine Familie wiederfand...?

In Undeloh zurück kauften sie für daheim die obligate Flasche Heidegeist, ein klares Kräuterdestillat, das es nur in dieser Region gibt, und etwas Heidehonig. Der letzte Abend wurde mit einem gemütlichen Essen beschlossen, nach dessen Beendigung sich die Wirtsleute noch eine Weile dazu setzten. Natürlich wurde jetzt das *schweinische* Erlebnis zum Besten gegeben und bevor es in sämtliche Betten ging, stellten alle Teilnehmer fest, dass es wieder einmal eine Unterhaltung gegeben hatte, die alle Beteiligten genossen. Nach dem Frühstück am Sonntagmorgen bezahlte der männliche „M" die Rechnung. Gemeinsam luden sie die wenigen Habseligkeiten ins Auto und fuhren gemächlich in Richtung Heimat.

Ein rundum gelungenes Wochenende! Ruhig, stressfrei, unterhaltsam und amüsant, sogar Bekannte hatte man wieder getroffen. Es gab Kraft, den kommenden Alltag zu bewältigen.

***

## Ein komisches Gefühl ...

Eigentlich, ja – eigentlich war es ein Tag wie viele vorher. Freitag, das Wochenende stand vor der Tür und, wie konnte es anders sein: es regnete. Aber sonst – eben ein ganz gewöhnlicher Wochentag für Fritz Mauer.

Fritz war dreißig Jahre alt und lebte allein in einem Appartement in der Innenstadt. Manchmal ärgerte er sich über den Krach der vielen Autos und auch der Autobusse. Am meisten störte ihn das Geräusch der Straßenbahn. Seine Wohnung lag genau an einer Kurve; die Straßenbahn quietschte alle zehn Minuten. *Irgendwann,* so tröstete er sich, *werden die Stadtväter die Bahn ja mal unter die Erde legen, wie das in anderen großen Städten schon gemacht wurde.*

Doch es hatte auch Vorteile! Er brauchte kein eigenes Auto zum Einkaufen. Alles war in der Nähe und zu seinem Arbeitsplatz benötigte er nur vier Stationen mit der Straßenbahn.

Nur heute war irgendwie etwas anders. Schon beim Aufstehen hatte Fritz so ein eigenartiges Gefühl im Magen. Nicht, dass es ihm schlecht ginge. Nein. Auch das Frühstück schmeckte vorzüglich; das komische Gefühl blieb aber.

Gegen sieben Uhr ging er aus dem Haus; es waren nur wenige Meter bis zur Straßenbahnhaltestelle. Das Wetter schien seinem Befinden angepasst; grau in grau mit leichtem Regen. Von weitem hörte man bereits die Straßenbahn; Fritz schaute auf die Uhr und wunderte sich: *du meine Güte, heute ist sie aber früh dran.* Als die Bahn hielt, stellte er verblüfft fest, dass wenig Menschen darin waren. *Sind wohl alle mit dem Auto unterwegs,* dachte er und freute sich über einen Sitzplatz.

Sein Arbeitstag verlief wie immer und ehe er sich versah, war die letzte Stunde angebrochen. Mit einem Kollegen räumte er den Arbeitsplatz auf; alle wünschten sich ein schönes Wochenende und gingen danach ihrer Wege. Fritz stand wieder an der Haltestelle und überlegte, ob er sich noch etwas zu essen kaufen oder sich wieder einmal einen Gasthausbesuch leisten sollte.
Früher – wie sich das anhört! – zu DM-Zeiten, ging er öfter aus essen; doch seit der Einführung des €uro verkniff er sich das und brutzelte etwas zuhause.

Die Straßenbahn zum Feierabend hielt mit dem üblichen Gequietsche; nun war sie recht gut besetzt und Fritz musste stehen. Den ganzen Tag herrschte feuchtes Wetter und durch die Wärme der Fahrgäste hatte sich eine ziemlich stickige Luft im Waggon gebildet. *Gut, dass es nur vier Stationen sind,* dachte Fritz. Seine berühmte Kurve kam in Sicht und Fritz drängelte zum Ausgang. Er stand schon auf der ersten Stufe zum Aussteigen als ihm von hinten jemand einen Stoß versetzte. Beinahe wäre er der Länge nach hingeschlagen. Ehe er sich umdrehen konnte, hatte der Fahrer der Bahn die Türen bereits wieder geschlossen und fuhr an. Fritz Mauer konnte gerade noch hinter einem der Fenster das grinsende Gesicht eines etwa siebzehnjährigen Jugendlichen erkennen. Es kam ihm irgendwie bekannt vor, doch wohin damit?
Fritz konnte sich auch nicht erinnern, jemals einem von ihnen zu nahe gekommen zu sein.

Er ging die letzten Schritte bis zur Haustür, leerte den Briefkasten und freute sich auf eine heiße Dusche. Indem er das Wasser über seinen Körper rieseln ließ, entschloss er sich, den Abend beim Griechen zu verbringen. In Gedanken saß er schon bei einem guten Rotwein und seinem Grillteller.

Nach der Dusche sortierte er die Post und als sein Körper etwas abkühlt war, machte Fritz sich ausgehfertig. Er vergaß auch nicht, vorher die Blumen zu gießen und die Wohnung durchzulüften.
Das Lokal lag nur etwa zehn Minuten Gehzeit von seiner Wohnung entfernt. Inzwischen hatte es wieder etwas kräftiger zu regnen begonnen und er ging noch einmal zurück, um seinen Schirm zu holen. Nach einer letzten Überprüfung des Inhaltes seiner Geldbörse konnte er endlich losmarschieren. Es war noch recht früh und Fritz hatte die Wahl, sich einen schönen Platz auszusuchen. Die Bedienung kam mit der Speisekarte, doch er winkte er ab. „Ich weiß schon, was ich haben möchte", tat er kund.
Nachdem er gegessen hatte, setzte sich ein Ehepaar zu ihm an den Tisch und es wurde noch ein recht kurzweiliger Abend. Gegen zweiundzwanzig Uhr beglich Fritz Mauer dann seine Rechnung; eine Runde Ouzo, die es noch auf Kosten des Hauses gab, hinderte ihn zunächst daran, sofort zu gehen. Danach setzte er sein Vorhaben in die Tat um und machte sich auf den Weg zum Ausgang. Er hatte schon die Klinke in der Hand, als diese von außen geöffnet wurde. Ein junger Mann, blond und groß, in Begleitung, begehrte Einlass. Das war doch... richtig!, das grinsende Gesicht aus der Straßenbahn. Einen Moment standen sie sich im Türrahmen gegenüber. Fritz tippte ihn an und fragte, ob er ihn gestoßen hätte und warum. Da war wieder das Grinsen. Ohne Antwort wollte er sich mit seiner Bekannten an ihm vorbei drücken. Fritz gab ihm einen etwas kräftigeren Stoß; das war Pech für den jungen Burschen. In dem Moment kam einer kleiner Hund vorbei gelaufen. Im Rückwärtsgang stolperte er über das arme Tier und fiel der Länge nach in den Staub. Fritz drehte sich zu der Begleiterin um, bat um Ent-

schuldigung und rief dem Jungen zu: „Nun sind wir quitt!" Dann ging er strammen Schrittes nach Hause.

Wie sagt man im Volksmund: man trifft sich im Leben immer mindestens zweimal!

Daheim angekommen, erinnerte er sich an sein komisches Gefühl in der Magengegend; es musste sich einfach an diesem Tag irgendetwas ereignen.

\*\*\*

## Zum Arzt

Mit wehendem Kittel kommt die Arzthelferin ins Sprechzimmer.

„Herr Doktor, Herr Doktor, draußen steht ein junger Mann und blutet wie ein abgestochenes Kalb. Er sagt, ein Hund habe ihn gebissen."

„Ich bin gerade fertig mit Frau Harmsdorf, schicken Sie ihn rein."

„Guten Morgen junger Mann; was haben Sie denn da gemacht? Setzen Sie sich und zeigen Sie mal her!" Vorsichtig wickelte Dr. Eisberg das Taschentuch ab, nicht, bevor er eine Plastikschale unter den Arm geschoben hatte.

„Das sieht ziemlich gefährlich aus – wie ist denn das passiert?"

Karl blickte den Arzt an und sagte: „Ich ging, wie jeden Tag, im Wald spazieren. Da kam mir eine Frau mit einem großen Hund entgegen. Natürlich nicht angeleint. Als der mich sah … ich hatte ihn noch nicht einmal besonders beachtet, machte er einen Satz, sprang hoch und biss mich in den Arm. Die Hundehalterin machte auf dem Absatz kehrt und verschwand um die nächste Ecke. Mit Hund!"

Dr. Eisberg schüttelte den Kopf, versorgte zunächst einmal die Wunde und fragte dann: „Brauchen Sie eine Krankschreibung?"

Karl stotterte ein *Nein* – er arbeitete augenblicklich nicht. „Meine Krankenkassenkarte reiche ich Ihnen noch herein", fügte er hinzu. „Meine Mitarbeiterin notiert noch Ihre Daten, dann können Sie erst einmal nach Hause gehen. In drei bis vier Tagen kommen Sie wieder; ich werde mir Ihre Wunde noch einmal ansehen." Mit diesen Worten war Karl entlassen.

*

Bei der Polizei ging ein Notruf ein. Versuchter Einbruch in einer Villa im Gartenweg. Im Schlafzimmer, das im hinteren Teil des Hauses lag, wurde die Scheibe eingeschlagen. Das Haus steht auf einem eingezäunten Grundstück.

Die Hausbesitzer, Walter Ehmann und seine Frau Anneliese, befanden sich zu diesem Zeitpunkt im Keller und dadurch war im Haus kein Licht.

Kommissar Müller, den alle nur Müllerchen nannte, weil er etwas kurz gewachsen war, nahm das Protokoll auf:

„Wie schon erwähnt, hielten wir uns in den Kellerräumen auf, das übrige Haus lag im Dunkeln und wir haben auch nichts gehört. Gott sei Dank lief unser Schäferhund frei im Garten herum und schlug an. Der Einbrecher ergriff daraufhin die Flucht, aber Roxy, also unser Hund, muss ihn wohl erwischt haben. Nachdem wir die Beleuchtung eingeschaltet hatten, sahen wir auf dem Gehweg Blutstropfen."

Kommissar Müller sah von seinem Laptop auf – er hatte die Aussage gleich mitgeschrieben – meinte: „Bleiben Sie bitte erst einmal zu Hause; ich schicke zwei Mitarbeiter und sie Spurensicherung heraus, die sich hier umsehen werden. Vielleicht finden wir ja etwas Brauchbares."

Wachtmeister Kunz und sein Kollege Kaufmann, auch sie hatten Spitznamen, die zwei „K", guckten sich an. „Immer wenn wir kurz vor dem Dienstschluss stehen, müssen wir noch mal raus. Und dann heißt es, Ihr macht zu viele Überstunden." Vor Ort begutachteten sie den Schaden und konnten sogar ein paar aussagekräftige Fingerabdrücke sichern.

Darauf folgenden Tag stand in der örtlichen Presse zu lesen: *Wer hat am Sonntag, dem 3. März 2020 im Gartenweg irgendwelche Beobachtungen gemacht; im Haus Nummer vierzehn fand ein versuchter Einbruch statt. Es sieht so aus, als hätte der Hund den Täter noch erwischt; eine entsprechende Bissverletzung ist also nicht ausgeschlossen. Zweckdienliche Hinweise an ....*

Doktor Eisberg, der immer erst nach Feierabend die Tageszeitung lesen konnte, stolperte über diesen Artikel. Da war doch was?

Richtig! Ein junger Mann kam mit einem Hundebiss in die Sprechstunde. Wenn seine Personalangaben nicht falsch waren ... ich werde morgen in der Praxis sofort nachsehen.

Müllerchen (!), der Inspektor war überrascht, als am frühen Morgen der Anruf eines Arztes bei ihm landete.

„Doktor Eisberg? Kennen wir uns?"

„Nein, aber ich glaube etwas zur Aufklärung dieses ominösen versuchten Einbruchs im Gartenweg beitragen zu können."

„Oh – das hört sich gut an. Ich hatte schon die Befürchtung, dass einer unserer Leute vielleicht erkrankt sein könnte. Das hätte uns in diesen verrückten Zeiten noch gefehlt."

„Nein, aber ich hatte gestern einen jungen Mann mit einem Hundebiss in der Praxis,. Allerdings lautete seine Geschichte gravierend anders. Wenn Sie denken, dass das in einem Zusammenhang stehen könnte, dürfen Sie gern die wenigen Daten, die ich habe, in meiner Praxis einsehen. Er hatte nämlich keine Versicherungskarte bei sich; die wollte er nachreichen."

Inspektor Müller atmete erfreut durch und meinte: „Ich schicke Ihnen einen Kollegen vorbei – wenn das der Gesuchte wäre, ... man muss ja auch mal Glück haben!"

\*

Tatsächlich hatte Kai-Uwe, so hieß der Gebissene, seine echten Daten beim Arzt hinterlassen. Als dieser dann am Vormittag Besuch von zwei Polizeibeamten bekam, öffneten zunächst seine Eltern die Haustür. K + K klärten diese über den Hintergrund ihres Besuches auf und der Vater zitierte den Filius aus seinem Zimmer heraus an die Tür. Als Kai-Uwe die beiden Beamten sah, verfärbte sich sein Gesicht puterrot und er geriet in heftige Erklärungsnot.

Doch Ausreden halfen nicht – von wegen Waldspaziergang; Frau mit nicht angeleintem Hund … und so weiter.

Mit einer sofort zuzahlenden Geldstrafe für die zerbrochene Fensterscheibe kam er sozusagen mit einem blauen Auge davon.

Fehler macht ein jeder mal – aber Lügen haben kurze Beine! Sagte der Volksmund schon immer.

## Da war doch mal was

Heiner zog sich, wenn seine Frau ihn wieder einmal fragte, wann er gedächte, endlich mal zum Augenarzt zu gehen.

Er natürlich: „Ich weiß nicht, was du willst – ich sehe doch alles!"

„Ja, ja, erinnerst du dich, als wir zuletzt mit dem Auto unterwegs waren?"

„Was war denn da? Wir sind doch gut angekommen."

„Nicht nur deine Augen, auch dein Gedächtnis lässt nach", stichelte sie. „Den Pfeil nach rechts hast du nicht gesehen, bist geradeaus gefahren…"

„Na ja, das eine Mal."

Um des lieben Friedens Willen sagte Heiner am Wochenende seufzend: „Gut, gehen wir am Montag zum Augenarzt, bzw. zur Augenärztin."

*

An besagtem Montag machten sie sich nach dem Frühstück auf die Strümpfe und hatten nahezu unverschämtes Glück, sofort einen Termin zu bekommen – sie durften da bleiben. Die Untersuchung war kurz und schmerzlos, doch das Ergebnis erstaunte Heiner dann doch. Die Zahlen, die er durch ein Gerät lesen sollte, wurden immer kleiner und bei den letzten drei musste er passen.

„Ja", meinte die Augenärztin, „da muss wohl eine Operation her. Vor allen Dingen sollten sie mit dieser Sehkraft kein Auto mehr fahren. Sie haben auf beiden Augen den grauen Star und der ist nur mit einer entsprechenden Operation zu beheben."

Von dieser Diagnose total überrascht, musste er seiner Frau teilweise Abbitte leisten.

„Weil ein Auge schlechter als das andere ist, machen wir zwei Termine, wobei das schlechtere zuerst behandelt wird."

\*

Nach vier Wochen war es soweit, der erste Termin stand an. Das Wartezimmer war gut besucht und auf Nachfrage wunderte sich Heiner, wie viele Menschen Probleme mit den Augen hatten. Zwanzig Minuten, nach dem er in den OP gerufen wurde, durfte er vom Behandlungsstuhl wieder aufstehen. Fertig. Das operierte Auge wurde mit einer Klappe verdeckt und verklebt. Zu seiner Überraschung hatte er von all dem nichts gespürt.

Nun hieß es vier Wochen tropfen und auf die zweite OP warten. Eine zwischenzeitliche Nachuntersuchung erwies sich als zufriedenstellend.

\*

Heiner rückte zu seiner zweiten Operation an und schockte die Ärztin mit der Aussage: „Das zweite Auge möchte ich nicht mehr machen lassen."

Erstaunt blickte die Ärztin ihn an: „ …und warum nicht?"

Mit einem Lächeln im Gesicht, nicht ganz ernst gemeint, sprach er: „Ich kann jetzt alle meine Falten sehen!"

Auch die zweite OP ging problemlos über die Bühne und Heiner war froh, dass er dem Wunsch seiner Frau entsprochen hatte. Als Abbitte lud er sie zu einem Essen ein – natürlich zum Lieblings-Italiener.

## Sonntags - Spaziergang

Es war die erste Aprilwoche im Jahr 2020 – das Corona-Virus hatte die Menschen voll im Griff. Massenansammlungen galt es zu meiden, Mindestabstände von einem Meter und fünfzig Zentimetern mussten strikt eingehalten werden. Alle, nicht lebensnotwendigen, Geschäfte hatten geschlossen.
In dieser Woche verbanden Vanessa und Viktor ihren Spaziergang immer mit den notwendigen Besorgungen, da die Lebensmittelgeschäfte geöffnet waren.
Nun war Sonntag und die Beiden wollten mal einen anderen Spaziergang als üblich machen. Es zog sie in den Wald. Also ab ins Auto und über Schildgen und Odenthal nach Altenberg, in der Hoffnung, nicht allzu viele Leute zu treffen. Diese Hoffnung erfüllte sich. Aufgrund der Beschränkungen war schnell ein Parkplatz gefunden, denn das dazu gehörende Gasthaus war zu.
Am Gasthof vorbei begaben sich die Beiden, von allen Bekannten nur V + V genannt, auf den Wanderweg. Eine Besonderheit, die ihnen als Erstes auffiel, war der Friedhof, der links auf flachem Land und rechts in Terrassen angelegt war. Dabei erinnerten sie sich: so etwas hatten sie schon einmal gesehen. Vanessa fiel ein, das war in Diez an der Lahn, wo sie mit Bekannten wanderten. Diese hatte seinerzeit etwas hinterhältig gefragt, ob sie denn mal

darüber nachgedacht hätten, dass, wenn es auf die Verstorbenen – die nicht zu Asche geworden waren – regnete, der Regen in das darunter liegende Kornfeld fließen würde … Das Brot vom ansässigen Bäcker würde wohl keine weiteren Gewürze mehr benötigen!

Auf dem weiteren Weg, rechts bewaldete Hügel und links ein Fußballplatz des ortsansässigen Vereins. Nach etwa zwanzig Minuten macht der Weg eine Biegung nach links und sie mussten eine viel befahrene Straße überqueren. Weiter ging es rechts über die Brücke des kleinen Flüsschens Dhünn und dann weiter auf dem breiten Weg nach Altenberg. Nun ging es etwas bergauf – bergab, vorbei an einem Tierpark, den man kostenlos besuchen konnte. Vor dem Eingang, auf einer Bank, hatten es sich zwei Damen gemütlich gemacht und waren dabei, ihr Frühstück zu verzehren. In der frischen Luft und ohne Corona. Zwei Radler und zwei Leute mit „der Hund muss raus!" waren auch noch unterwegs. Nach weiteren dreißig Minuten endete der Weg wieder an der Durchgangsstraße, die sie erneut überqueren mussten. Dann sahen sie ihn schon – den Altenberger Dom. Eine ehemalige Zisterzienser-Abtei. 1255 bis 1380. Leider hatten der Dom und auch der kleine, aber feine, Domladen geschlossen. Corona! Also trabten sie, am Parkplatz vorbei, wieder über eine Brücke der Dhünn zu ihrem Parkplatz. Mit dem Auto waren die Beiden dann nach etwas mehr als zehn Minuten wieder daheim. Eine Stunde frische Luft getankt und sich ausreichend bewegt. Jetzt hatten sie sich ihr Mittagessen verdient. Den Nachmittag verbrachten sie auf der Terrasse, nicht, ohne sich eine Ladung Creme ins Gesicht zu schmieren – die Sonne brannte tückisch.
Auch der anschließende Abend lud dazu ein, weiterhin draußen zu bleiben. Natürlich durfte ein gutes Glas Rotwein und ein bisschen schöne Musik nicht fehlen.
Auch in Corona-Zeiten – es war ein erholsamer Sonntag.

***

# Urlaub

Christine saß zu Hause und wartete auf ihren Mann. Es war Samstag und er wollte pünktlich daheim sein. Das hatte er versprochen! Wie so oft…

Lukas arbeitete bei einer Pharmafirma als Arzneimittelvertreter und betreute nicht nur inländische Kunden, sondern war auch für verschiedene Firmen im Ausland tätig. Ein dringender Auftrag beorderte ihn vor ein paar Tagen in die Türkei. Die Besprechungen zogen sich hin und das hatte zur Folge … dass er die geplante Maschine, mit der er den Rückflug antreten wollte, verpasste. Lukas sah sozusagen nur noch die Schlusslichter. Der geplante Anruf zu Hause fand nicht statt, weil – aus welchen Gründen auch immer – keine Verbindung zustande kam. Das Netz brach immer wieder zusammen. Die nächste Maschine ging in zwei Stunden.

*

Am späten Nachmittag, die Uhr zeigte schon kurz vor halb fünf, trudelte Lukas endlich ein. Er schloss die Wohnungstür auf, trat in die Diele und, wie konnte es anders sein, wurde er von seiner Frau, mit hochrotem Kopf und nicht gerade freundlich, mit den Worten empfangen. „Lukas, wo bleibst du denn?"

Er gab seiner Frau einen flüchtigen Kuss und meinte: „Ich gehe erst einmal unter die Dusche, dann erzähle ich dir auf der Fahrt, was passiert ist."

Den Mantel, Hut und die Aktentasche deponierte er im Garderobenschrank und verschwand Richtung Badezimmer.

Eine halbe Stunde später kam Lukas, reisefertig, und fragte ganz hinterhältig, als er Christine im Sessel sitzen sah: „Bist du fertig?"

Vorsichtshalber ging er in Deckung, um dem flugfähigen Hausschuh auszuweichen.

*

Die Koffer waren gepackt, noch einmal einen Gang durch die Wohnung – kein Licht mehr an, alle Stecker raus und auch kein Fenster gekippt. Den Schlüssel bei den Nachbarn abgegeben, zu denen sie ein gutes Verhältnis hatten, denn Wohnung und Briefkasten wollten betreut werden. Natürlich beruhte das auf Gegenseitigkeit. Das Gepäck wurde im Auto verstaut, das Garagentor geschlossen und dann ging es auf die Autobahn Richtung Süden. Auf nach Bayern.

*

Wie versprochen erzählte Lukas während der Fahrt, wie es zu der Verspätung gekommen war. Die erste Etappe saß Christine am Steuer, bis es nach knapp vierhundert Kilometern zu dämmern begann. Auf einem Parkplatz, kurz vor Würzburg, wechselten sie die Plätze, Christine sah im Dunkeln nicht mehr so gut. Auch die Füße vertreten und vielleicht eine Zigarette rauchen konnte nicht schaden. Dann ging es weiter. Die zweite Etappe, noch mal dreihundert Kilometer bis zu ihrem Urlaubsort, Reit im Winkl, fuhr Lukas. Sie erreichten ihr Ziel ohne Staus und wurden von den Wirtsleuten herzlich empfangen. Immerhin kannte man sich schon etliche Jahre und im Laufe dieser Zeit, hatte sich aus dem Wirt-Gast-Verhältnis eine Freundschaft entwickelt.

Rauf ins Zimmer, Koffer ausgepackt und dann ging es in die Gaststube. Bei einer zünftigen Vesper – etwas anderes war um diese Zeit auch nicht mehr möglich – einem Weißbier für Lukas und einem Glas Rotwein für Christine gingen sie, beide zufrieden, in sämtliche Betten.

*

Sie schliefen wie die Murmeltiere und rieben sich verdutzt die Augen, als gegen acht Uhr am Morgen der mitgebrachte Reisewecker bimmelte. Nach ausgiebiger Morgentoilette, so schön in aller Ruhe, fanden sie sich im Frühstücksraum ein. Danach, gut gestärkt, machten sie sich zur ersten Wanderung auf – einmal rund um den Ort. Es hatte sich nichts verändert. Wie sollte es auch. Die Fläche war begrenzt und über die Ortsgrenzen hinaus war kein weiteres Bauen möglich. Dafür hatten auch die Stadtoberen gesorgt, denen es in den letzten Jahren zuviel geworden war, wer sich als Nicht-Einheimischer hier niederlassen wollte. Man wollte eigentlich keine weiteren *Fremden* im Ort.

In den folgenden Tagen besuchten sie einige bewirtschaftete Almen, machten einen Abstecher auf die Winklmoos-Alm – allerdings mit dem Auto – und besuchten am Abend das Bauerntheater. Diesen Besuch unternahmen sie jedes Mal, da man dort bayrisch für Touristen sprach, sie daher auch verstanden, was gesagt wurde … und lustig war es allemal.

Gut erholt und mit einer Menge neuer Eindrücke, sowie etlichen Urlaubsbekanntschaften – was sind da vierzehn Tage? – ging es an einem Samstag wieder nach Hause. Christine und Lukas hatte es wieder einmal ausnahmslos gut gefallen und sie versprachen, auch im darauf folgenden Jahr wieder zu kommen.

\*

Nach ungefähr sechseinhalb Stunden kamen sie, ohne besondere Vorkommnisse, wieder in der Heimat an. Das Auto stellten sie gleich in die Garage und nahmen zunächst nur das Handgepäck mit. Den Schlüssel bei der Nachbarin wollten sie am nächsten Tag holen., Christine schloss die Wohnungstür auf und blieb in der geöffneten Tür stehen. Lukas hätte ihr fast in die Hacken getreten.

„Was ist, warum gehst du nicht rein?"

„Ja, riechst du das nicht? Unsere ganze Wohnung stinkt."

„Wie – die Wohnung stinkt?" Mit diesen Worten ging er an Christine vorbei und betrat die Diele.

„Du hast Recht, aber was soll das sein? Die Nachbarn haben doch bestimmt mal gelüftet…"

Sie gingen beide durch die Diele und zum Ende des Ganges wurde der Geruch immer intensiver. Jedes einzelne Zimmer wurde inspiziert – doch nur in der Diele roch es so streng. Christine blieb vor dem Garderobenschrank stehen, öffnete die Tür und fiel vom Glauben ab. Hier musste die Ursache zu finden sein. Sie räumte alle Schuhe aus, doch die waren sauber. Da stand nur noch Erwins Aktentasche; beim Öffnen derselben fiel Christine fast in Ohnmacht. In der Tasche befand sich, man glaubt es kaum, eine Dose *türkischer Schafskäse*.

Nach vierzehn Tagen in einer warmen Wohnung wohl nicht mehr ganz frisch. Natürlich war der inzwischen ungenießbar und, nicht nur die Wohnung, sondern die Aktentasche mussten tagelang gelüftet werden. Hatte Lukas nach seiner verspäteten Rückreise das gut gemeinte *Mitbringsel* total vergessen.

*

Als Christine und Lukas am nächsten Tag bei den Nachbarn klingelten um ihren Schlüssel abzuholen, öffnete die Dame mit etwas säuerlichen Gesichtsausdruck: „Ich möchte Ihnen ja nicht zu nahe treten, aber in Ihrer Wohnung ist ein eigenartiger Geruch!"

Die Beiden schauten sich an, grinsten und erzählten der Nachbarin die Geschichte.

Und die Moral von der Geschicht' – komm pünktlich nach Hause, dann passiert so etwas nicht!

## Im Juni 2021

Einmal im Monat, das ließ sich das Ehepaar Helene und Leopold nicht nehmen, gingen sie bei *Luigi*, ihrem Italiener, gepflegt essen.

Wie so oft, saßen sie sich zu Hause am Tisch gegenüber lasen oder rätselten. Plötzlich frage Leopold: „Weißt du eigentlich noch, wann wir das letzte Mal bei Luigi waren?"

Kurze Pause ... dann erinnerte sie sich: „Das war am sechsten Februar im vergangenen Jahr, also 2020. Es war mein Geburtstagsessen."

„Und dann?"

„Kam Corona – alles dicht."

Auch Alternativen gab es keine. Einige Gastronomen hatten zum Überleben die Idee, die Kunden könnten sich vorbestellte Speisen abholen. Sozusagen (fast) kontaktlos. Aber bis daheim war das Essen nur noch lauwarm oder kalt. Im Backofen aufwärmen ging nicht so gut und eine Mikrowelle hatten die Beiden nicht. Wozu auch? Mit Corona konnte niemand rechnen. Und außerdem fehlte, ganz wichtig, das Ambiente im Lokal.

„Wenn ich richtig rechne, ist das auf den Tag sechzehn Monate her!"

Helene schaute ihren Mann an und meinte: Lass das grübeln, es soll bald besser werden. Komm, wir ziehen uns Schuhe an und machen unsere *Runde*. Es regnet gerade nicht."

Auf dieser Tour gingen sie auch durch die Fußgängerzone in Schlebusch. Neugierig schauten sie in die verschiedenen Schaufenster, die allerdings nach wie vor nichts Neues boten. Bei Luigi guckten sie diesmal genauer hin, er hatte ein kleines, gelbes Plakat im Fenster ... *Restaurant öffnet wieder am siebenundzwanzigsten Juni! Alle Gäste sind herzlich willkommen!*

Vom Rundgang zu Hause angekommen, setzte Helene sich gleich an den PC und reservierte zwei Plätze für den Eröffnungstag. Beide freuten sich wie *Bolle\** auf diesen Abend.

Nach dem Aufwachen, an diesem Sonntagmorgen, fragte Leopold: „Weißt du was heute für ein Tag ist?"

„Na klar, Sonntag und nach dem Frühstück machen wir unsere tägliche Runde diesmal um Altenberg."

„Ja gut", antwortete Leopold, doch denke mal an heute Abend. Von wegen frühstücken und so …"
„Du bist gemein, mich am frühen Morgen so zu ärgern, wo ich mir gerade erst den Schlaf aus den Augen reibe. Aber warte! Nach dem Frühstück – und zwar hier – gibt es bis zum Abend nix mehr!!!"
Der Wetterbericht sagte zwar etwas Regen voraus, doch das sollte sie nicht abhalten.

Ein paar Wolken zogen zwar vorbei, doch es schien den ganzen Tag die Sonne. Von Regen keine Spur.
Pünktlich, um siebzehn Uhr dreißig, geschniegelt und gebügelt – wie man so sagt – gingen sie los. Eine knappe viertel Stunde später erreichten sie ihren Italiener. Luigi sah die Beiden kommen und winkte sie, obgleich es noch nicht achtzehn Uhr war, herein. Die Begrüßung fiel ausgesprochen herzlich aus und die Nachfrage nach der Familie endete mit einem: Alles in bester Ordnung. Dann geleitete er seine Gäste zu dem reservierten Tisch.
Erfreut stellten Leopold und Helene fest, dass ihr beider Lieblingsgericht *Saltimbocca al la Romana* auch noch auf der neu gestalteten Speisekarte zu finden war. Nach der Vorspeise Pomodore e Mozzarella – auch wie immer – widmeten sie sich ihrem Lieblingswein und freuten sich auf das Saltimbocca. Es war wieder ein Genuss und beide begannen, sich zu entspannen. Ein Grappa – nur zur Verdauung! – rundete das Menue ab
Zufrieden machen sie sich auf den Heimweg, nicht, ohne für einen besonderen Tag in drei Wochen, wieder einen Tisch zu reservieren.

P.S.: Die Rechnung wurde ein bisschen aufgestockt; Luigi sollte wenigstens eine kleine Corona-Entschädigung haben.

*Bolle* – Berliner Figur eines etwas unbeholfenen Mannes.

***

# Siegfried und Elena

Überall wo sie auftauchten, galten sie als freundliches, zufriedenes Ehepaar. Kinder blieben ihnen in ihrer Ehe versagt, doch, wie sagt man so schön ... wer weiß, wozu es gut war.

Beide wohnten in einem Vorort von Leverkusen, arbeiteten in einem weltweit bekannten Unternehmen und konnten sich eine schöne Eigentumswohnung leisten. Doch das Leben hat seine eigenen Regeln: wo viel Licht ist, ist auch viel Schatten – sagte schon Götz von Berlichingen. Neben dem anderen bekannten Satz ...

Mit den Nachbarn unter ihnen, konnten sie sich nicht einigen – diese waren starke Raucher. Das wäre nicht das Problem, doch die Leute hatten ihren Balkon unter dem von Siegfried und Elena und die Dauerqualmer gingen abwechselnd auf den Balkon, um ihrem Laster zu frönen. Die Sonne konnte noch so schön scheinen, sie konnten den Balkon nicht nutzen, ja, teilweise noch nicht einmal das Fenster zum Lüften öffnen.

So gingen die Jahre in gegenseitigem Unmut dahin und die Beiden waren sich einig: wenn wir in Rente gehen ... ziehen wir hier weg.

Dann war es soweit. Elena ging mit sechzig und Siegfried mit dreiundsechzig Jahren in den verdienten Ruhestand.

Nun stand die Frage im Raum: wohin ziehen wir? Möglichkeiten gab es viele. Norden – Süden – Osten... nur nicht in den Westen, da wohnten sie ja. Natürlich hatten sie mit ihren engsten Freunden über ihre Ziele gesprochen. Einige fanden es schade, andere konnten es nachvollziehen.

Es dauerte halt; und nun war noch mehr Zeit, in der sie ihren Balkon nicht nutzen konnten.

So manchen Abend saßen sie, über die Landkarte gebeugt – es gab viele Orte, wo man leben könnte.

An einem Samstagabend besuchten Siegfried und Elena mal wieder *ihren* Italiener, um exquisit zu speisen. Als sie eintrafen und sich nach einem freien Platz umsahen, kam schon der Wirt. Ihren fragenden Blick sehend, sagte Luigi: „Es sieht schlecht aus – warum habt Ihr nicht bestellt?"

„Wir haben uns ganz spontan entschlossen und einfach nur gehofft, dass noch zwei Plätze frei sind."

Während sie verhandelten, meldete sich aus der hintersten Ecke eine Stimme: „Hier sind noch zwei Plätze frei. Wenn Sie möchten, setzen Sie sich dazu."

Luigi schmunzelte. Problem gelöst, sowohl seines als auch das von Siegfried und Elena.

Bevor sie sich setzten, stellten sie sich vor. Man fand sich sympathisch und es wurde ein gemütlicher Abend. Die Gespräche drehten sich um alles und jedes; so kam auch das Thema Verkauf der Eigentumswohnung und Umsiedlung in eine andere Gegend zur Sprache. Ein Häuschen im Norden wäre nicht schlecht. Aufmerksam hörten die Tischnachbarn zu und schauten sich zwischendurch vielsagend an. Die Beiden waren zufällig bei Freunden in der Nähe zu Besuch und kamen … aus dem Norden. Als der Abend zu Ende ging, versprachen sie ihren Zufallsbekannten sich umzuhören und gegebenenfalls bei ihnen zu melden.

*

Nach einigen Monaten, kurz vor dem Weihnachtsfest, klingelte das Telefon. Am anderen Ende meldete sich ein Herr Helge Anders. Siegfried überlegte krampfhaft … erst als Herr Anders den Besuch beim Italiener erwähnte, fiel bei Siegfried der Groschen (oder muss man heute Cent sagen?). Anders berichtete, dass er glaubte, etwas Adäquates gefunden zu haben. Das ausführlich am Telefon zu besprechen, sei wohl nicht der rechte Ort und er lud die Beiden für ein Wochenende zu sich nach Hause ein.

„Dann können wir alles besprechen und das infrage kommende Objekt auch besichtigen."

Siegfried sagte: „Die Einladung nehmen wir gerne an; wir gucken gleich mal in unseren Kalender, rufen Sie zurück und dann können wir einen Termin ausmachen."

Als Elena vom Einkaufen heim kam, schmunzelte Siegfried und sah seine Frau von der Seite an.

„Ist irgendetwas?", fragte sie.

„Ja", dann erzählte er von dem Telefonat und der Einladung.

Beinahe hätte Elena die Tasche mit den Einkäufen fallen lassen.

„Das ist ja mal eine tolle Nachricht – ich hatte eigentlich nicht daran geglaubt, dass wir noch einmal etwas hören…"

Am Abend, bei einem Glas Wein, bekakelten sie die Sache, suchten einen Termin und eine Alternative heraus und riefen zurück.

„Das machen wir, wenn es uns zusagt."

\*

Am nächsten Wochenende machen sie sich auf den Weg. Auf der A3 bis kurz hinter Bottrop, dann auf die A31 und noch einige Kilometer Landstraße. Dann hatten sie den Ort, in dem die Einladenden, Ursel und Helge, wohnten, erreicht. Sögel im Emsland.

Die Begrüßung fiel genauso herzlich aus, wie der Abschied bei Luigi und die Zwei wurden erst einmal zum Mittagessen eingeladen. Danach sollte es in eine nahe gelegene Ortschaft, Haselünne, gehen. Dort könnten sie das anstehende Objekt besichtigen.

Sie waren etwas zu früh dran, der Eigentümer kam erst in einer halben Stunde; so stellten sie das Auto vor dem Haus ab und erkundeten die nähere Umgebung. Sogar ein Gasthaus mit Beherbergungsbetrieb gab es gleich um die Ecke. Nach zwanzig Minuten machten sie sich auf den Rückweg. Beim Einbiegen in die Straße sahen sie schon von weitem ein Auto in der Einfahrt stehen. Nach der Begrüßung lud der Besitzer zur Besichtigung ein. Ein freistehendes Einfamilienhaus mit angebauter Garage; ein kleiner Vorgarten und ein etwas größerer Garten hinter dem Haus. Im Erdgeschoss eine offene Küche und das Wohnzimmer, Toilette und ein Wintergarten mit Ausgang zum Garten. Im ersten Stock Schlaf- und Gästezimmer, sowie das Bad. Der Preis war angemessen und man wurde handelseinig. Nun hieß es nur noch, die Eigentums- wohnung loszuwerden – sie wollten das über einen Makler unter Dach und Fach bringen. Fast drei Monate gingen ins Land, Elena feierte ihren sechzigsten Geburtstag noch in der alten Heimat, bis alles geregelt war. Der Behördenkram brauchte eben so seine Zeit.

*

Sie wohnten nun schon ein paar Jahre im schönen Emsland, hatten ihre neue Umgebung erkundet, waren in Papenburg und sahen sich dort die Werft an. Auch Bremen, mit seinen vielen alten Hanse- häusern und vieles andere mehr. Sie fühlten sich wohl und so man- chen Abend, auf dem Sofa mit einem Glas Wein, waren sie sich einig … wir haben alles richtig gemacht!

Mit ein paar Freunden aus der alten Heimat pflegten sie telefonisch oder schriftlich die Kontakte. Manchmal kam auch Besuch. Das Hotel war gerade mal um die Ecke.
So kam in diesen Wochen Elenas Freundin Irene zu Besuch. Ge- meinsam fuhren sie nach Bad Zwischenahn, wo sie mal etwas für die Gesundheit tun wollten; dort gab es ein tolles Wellenbad. Sieg- fried fand seinen üblichen Parkplatz belegt. So setzte er Elena und Irene vor dem Schwimmbad ab und machte sich auf die Suche nach einem anderen Parkplatz.
„Ich komme gleich wieder."
„Wir warten hier auf dich."
Nach einer halben Stunde wurde Elena unruhig und sah besorgt auf ihre Uhr. „Der braucht heute aber lange, um einen Parkplatz zu fin- den", meinte sie. „Der Marktplatz ist doch gar nicht so weit weg."
Daraufhin machten sich die Beiden auf den Weg, um nachzusehen.

Dann sahen sie Siegfried auf dem Parkplatz stehen, die Autotür geöffnet und zwei Polizeibeamte standen bei ihm.
„Was ist denn passiert? Hattest du einen Unfall? Wieso ist die Polizei bei dir?"
Dann wiederholte Siegfried alles, was er den Polizisten gerade erzählt hatte, noch einmal.

*

*„Ich hatte einen Parkplatz gefunden, stellte den Motor ab, öffnete die Tür und wollte gerade aussteigen. Da kommt von links ein junger Mann auf dem Fahrrad an. Die linke Hand am Lenker; in der rechten einen Stein. Der sieht mich, hebt den Arm und wirft den Stein nach mir. Vorher rief er mir zu, ich solle ihm mein Portemonnaie geben. Als er begriff, dass er mich nicht erwischt hatte, drehte er ab und verschwand in der Seitenstraße da drüben: Ich konnte weder die Marke des Fahrrads erkennen, noch sein Gesicht sehen. Eine Pudelmütze tief ins Gesicht gezogen und schwarz gekleidet. Die beiden Beamten meinten, dass vielleicht Fingerabdrücke auf dem Stein zu finden seien und bringen den Stein nun ins Labor.*
Das war's. Egal, wo man ist, überall laufen, oder wie in diesem Fall fahren, nur noch Verrückte durch die Gegend!"

Der Besuch des Schwimmbades war den Damen total verhagelt; sie fuhren nach Hause, machten sich frisch und gingen essen. Das Erlebnis beschäftigte alle noch das ganze Wochenende – es hätte schlimmer kommen können.

Fazit des Wochenendes: Elenas Freundin fuhr am Sonntagnachmittag wieder nach Hause – die Beule in der Autotür blieb noch eine Weile. Sozusagen als Erinnerung!

*Konsum heute – von allem zuviel ...*

## Basisch ...

Irgendwann hab ich's begriffen,
Schokolade mir verkniffen,
denn der Bauch wurd' rund und dick
und das fand ich gar nicht chic.

Nun kämpft mein Körper mit den Säuren,
ernährt sich basisch,
das ist teuer –
außerdem nicht ganz geheuer ...

Kohlrabi, Brokkoli gegen Gicht,
Möhren für das Augenlicht,
doch ohne Butter – oh wie hart,
die Möhre doch rein gar nichts macht.

Sie braucht die Butter
Und das ist Fett;
Wir wissen doch: nur Fett macht fett!
Und nun?
Was tun?

Ich hab' beschlossen,
ich mach weiter –
bin einfach glücklich, froh und heiter;
jedes Pfund, was dennoch purzelt,
schreib ich zu nun einer Wurzel.

# Konsum und Diät
## Im Wandel der Zeit

Konsum      -bedarf
                 -freudig
                 -genossenschaft
                 -güter
                 -verhalten
                 -verzicht

…alles Begriffe, die uns täglich um die Ohren fliegen. Da werden wir Deutschen als konsumfreudig dargestellt. Das Konsumverhalten wird analysiert; der Bedarf einzelner Artikel ausgerechnet. Und so weiter. Alles ist hinlänglich bekannt. Aber den Begriff *Konsum-Diät* habe ich zum ersten Mal über eine Autorenkollegin gehört. Anfangs war mir nicht recht klar, was sie damit meinte und noch viel weniger, was der Zweck des Ganzen sein sollte. Der erschloss sich mir allerdings, als ich das Manuskript vor Drucklegung las und dabei feststellte – mir fehlt was!
Das Kauf-Gen.
Wenn es etwas gibt, was ich äußerst ungern mache, dann ist das einkaufen. Damit meine ich nicht die Dinge des täglichen Bedarfs. Lebensmittel kaufe ich bereitwillig ein, weil wir beide, mein Mann und ich, gern kochen. Nein, mein Unwille beim Einkaufen bezieht sich mehr auf Kleidung. Und seit einigen Jahren auch auf Schuhe. Liebte ich doch zu meiner berufstätigen Zeit hohe Haken, heute nennt man sie Highheels. Am liebsten acht bis zehn Zentimeter hoch, bleistiftdünn und chic, weil italienischen Ursprungs. Nun ja, meine Venen meinten bezüglich dieser Art Fußbekleidung, dass sie damit nicht einverstanden seien und ich musste erst unters Messer und anschließend auf gesundes Schuhwerk umsteigen. Und alles, was gesund ist … ist so eine Sache. Das merkt man schon am Hu-

stensaft. Schmeckt er gut – hilft er nicht. Tja, und die hohen Absätze sahen toll aus, wuchs man doch regelrecht über sich hinaus, aber Füße und Beine hatten darunter mächtig zu leiden. Also entschloss ich mich schweren Herzens, weniger chic, dafür gesund herumzulaufen. Heute hält sich mein Gesundheitsbedürfnis dergestalt in Grenzen, als dass ich bei besonderen Anlässen, wie Theater oder Einladungen, meine geliebten Stöckelschuhe weiterhin anziehe.

Die Einstellung zum Thema Einkauf dieser Kategorie veränderte sich mit zunehmendem Alter entsprechend. Am liebsten wäre mir, wenn die Sachen, passend und aufeinander abgestimmt, einfach zu mir nach Hause kämen. Nun sagen Sie bloß nicht: „Das ist doch via Internet überhaupt kein Problem …!"

Wirklich nicht? Nun gut, ich gebe zu, da gibt es eine gewisse Sperre in meinem Kopf, die mich gegen Käufe via Internet einnimmt. Und da mir ohnehin das *Kauf-Gen* fehlt, werde ich wohl doch ab und an in die Geschäfte gehen müssen, um dort einzukaufen. Auch deshalb, weil mir nämlich auch die Katalogsachen zu 99 % aller Fälle nicht passen.

Da fällt mir ein, bei all' den Begriffen um den Konsum als Tätigkeit hat man den eigentlichen Begriff *Konsum* völlig außer Acht gelassen. Wie hieß das doch in den 1950er und 60er Jahren: „Geh' doch mal eben in den Konsum und hole …"

Ja, ganz Recht! Der Konsum war in dieser Zeit eine allseits bekannte Einzelhandelskette, die, im gewissen Rahmen, so was wie den Vorläufer des späteren Aldi symbolisierte. In der ehemaligen DDR gab es zwei *rivalisierende* Ketten. Einmal den Konsum und als Gegenpart HO. Das war insofern recht interessant, weil … was der Konsum nicht hatte, gab es im HO … auch nicht!

Unser damaliger Konsum war kein Discounter, den Begriff kannte man noch nicht, aber er gehörte zu den Geschäften, die einen Kontrast zu den Tante-Emma-Läden bildeten. Tante Emma war klein und schnuckelig und man wurde immer persönlich bedient. Im

Konsum zu dieser Zeit übrigens auch noch. Sogar Kinder, wenn sie, wie ich des Öfteren, mit einem oder zwei Pfennigen vor den großen, verführerischen Bonbon-Gläsern standen. Die befanden sich meistens links oben auf der Theke und wir Kinder kamen schlichtweg nicht dran. Also hielten wir unsere zwei Pfennige hin und erstanden dafür Bonbons.

„Was möchtest du denn haben?"

„Schoko…"

Dann senkte sich der Arm des Ladeninhabers/der Ladeninhaberin (oft waren das Familienbetriebe) in das Bonbonglas und förderte vier Bonbons zutage. Die großen *Kanolds* kosteten einen ganzen Pfennig und für die kleinen, die waren nur halb so dick, bezahlte man einen halben Pfennig. Also nahm man lieber halbe Bonbons, dann hatte man wenigstens vier Stück. Und das war für unsere Kinderherzen damals das *Highlight* des Tages! Im Ganzen war das Sortiment bei Tante Emma sehr begrenzt, aber für den täglichen Bedarf unseres damaligen Lebensstandards reichte es.

Das Geschäft **Konsum** war von der Fläche her schon ein bisschen größer, das Sortiment ebenfalls, obwohl es im Rahmen dessen lag, was man damals benötigte. Es wurde nämlich nur das gekauft, was bekannt und erhältlich war.

Eine große Ausnahme bildete zu dieser Zeit der Kaugummi. Nach 1945 gab es kaum jemanden, der nicht kaute; die Erwachsenen taten es allerdings im Geheimen, doch es war einfach zu verführerisch. Nur wollte man sich nicht gerade mit der Verrücktheit von Kindern und Jugendlichen gleichstellen. Eltern achteten damals sehr darauf, Respektspersonen zu sein und demzufolge war das Kauen von diesem *Ami-Zeug* in der Öffentlichkeit völlig undenkbar. Übrigens: zu dieser Zeit wurde gerade Elvis Presley populär und seine Musik, die heute noch Millionen begeistert und mitreißt, wurde abfällig Urwaldmusik genannt.

Der deutsche Pedant zu Elvis hießen Peter Kraus oder Ted Herold. Aber auch Rudi Schurike (Caprifischer) und Willi Schneider mit seinen Rheinliedern standen, vor allem bei älteren Leuten, hoch im Kurs. Was man in dieser Zeit als erstes völlig unnütz kaufte, die *Single-Schallplatten.* Sie kosteten stolze vier Mark und waren, besonders bei Jugendlichen, sehr begehrt. Das waren aber schon die Nachfolger der Schelllackplatten, die mit einer Geschwindigkeit von 78 Umdrehungen liefen und – oh Gott – zerbrechlich waren. Einen Plattenspieler hatten die Meisten schon. Mit den Singleplatten, die auf 45 Umdrehungen liefen, waren dann die tollsten Tauschbörsen im Gange. Ich durfte mich nicht beteiligen, weil unsere Platten überwiegend von meinem Vater gekauft wurden und er seinen Geschmack einbrachte. Von wegen *Babysitter-Song* mit Ralf Bendix. Oder: *Das alte Försterhaus* … Kaufen konnte ich mir keine Platten, weil mein Taschengeld sich in dieser Zeit auf Null belief. Anfang der 1950er, bis in die 1960er Jahre war Taschengeld noch nicht so üblich. … Zumindest nicht bei Mädchen!

Gus Backus und Heino eroberten auch zu dieser Zeit die sonntäglichen Hitparaden von Radio Luxemburg … der damalige Moderator, Camillo Felgen, leitete später im Fernsehen eine Weile auch *Spiel ohne Grenzen.* Fernsehen kam erst viel später in die Privathaushalte; man konnte sich diese technische Neuerrungenschaft einfach nicht leisten. Wir waren mit unserem Fernseher recht früh dran, wenn man bedenkt, dass bei uns daheim die Finanzen nicht gerade üppig zu nennen waren. Manchmal kommt einem auch ein Zufall zu Hilfe. Selbst wenn dieser auf eine recht zweifelhafte Weise *gut* zu nennen war. Mein Vater wurde unschuldig in einen Verkehrsunfall verwickelt und von dem Schmerzensgeld kaufte man eine Fernsehtruhe. Oben drin der Plattenspieler, darunter der Fernseher, mit einer Holzklappe verdeckt, und ganz zuunterst das Radio. Musste natürlich deutsche Markenware sein, wobei die einzelnen bekannten Elektrofirmen zu dieser Zeit ihre Fabrikate wirklich noch selbst herstellten.

Im Grunde war auch der Fernseher eine unnötige Anschaffung, wenn man bedenkt, dass anfangs gerade mal zwei Stunden gesendet wurde. Und zwar in schwarz/weiß. Die übrige Zeit konnte man, wenn man wollte, das Testbild angucken. Später wurden die Sendezeiten erweitert; vor allem an den Wochenenden wurden vier Stunden Programm ausgestrahlt. Ich erinnere mich noch an den ersten Film, den ich jemals im Fernsehen sah, an einem Sonntag-Nachmittag. *Gefährlicher Frühling* hieß er und die Hauptperson war ein gewisses Tante Julchen. Wobei ich allerdings nicht mehr weiß, von wem Tante Julchen verkörpert wurde. Es ist immerhin mehr als 60 Jahre her …

Und heute steht der Fernseher auch oftmals unnütz rum – auf unzähligen Programmen ist ergreifend nix!

Doch kommen wir zurück zum Konsum-Geschäft. Wenn ich diesen Laden vor mir sehe, habe ich als erste Vision nicht unbedingt das Bild des Geschäftes im Sinn, sondern einen bestimmten Geruch in der Nase: In Krefeld, auf der Marktstraße, gab es unseren Konsum. Drei oder vier Stufen führten zur Ladentür hoch. Davor gab es eine ausgetretene Bodenschwelle und drinnen lag dunkles, abgetretenes Linoleum auf der Erde. So sehr der Ladeninhaber versuchte, den Belag zu pflegen, die täglichen Kunden forderten dem Linoleum zuviel ab. An einigen Stellen war es so zerschlissen, dass man auf die darunter liegenden Holzbohlen sehen konnte. Trotzdem war diese Art Bodenbelag zu der Zeit begehrt und gleichzeitig verhasst. Begehrt, weil stabil und strapazierfähig und verhasst, weil man ihn bohnern und – vor allen Dingen – wienern (!) musste. Das blieb in neunzig Prozent aller Fälle an den Kindern, sprich Töchtern, hängen. Ich spreche gänzlich aus Erfahrung. Bei uns gab es keinen Bohnerbesen, weil meine Mutter der Ansicht war, dieses Ding sei zu schwer für mich, stattdessen gab es so eine Art Filzlappen. Rechts und links unter die (Haus-)Schuhe und ab durch die Küche. Und die hatte, bitte schön, hinterher zu spiegeln! Das war Hausfrauen-Ehrensache. Sie können sich sicher vorstellen, dass das nicht zu meinen Lieblingsbeschäftigungen gehörte.

Bohnerwachs konnte man natürlich im Konsum auch kaufen. Weißes, grünliches – wobei mir nie klar wurde, wozu man gerade grünes Bohnerwachs brauchte – rotes und braunes. Dieses braune Bohnerwachs hatte es mir wohl als Kind schon angetan. Einmal roch es irgendwie anders, für meine Nase aber gut und zum anderen konnte man in einem unbeobachteten Augenblick herrlich damit rumschmieren. Also: das Ende vom Lied war, dass ich, ganz die große Hilfe der Mama, mir irgendwann einmal die Dose mit braunem Bohnerwachs, sowie einen Lappen schnappte und anfing, die hellen Möbel im Schlafzimmer hingebungsvoll zu polieren. Fragen Sie besser nicht, was meine Mutter zu dieser freiwilligen Hilfsaktion sagte.

Dann gab es im Konsum auch Lebensmittel ohne Verpackung.* Nicht, wie wir das heute kennen. Mehl und Zucker lagerten in einer großen Schublade mit einer dazu gehörenden Schaufel, wogegen Salz in einem Glas aufbewahrt wurde. Gewürze fand man eher selten, wenn man von Pfeffer absah. Der war allerdings gemahlen. Heute können wir die tollsten Pfeffersorten kaufen und selber daheim mit einer Pfeffermühle mahlen; das gab es nicht nur nicht, man kannte es gar nicht. Überhaupt: der Konsum war ein Allzweckladen, im Rahmen dessen, was benötigt wurde. Wogegen man Wurst nur beim Metzger und Käse im Milchgeschäft kaufen konnte. Die Milch musste man nicht unbedingt im Geschäft holen; der Milchmann kam mit seinem Wagen rund und man konnte mit der Milchkanne ans Auto gehen, dort wurde frische Milch abgefüllt. Einmal den Hebel hin und her = ¼ Liter und zwei-mal ein halber. *Unverpackt-Läden gibt es auch heute wieder.* Tabakartikel, Zeitschriften und Lotto, resp. Toto gab es auch wieder nur im entsprechenden Fachgeschäft. So, wie das heute verschiedentlich im Ausland, beispielsweise in Österreich und Italien, noch ist. Lotto wurde auch erst später eingeführt. Toto, die Fußballwette war angesagt. Und da musste/muss man elf Richtige haben. Nun, ab und zu hatte das ja jemand und warf im Überschwang des Gefühls, nunmehr reich zu sein, die Möbel auf die Straße. Pech! Manchmal kamen nur ein paar Mark (!) dabei raus. Im Prinzip wie beim Lotto, nur ist heute die Chance, den wirklich großen Wurf zu landen noch erheblich geringer. 1:140.000.000. Man muss schon sehr gläubig sein, wenn man hofft, diesen Coup landen zu können. Aber, wir sind ja hier unter uns, ich gestehe, wir spielten auch Lotto. Wenn auch bloß deshalb, weil ich die Lottozahlen seit Jahrzehnten im Kopf hatte! Und stellen Sie sich vor, die hätten doch mal genau diese Zahlen… gezogen. Trotzdem, eine absolut unnötige Ausgabe. Finden Sie nicht?

Im Laufe der Jahrzehnte veränderten sich die Kaufgewohnheiten. Die Discounter eroberten das Terrain. Bequem wurde es, mit dem Auto bis vors Geschäft zu fahren und alles in den Einkaufwagen zu packen, was man glaubte, zu brauchen. Doch damit begann auch die unselige Angewohnheit, mehr zu kaufen, als man benötigte. Im vergangenen Jahr, so stellte man fest, warf die Bevölkerung, auf den Pro-Kopf-Verbrauch gerechnet, 82 kg Lebensmittel weg. Und das in Zeiten der Tiefkühltruhen. Das müsste sicher nicht sein. Doch wenn man beobachtet, was oftmals gekauft wird, fragt man sich als Otto Normalverbraucher, ob die Kunden/innen daheim alle eine Großfamilie zu versorgen haben.
Vielleicht wäre es angemessen, vor dem Einkauf darüber nachzudenken, was man wann kochen möchte und ganz einfach danach einzukaufen. Vom Lolli fürs Kind mal abgesehen.
Häufig werden auch Dinge angeboten, die man in früheren Jahren im Wäsche- oder Textilgeschäft holte. Jetzt bietet der Lebensmitteldiscounter u.U. auch Unterwäsche, Handtücher oder Ähnliches an. Und sie werden gekauft, obwohl man sie vielleicht gar nicht braucht.
Unnötige Einkäufe.
Da wäre eventuell eine gewisse Konsum-Diät angebracht.
Finden Sie nicht auch?

\*\*\*

# Konsumverzicht – ein Zwiegespräch

„Endlich ist der Winter vorbei", sagte Jürgen zu seiner Frau. „Vor allem die vielen Feiertage mit den guten ausgiebigen Essen!"
„Das verstehe ich überhaupt nicht", antwortete Rosi. „Gut, das Essen bei diversen Einladungen macht auch mir inzwischen zu schaffen; drei Kilo habe ich zugelegt. Trotzdem könnte der Winter ruhig noch etwas anhalten. Ich mag es nicht sonderlich, wenn die Sonne auf mein Haupt brennt."
Mit einem – etwas hintergründigen – Lächeln antwortete er: „Schau mal Schatz, die Sonne tut doch etwas Gutes; man schwitzt die überschüssigen Kalorien einfach aus und braucht aufs Essen nicht zu verzichten. Und schwupps – passt die Hose wieder!"
„Du hast es gerade nötig", maulte Rosi, „du brauchst ja nur eine Mahlzeit auszulassen und schon ist ein Kilo weg. Ich dagegen lese etwas Fettgedrucktes in der Zeitung und die Waage zeigt ein Kilo mehr an …"
„Also gut. Ich schlage vor, wir verzichten drei Monate auf Wein und Bier und sehen, ob es etwas bringt. Dazu sparen wir auch immer mal ein paar Euro beim Einkauf."
„Das geht nicht! Hast du vergessen – wir haben zu meinem und zu deinem Geburtstag Gäste eingeladen. Willst du Wasser trinken?"
„Na, die zwei Tage können wir ja hinten anhängen", meinte Jürgen. „Jetzt ziehe erst einmal deine Schuhe an, es ist Zeit für unsere Runde. Und außerdem … in den nächsten Wochen werden wir uns eine andere Wegstrecke aussuchen."
„Warum denn das?", fragte Rosi.
„Na ja", druckste Jürgen, „bei der üblichen Runde kommen wir immer an der Eisdiele vorbei. Und es fiele mir schon schwer, drei lange Monate auf ein leckeres Eis zu verzichten."
„Ich habe auch eine Verzichtsidee", überlegte Rosi halblaut. „Also: erstens Schokolade, dann Sonntagskuchen, Pudding und Apfelkompott zum Nachtisch – fällt weg."

„Aber nicht sofort", protestierte Jürgen. „Alles auf einmal geht gar nicht. Ich schlage vor, wir verteilen das auf die drei Monate, einverstanden?"

„Okay", entgegnete seine Angetraute, „weil wir nun gerade einmal dabei sind … streichen wir unseren Italiener alle vierzehn Tage. Schließlich gehört das auch zum Konsum-Verzicht."

Jürgen guckte ziemlich vorsichtig und meinte: „Meinst du nicht, das geht dann doch etwas zu weit? Denk doch mal an den Wirt. Der hat doch ohnehin derzeit weniger Gäste und wenn wir dann auch noch ausfallen… Aber gut, beißen wir in den sauren Apfel."

Tatsächlich hielten Rosi und Jürgen die drei Monate durch. Allerdings mussten zwei Tage angehängt werden, denn sie gingen zu ihrer beider Geburtstage mit den Gästen aus essen, wie eingangs erwähnt.

Was hat es den beiden gebracht? Als sie sich auf die Waage stellten, fehlten bei jedem zwei Kilo. Auch die Geldbörse wurde geschont, alles in allem sparten sie über einhundert Euro. Zur Belohnung luden sie ihre Freunde ein und gingen chic essen – zu *ihrem* Italiener!

Ach ja – unser Patenkind wurde, allerdings im Zusammenhang mit der Fastenzeit, auch gefragt auf was sie denn verzichten würde. Sie antwortete ganz großzügig: aufs Zähne putzen!

\*\*\*

# Die staatlich verordnete Konsum-Diät!

"Es ist verdammt kalt hier", fröstelte Jan und drehte sich zu seiner Mutter um. "Können wir nicht den Ofen ein bisschen anmachen?"
"Hast Du was zum Anmachen?"
"Nein, aber der Boltmann hat was ".
"Wieso, wo, was?"
"Na, Kohlen im Keller !"
Gertraude Kohnen grinste ihren Sohn an: "Dann geh mal welche holen!"
Jan sah auf seine Mutter: "Iiiiich? In den Keller?"
"Ja, du."
Jan hasste es, in den Keller zu gehen. Das war für ihn immer noch gleichbedeutend mit Bombenalarm und Russenüberfall. Die Erinnerung daran war noch sehr lebendig.

Langsam ging Jan hinunter. Er war inzwischen fünfzehn Jahre alt doch die Furcht war noch immer gegenwärtig. Aber die Kohlen waren auch wichtig. Der Wiederaufbau hatte zwar begonnen, aber den meisten Menschen ging es noch ziemlich dreckig.
Unten blickte er sich um und horchte, ob auch niemand in der Nähe war. Alles still. Vorsichtig öffnete er das Schloss der Kellertür vom Nachbarkeller. Er gehörte Boltmanns. Die hatten von Allem genug. Aber abgeben – nee, bloß nicht. Jeder war sich selbst der Nächste. Man konnte durchaus Kohlen kaufen, aber dazu brauchte man Geld, und das hatten sie nicht, die Bezugsscheine waren inzwischen aufgebraucht.

Jan betrat den Nachbarkeller und leuchtete mit seiner Taschenlampe den Kohlenhaufen an.
"Verdammt – da können wir keine Schaufel voll mehr wegnehmen", fluchte er leise. "Der hat da was drübergestäubt und nun ist alles weiß".
Murrend und frierend ging Jan wieder nach oben.

"Mutter – mit'm Kohlen klauen ist's Essig", sagte Jan.

"Wieso?"

"Der hat die mit irgendwas eingepudert, sieht aus wie Mehl, der ganze Haufen ist weiß. Das hätte er lieber uns zum Backen geben sollen. Wenn wir da auch nur eine Schaufel voll wegnehmen, sieht der das sofort".

"Und was jetzt?"

"Weiter frieren."

Jan sah seine Mutter an. "Ich glaube, ich hab' eine Idee!"

Jan schnappte sich erneut seine Taschenlampe und verschwand.

Ein paar Minuten später stand er, dreckig aber strahlend, wieder in der Tür. Er hatte ein kleines Eimerchen Kohlen.

"Woher hast du denn die?", fragte seine Mutter erstaunt.

"Ist dir noch nie aufgefallen, dass in unserem Keller ein paar Latten lose sind?

Die habe ich unten nun ganz los gemacht, beiseite gedrückt und von hinten ein bisschen – aber wirklich nur ein kleines bisschen – weggenommen".

"Ach, Junge ! Aber komm rein. Es muss dich ja nicht noch jemand sehen."

Jan grinste: "Ich hab noch was anderes entdeckt. Honig. Viele Gläser voll Honig!"

Er zauberte ein kleines Glas aus seiner unergründlichen Hosentasche. Hosentaschen von Jungen sind immer unergründlich. Zu dieser Zeit fand man auch alles Mögliche darin, bloß bestimmt keinen Bindfaden. Den gab es nämlich nicht. Ersatzkordel – aus gedrehtem Papier. Aber die gab es in der DDR noch bis in die 1960er Jahre hinein.

"Das können wir doch nicht machen, Kind!", rief seine Mutter. Eigentlich sagte sie es mehr anstandshalber.

Doch dann meinte sie: "Na ja – ein ganz kleines bisschen können wir uns ja rausnehmen. Das merkt er bestimmt nicht. Anschließend gießen wir heißes Wasser darüber, rühren um und dann ist das Glas wieder voll.

Dieser Trick funktionierte einige Male. Aber dann hatte man alle Gläser alle durch und noch dünner konnte man den Honig nicht machen.

Auch wenn man den Vermieter absolut nicht leiden konnte; war man doch trotzdem froh, ein Dach über dem Kopf zu haben. Das hatte auch 1953 noch lange nicht jeder.

Allerdings mussten sie sich dafür auch Einiges bieten lassen. Wehren konnte man sich nicht, dann schmiss der Vermieter einen raus. Und dann? Nicht auszudenken, mit drei Kindern auf der Straße zu stehen.

Für all' diese Attacken rächten sich die Kinder auf ihre Art.

Die Eltern gingen beide arbeiten. Sie hatten den Jungen aufgetragen, auf die kleine Schwester aufzupassen und gleichzeitig etliche Arbeiten im Haushalt zu erledigen. Dazu gehörte auch das Putzen. Dass die Jungen das nicht gerade gern taten, kann man vielleicht sogar verstehen. Es war fast noch schlimmer, als immerfort die kleine Schwester im Schlepp haben zu müssen. Aber eines Tages entdeckten sie etwas, was ihnen die Putzerei zum Vergnügen werden ließ. In den Dielen des Fußbodens in der Küche waren sehr breite Ritzen. Wenn man sich auf den Boden legte, konnte man im Erdgeschoß dem Vermieter auf den Schreibtisch gucken. Woraus die beiden Jungen messerscharf schlossen, dass da, wo man durchgucken kann, auch Wasser durchlaufen muss.

Die beiden Jungen grinsten: "Komm, wir putzen die Küche!"

Sie holten einen Eimer Wasser, sahen sich an wie eine verschworene Gemeinschaft und kippten das Wasser so über den Fußboden, dass ein Teil davon durch die Ritzen laufen musste.

Was auch prompt geschah.

Anschließend wischten sie das Wasser brav wieder weg und als die Eltern nach Hause kamen, war die Küche spiegelblank.

Die wunderten sich über den plötzlichen Putzeifer ihrer beiden Söhne nicht schlecht, bis ein paar Stunden später Boltmann kam.
"Sagen Sie mal, was haben Ihre Kinder denn jetzt wieder angestellt!", rief er erbost aus, als er die Küche betrat.
Übrigens betrat er diese, ohne anzuklopfen. Kohnens bewohnten zwar die komplette erste Etage; trotzdem war die Wohnung nicht abgeschlossen und der Vermieter hatte jederzeit freien Zutritt.
Ratlos blickten Kohnens auf Boltmann: "Wieso?"
"Ja, dann kommen Sie mal mit und sehen sich die Sauerei an!"
Zusammen gingen sie runter und beide Eltern konnten sich nur mit Mühe das Lachen verkneifen. Sie übersahen die Bescherung sofort, ließen sich aber zu dem Ausruf hinreißen: "Ach du lieber Himmel! Was ist denn hier passiert?!"
Der Schreibtisch, das heißt sämtliche Papiere darauf, schwammen in einer Wasserlache.
Der Vermieter tobte und Kohnens konnten sich die plötzliche Putzwut ihrer Kinder absolut erklären.
Die Rache des kleinen Mannes – im wahrsten Sinne des Wortes !

## Konsumverzicht per Autocrash

Ein Autofahrer dachte sich …
Konsumdiät – da mach ich mit!
Statt alle zwei Jahre ein Neues zu kaufen,
lass ich das Meine mal fünf Jahre laufen.

Der Wettergott hatte einen anderen Plan;
Im Dezember es zu schneien begann;
er musste zur Arbeit – die Straßen waren glatt
und ein LKW hatte am Berg keinen Halt
er rutschte zurück – und sein Auto war platt!

Gerade hatte er über Konsumdiät nachgedacht,
aus war es mit dem schönen Plan
mit einem neuen (!) Auto kurbelte er den Konsum wieder an!

# Vorgärten - Schrebergärten
## mit und ohne Steine

# Ein Vorgarten
## Im Wandel der Zeit

Als das Eigenheim ward gebaut,
viel Platz war vor und hinterm Haus,
die Entscheidung fiel da gar nicht schwer,
zwischen Haus und Straße muss ein Vorgarten her.

Das Ehepaar dachte rustikal,
eine Mauer zierte das Areal,
schön verziert mit Ornamenten
ein Schriftzug ließ sich auch erkennen.

Rasen wurde eingesät,
zufrieden schaute man aufs Beet,
im Frühjahr entfaltete sich die Pracht,
viele Margareten sich im Gras breit gemacht.

Natürlich konnte man dort nicht mähen,
man sah Kinder sich ein paar Blumen nehmen.
Mit der Zeit fing die Mauer zu bröckeln an,
baufällig – sie wurde abgebrochen dann.

Auf einem Spaziergang sehen sie dann
einen Zaun aus Metall, ziemlich filigran.
Ein Handwerker war schnell gefunden,
der freute sich über die neuen Kunden.

Ein paar Jahre gingen nun ins Land,
das Unkraut behielt langsam die Oberhand,
das müssen wir ändern, dachten die Beiden,
wir werden uns einen Rollrasen leisten.

Sie beauftragten 'nen Mann vom Gartenbau,
der sich das vor Ort erst mal angeschaut.
Dann wurde alles abgetragen und
als Erstes Mutterboden aufgetragen.

Darauf … und das war jetzt der Clou …
Kam der Rollrasen – fertig war's im Nu.
Täglich gewässert, also gut gepflegt,
sich nun Mancher nach dem Vorgarten staunend
                                    umgedreht.


## Wer ist das?

Tief in der Erde ist er zu Haus
Und streckt dort seine Fühler aus,
Wie ein Dieb, der von unten will in eine Bank,
So gräbt er sich langsam durch den Sand.

Doch schaut er als Schössling aus der Erde,
Ihm kein langes Leben beschieden werde.
Bevor die Sonne auf sein Köpfchen brennt,
Kommt ein Mensch schnell angerennt!

Der Eine, wenn er freigelegt ...
Wird an der Wurzel abgesägt,
Denn nur im Dunkeln bleibt er weiß und zart,
Wie der Mensch ihn gerne mag.

Von wem mag hier die Rede sein,
Wer meidet Tag und Sonnenschein?
Den, wenn man ihn dann wachsen ließ,
Erst ein blaues Köpfchen kriegt.

Dann wird er grün mit roten Beeren,
Um im nächsten Jahr sich zu vermehren.
Vom Spargel spreche ich – dem zarten Gemüse,
Auf dass man es mit:
brauner Butter oder Schinken genieße.

\*\*\*

## Der schöne Vorgarten…auf dem Land

In einem Vorort von Haselünne ereignete es sich. Es war nicht zu fassen – und das in unserer heutigen Zeit!

Um Liesels Eltern zu besuchen, fuhren die beiden seit Jahren durch diesen schönen Ort im Emsland, um in den Norden zu gelangen. Sie erlebten im Laufe der Zeit, wie sich die Stadt veränderte. Neue Häuser wurden gebaut, eine Fußgängerzone angelegt und bedauerlicherweise auch manches schöne Haus abgerissen. Plötzlich war Sehenswertes auf diese Weise ganz einfach verschwunden. Kommt man zum Ende des Ortes, stehen auf dem letzten Stück rechts und links noch ein paar wirklich schöne Einfamilienhäuser. Die Vorgärten sind zu jeder Jahreszeit eine kleine Augenweide; vom Frühling bis in den Herbst blühen Blumen in allen Farben und Schattierungen. Im Winter sieht man auch manchmal noch die Reste von Astern und, wenn Schnee gefallen war, der sich auf den Pflanzen und Büschen niederließ, sahen Liesel und Max die Kinder ihre Schneemänner bauen. Zu Ostern waren es oft genug Schneehasen! Am Ende der Bebauung kam das Ortsausgangsschild und dann der Hinweis für die Autofahrer: ab jetzt dürfe man 80 km/h fahren, da rechts und links nichts anderes mehr zu finden sei als Ackerland und Wiesen. Je nach Jahreszeit sah man auf den Feldern dicke, aufgeworfene Erdhügel; die Maulwürfe waren unterwegs.

Wenn die Felder dann bestellt wurden, verschwanden die Hügel von ganz allein.

Nun war es wieder soweit; der Besuch bei den Eltern stand an. Liesel und Max waren gerade durch den Ort gekommen, als sie mit dem ausgestreckten Arm nach links zeigte.

„Mensch, sieh mal Max, die haben hier auf mindestens hundertfünfzig Meter einen hohen Erdwall aufgeschüttet."

Max trat auf die Bremse, um sich das genauer anzusehen. Zwischen dem letzten Haus und dem Wall befand sich eine Schneise und sie staunten nicht schlecht, als sie mindestens zwanzig neue Häuser, teilweise noch im Rohbau, sahen. Beim Weiterfahren nahmen sie sich vor, diese Siedlung bei nächster Gelegenheit genauer in Augenschein zu nehmen.

An einem Sonntagmittag, Liesel und Max waren mal wieder auf dem Rückweg vom Elternbesuch, erinnerten sie sich daran und beschlossen kurzerhand, dieses Vorhaben in die Tat umzusetzen. Sie spazierten über teilweise noch unbefestigte Wege, schließlich war das vor nicht allzu langer Zeit Ackerboden gewesen. Viele Leute waren fleißig; es ging auf einen Feiertag zu, da sollte der Vorgarten doch passabel aussehen.

Plötzlich blieben die Beiden stehen. Von irgendwo hörten sie laute Stimmen. Max drehte sich um: „Komm, wir gehen weg hier. Das hört sich wie Streit zwischen zwei Nachbarn an."

„Ach, lass doch, die sehen uns ja nicht. Hören wir doch einfach zu, was da los ist", zuckte Liesel mit den Schultern.

Aus sicherer Entfernung hörten sie zu, wie der Nachbar eines bereits fertigen Hauses dem anderen vorwarf, es sei seine Schuld, dass sein schöner Rasen demoliert wäre. Der andere entgegnete, dass er wohl nichts dafür könne, wenn die Maulwürfe seinen – des Nachbarn – Vorgarten umgraben würden. Dann kam es natürlich

prompt: Bei mir war überhaupt kein Maulwurf, die waren alle bei Ihnen und Sie haben die zu mir getrieben!
Wie soll das wohl funktionieren?, fragte der Zweite darauf hin (nicht ganz zu unrecht, oder?)
„Na klar", moserte der Streitsüchtige, „ich habe doch gesehen, wie Sie in Ihrem Rasen extra kleine Tümpel angelegt haben."

NUR SCHNELL WEG!

Jochen Krohn

„Und was ist daran verwerflich? Seitdem ist mein Rasen einwandfrei."
So ging das noch eine Weile hin und her. Gerade hatten sich Liesel und Max umgedreht, um zum Auto zurückzugehen, als sie lautes Gelächter hörten.
„Nanu, haben sich die beiden wieder vertragen?"
Neugierig geworden verharrten sie nun doch noch und hörten so, warum die lieben Tierchen das Areal des Einen verlassen hatten.
Der Nachbar mit den kleinen Pfützen auf der Wiese berichtete, dass er folgendes beobachtet hatte: Ein Maulwurf hatte gegraben und kam genau unter so einem kleinen Wassertümpel aus der Erde.
Er muss sich wohl sehr erschrocken haben, als plötzlich sein frisch

gegrabener Gang voll Wasser lief. Also wich er auf das Nachbargrundstück aus. Auch Maulwürfe bekommen ungern nasse Füße! Jetzt steht selbst bei Trockenheit in den Vertiefungen auf dem Rasen immer ein bisschen Wasser. Seit dem gibt es bei dem anderen Nachbarn ebenfalls keine Maulwürfe mehr. Liesel und Max lächelten; sie wohnten zur Miete im zweiten Stock. Als sie in ihr Auto stiegen amüsierten sie sich darüber, welch *schwerwiegende* Probleme doch bei Häuslebauern so auftauchen können.

*Und die Moral von der Geschicht'*
*Bau auf Ackerboden dein Häusle nicht!*
*Such dir Sand- oder Lehmboden aus,*
*So kommt im Rasen kein Maulwurf raus!*

\*\*\*


## Alles im Garten

Wer ein schönes Zuhause hat,
bedauert die Menschen in der Stadt,
denn … wenn er aus dem Fenster schaut,
sieht er Beton – alles ist zugebaut.

Ein Vorgarten mit sattem Grün,
in dem auch einige Blumen blüh'n
und hintern Haus, man glaubt es kaum,
steht ein riesiger Ahorn-Baum.

Eine Rasenfläche – zweigeteilt
drum herum Büsche aufgereiht,
dazu Brombeeren und Holunder,
für Mensch und Tier ein kleines Wunder.

So sehen wir, was Manchen entgeht,
von der Terrasse aus, was alles lebt,
Amseln, Tauben und auch Raben,
sich an herunter gefallenen Früchten laben.

Auch ein Grünspecht schaut schon vorbei,
ein Eichhörnchen schwingt sich von Zweig zu Zweig,
und Ameisen sind auf dem Rasen zu Gast,
so mancher Spatz hier eine Mahlzeit hat.

Auf einmal ist Herbst, die Blätter fallen,
dann ist plötzlich Schnee überall …
die Vögel sind in den Süden abgehauen,
nur das Eichhörnchen hüpft noch über den Baum.

Auch die Menschen ziehen sich in die Stuben zurück
und warten sehnsüchtig auf den Augenblick
wenn das Frühjahr kommt, die Blätter werden grün
und sie alle Tiere wieder sehen.

\*\*\*

## Der Schrebergarten

Wenn der Winter ist vorbei,
kein Frost mehr in dem Boden sei,
die ersten Sonnenstrahlen blitzen...
sieht man sie in die Gärten flitzen.

Vom Bauern eine Fuhre Mist...
glücklich, der heut' noch eine kriegt!
Nun wird gegraben und geharkt,
auch der erste Samen in die Erde gelangt.

Ein Frühbeet, abgedeckt mit Glas,
damit man recht bald Pflanzen hat.
Der Gartenzaun, die Laube, Bänke...
wird neu gestrichen durch fleißige Hände.

Wenn es im Sommer wächst und blüht,
man einen zufriedenen Gartenfreund sieht.
Ein Grillfest ist dann der richtige Rahmen,
allen zu zeigen, wie fleißig sie waren!

Tomaten, Gurken und Salat
Kartoffeln, Möhren, Blattspinat,
Äpfel, Kirschen, sogar Trauben,
alles frisch ... kaum zu glauben.

Auch ist man stolz auf den Kohlrabi,
Radieschen, Rettich und Zucchini,
ein Gartenfreund zum anderen spricht,
so groß wie meine, sind deine nicht!

Ach, sagt der Nächste, ohne Scham,
meine Kohlköpfe man kaum heben kann!
So wird es Herbst, das Laub wird bunt,
man hält „Erntedank" in froher Rund.

Nun trotzt der Grünkohl noch im Garten,
denn er muss den ersten Frost abwarten.
So geht das Schrebergartenjahr zu Ende,
bis zum Frühjahr,
dann spuckt man wieder in die Hände.

Um zu graben, zu säen und sich zu freuen,
wenn alles wächst und blüht von neuem.
Hoffen wir, dass wir das können erleben...
so lange wir wandern auf dieser Erden!

# Blumen – wie von Geisterhand

Täglich, wenn es nicht gerade vom Himmel hoch regnete, wanderte Siegfried seine Runde. Jetzt, im Juni, blühte es in *manchen* Vorgärten in schillernden Farben und er erfreute sich immer wieder daran. Seit einiger Zeit stellte er aber immer öfter fest, dass einige Hausbesitzer aus der Reihe tanzen und, statt Blumen, Steine in die Vorgärten schütteten. Trostlos und weiß Gott nicht umweltfreundlich ist so etwas; doch das scheint die Leute nicht zu stören. Kein Wunder, dass es immer weniger Insekten gibt. Wo sollen sie auch Nahrung finden, wenn nicht nur in den Städten, sondern auch noch in den Vorgärten alles zugepflastert wird. Und wer bestäubt die ganzen Obstbäume? Dann ist das Geschrei groß, wenn es weniger Marmelade, Honig und so weiter – dazu auch noch teurer – geben wird.

Eines Tages kam Siegfried auf eine tolle Idee: auf seinem Rundweg kam er unter anderem an einer Gärtnerei vorbei. Die betrat er und der Gärtner fragte nach seinen Wünschen.

„Ich hätte gern Blumensamen für den Vorgarten. Von allem etwas, gemischt."

Der Gärtner ging an sein Regal und bot ihm drei Päckchen zur Auswahl an. Siegfried las sich den Inhalt durch und verlangte anschließend *zehn* Päckchen von jeder Sorte. Auf die Frage des Gärtners, ob das nicht vielleicht ein bisschen viel wäre, antwortete er: „Ich habe einen großen Vorgarten."

Frohgemut beendete er seinen Rundgang und freute sich auf die kommenden Tage.

Statt vormittags wanderte Siegfried die nächste Zeit kurz vor Einbruch der Dunkelheit … für das, was er vorhatte, konnte er keine Zuschauer gebrauchen.

Als es an der Zeit war, bewaffnete er sich mit einem Stoffbeutel, in dem die erstandenen Samentütchen steckten. Eine Schere zum Aufschneiden hatte er mitgenommen und los ging es.

Den ersten Vorgarten erreichte er schon nach knapp fünf Minuten; zwei Tütchen aufgeschnitten und im Vorbeigehen die Samen auf der steinigen Fläche verteilt. Auf seinem Rundweg fand er noch vier weitere Vorgärten, die durch Schotter unansehnlich gemacht waren. Schlichtweg scheußlich! Auch diese wurden mit den Blumensamen bestreut und, als hätte der Wettergott ein Einsehen gehabt, begann es an den kommenden Tagen zu regnen.

Fünf Eigenheimbesitzer staunten nicht schlecht, als es in ihrem Vorgarten – wie von Geisterhand – zwischen den Steinen grünte und blühte. Wie konnte das sein? Wir haben doch beim Anlegen des Gartens in Abständen immer wieder Unkrautvernichtungsmittel aufgesprüht...?

Hätten sie beobachtet, wie der Spaziergänger Siegfried auf seinem täglichen Rundgang über das ganze Gesicht grinsend, an ihren Vorgärten vorbei flanierte, wären sie wohl trotzdem nicht auf die Idee verfallen, einen Blumenfreund gesehen zu haben.

Wochen später ... ein Vorgartenbesitzer hatte tatsächlich die zwischen den Steinen hervor sprießenden Blumen stehen lassen und Siegfried freute sich über den kleinen Erfolg für die Umwelt. Auf einer seiner nächsten Runden warf er ein Kärtchen mit einem *Dankeschön der Insekten* in den Briefkasten des Vorgartenbesitzers. Ob er ihn überzeugen konnte? Er würde es in den kommenden Monaten beobachten.

\*\*\*

# März

Im Märzen der Bauer den Traktor anspannt
ratternd und tosend fährt er übers Land
hin ist sie, die Stille der Felder
mit lautem Getöse geht's auch durch die Wälder.

Hier fällt das Holz durch elektrische Sägen
zum Segen !
Zum Segen ?
Wem wohl zum Segen ?

Die Industrie unserer Welt, sie muss laufen
zum Wohle der Menschheit, Bauholz zu kaufen.
Der Teufelskreis schließt sich
die Natur schreit *oooh weh*
seht Ihr denn nicht
bald ist es zu spät.

Gebaut und gewerkelt wird allerorten
einige Multis das Geld dafür horten.
Wir haben 'ne Forschung in vielen Betrieben
***Die*** sollten mal zusehen,
nach Alternativen.

Wenn wir ***die*** nicht finden
dann ist es bald aus
dann bleibt auch im Märzen der Traktor zu Haus'.
Denn Felder und Wälder, die gibt es nicht mehr
diese Begriffe sind vergangene Mär !

\*\*\*

# Hochwasser

Wenn ich aus dem Fester schau
Und es ist nicht trüb und grau ...
Es scheint die Sonne und es ist weiß,
Dann muss tatsächlich Winter sein.

Wenn Weihnacht' und Silvester vorbei,
Keiner traut sich, auf die Waage zu steigen,
Braten, Kuchen und Plätzchen sind aufgegessen,
Dann ist das alte Jahr vergessen.

Doch in Köln und anderen Regionen,
Vergisst man's nicht – möcht' ich betonen!
Denn der Rhein und andre Flüsse,
Bescheren den Menschen nasse Füße!

Und immer, wenn das Wasser steigt,
Ist es mal wieder an der Zeit ...
Die Betroffenen schimpfen, was das Zeug nur hält,
Über den Herrgott und die Welt.

Doch sagen wir's mal klipp und klar:
Die Seen und Flüsse waren zuerst da!
Dann kam der Mensch und hat gebaut,
Bis ans Wasser und hat so manches Flussbett geklaut.

Die Wälder abgeholzt, betoniert und begradigt,
Manche Flüsse sogar unter die Straße verbannt,
Wenn es mal heftig zu regnen beginnt –
Wo soll denn dann das Wasser hin?

Erst wenn die Menschen haben begriffen,
Dass auf der Erde alles nur geliehen,
Und man damit pfleglich umgehen muss,
Kommen sie vielleicht zu dem Entschluss,
Dass man der Natur etwas zurück geben muss.

Doch ich glaube: bevor die Menschen
Die Schuld bei sich selber suchen,
Werden sie weiter auf das Wetter fluchen.
Und immer Andere verantwortlich machen,
Wenn das Wasser kommt und versaut ihre Sachen!

\*\*\*

## Regenwurm Johannes sucht eine Frau

„Johannes … Johannes … Jo – han – nes !!!"
Wo, in aller Welt steckt dieses Kind bloß wieder. Unwirsch ging
Mutter Josefa von einem Zimmer zum anderen bis sie ihren Sohn
endlich, gemütlich in der Hängematte liegend, auf der Terrasse
fand.
„Willst du wohl reingehen! Es ist Schlafenszeit; ab ins Bad, wa-
schen, Zähne putzen und in die Klappe!"
Seufzend erhob sich Johannes und ging aufreizend langsam ins
Haus. „Dann soll Papa mir wenigstens eine Gutenachtgeschichte
vorlesen."
„Ich werde ihn fragen."
„Aber die vom Regenwurm, der niest."
„Wie kommst du denn auf die Idee. Ein Regenwurm kann doch
nicht niesen…!" Mutter Josefa ging kopfschüttelnd zurück in die
Küche und behielt mit einem Auge die Badezimmertür im Auge.

Hinter ihr kam Horst mit einem kräftigen Haaatschi in die Küche und Josefa grinste ihren Mann an: „Das passt gerade prima. Dein Sohn möchte eine Gutenachtgeschichte von dir vorgelesen haben und zwar die vom Regenwurm, der niesen kann."

Horst nickte mit dem Kopf: „Ja, das ist seine Lieblingsgeschichte und die müsste er eigentlich inzwischen rückwärts singen können. Aber – egal. Ich werde sie ihm noch einmal vorlesen, wenn er dann im Bett ist." Knappe zwanzig Minuten war es soweit und der Vater meinte: „Du könntest die Geschichte gut selbst lesen, immerhin kannst du das ja schon."

„Das ist richtig, aber ich finde es schöner, wenn du das machst...!" antwortete Johannes.

*Ein Regenwurm, der übrigens den gleichen Namen trägt wie du, nämlich Johannes, überlegte sich, dass er eigentlich auch einmal heiraten müsste. Doch dazu müsste er seine Wohnung verlassen und das ist immer mit einem gewissen Risiko verbunden. Abgesehen davon, dass es gerade, als er sich nach draußen schlängelte, zu regnen anfing, blieb ihm nichts anderes übrig, als Zuflucht im nächsten Maulwurfhügel zu suchen. Diese Wohnung lag immerhin so hoch, dass er wenigstens nicht nass und nicht von Wasser zugespült wurde, aber ... fiel ihm noch rechtzeitig ein, Maulwürfe mögen Regenwürmer. Huch – das war ein grausiger Gedanke. Gott sei Dank ließ der Regen kurze Zeit später nach und Johannes lugte wieder vorsichtig in die Welt. Diese Neugier hätte er beinahe mit seinem Leben bezahlt, denn soeben kam Hanna, die betagte Henne auf Futtersuche, schnellen Schrittes auf ihn zu. Also – nix wie rein mit dem Kopf. Schnell buddelte er sich in die andere Richtung und versuchte, erneut ins Freie zu kommen. Er schaute sich um und stellte fest, er war in einem Schrebergarten gelandet. Nun, dachte Johannes, hier wird es sicher auch ein Regenwurmmädchen geben, das mir gefällt. Gemütlich machte er sich in Richtung des nächsten Komposthaufens auf als er in direkter Nähe ein heftiges Haatschi hörte. Ein hübsches Regenwurmmädchen hatte sich wohl erkältet,*

*musste niesen und fing zu Johannes Verwunderung an zu singen:*
*„Hört Ihr die Regenwürmer niesen, wie sie durchs dunkle Erdreich*
*zieh'n; wie sie sich winden, um zu verschwinden, auf nimmer, nim-*
*mer wieder sehen..."* *)

Zwischendurch war Papas Stimme immer leiser geworden und nun war er plötzlich ganz still. Leise stieg Johannes aus dem Bett und nahm dem seinem Vater das Buch ab. Die letzten Zeilen konnte er selber lesen.

*Johannes suchte sich den Weg in den Komposthaufen. Er war furchtbar müde und musste sich eingestehen, dass die Suche nach einer Frau doch recht anstrengend war. Außerdem hatte er Hunger und dem musste zuerst abgeholfen werden. So entschloss er sich, zunächst etwas zu essen zu suchen, dann etwas zu schlafen und morgen würde er weiter nach einer Regenwurmfrau Ausschau halten...*

Da öffnete sich die Tür und Mama steckte den Kopf ins Zimmer. Gerade wollte sie mit Johannes schimpfen, als dieser grinsend den Finger an die Lippen legte:
„Pssst Mama, nicht so laut – Papa schläft schon!"

*)Text von Markus Becker, Kinderlieder
Melodie angelehnt aus My Fair Lady: Hei,
heute Morgen macht ich Hochzeit …

## Die kleine Waldmaus

Am Waldesrand in einem Bau
lebt die Maus, klein, flink, braun und schlau.
Hat ein Nest ganz warm und weich
für sie ist es ihr Königreich.

Draußen ist es bitter kalt
und Schnee liegt noch im ganzen Wald.
Und darum ist sie kaum zu sehen
von Menschen, die spazieren gehen.

Wenn der Schnee dann weggetaut,
die Maus sich aus dem Bau raustraut,
ihr Magen knurrt in einer Tour,
sie überlegt – was mach' ich nur?

Nach ein'ger Zeit kommt sie zum Schluss,
sie wohl in der Erde nachgraben muss.
Eine Wurzel, eine Eichel vom vorigen Jahr,
denn sonst ist noch nichts Frisches da.

Doch dann wird es Frühling, auch im Wald,
eine Mausfrau ist gefunden bald,
und wenn sie sich mächtig lieben,
gibt's kleine Mäuschen – derer sieben.

Nun hat die Waldmaus ein Problem,
woher das viele Futter nehm' ?
Sie überlegt und denkt sich dann,
man auch mal auf freiem Felde suchen kann.

Am Waldesrand steht nun die Maus
und schaut nach etwaigen Feinden aus,
dann läuft sie los – quer übers Feld
und sammelt Futter, flink und schnell.

Die Zeit vergeht, die Mauskinder wachsen,
immer mehr Futter muss man ranschaffen.
Eines Tages ist's dann geschehen …
ein Bussard hat die Waldmaus gesehen.

Auch er hat Kinder zu versorgen...,
die Mäusekinder warten vergebens heute Morgen.
Wäre sie doch nur im Wald geblieben,
dann könnte sie wohl heute noch leben.

\*\*\*

*...und so was gibt es auch*

# Der fünfzigste Geburtstag
*Als wir losfuhren, schrieben wir das Jahr 2020 –*
*als wir ankamen ...*

Edelgard hatte sich vorgenommen, zu ihrem fünfzigsten Geburtstag etwas ganz besonderes zu veranstalten. Was das im Einzelnen
sein sollte, wusste sie lange Zeit selbst nicht genau. Wie sie berichtete, plante sie fast ein ganzes Jahr.
Dafür war es wirklich etwas Besonderes.


Alle geladenen Gäste versammelten sich am vierten März um fünf-
zehn Uhr fünfundfünfzig an der vereinbarten Bushaltestelle. Von
dort aus, alle kamen sogar pünktlich, fuhren sie um punkt sechzehn
Uhr mit einem gemieteten Reisebus ab.
Wohin?
Das war derzeit noch die große Frage. Kurt berichtete, dass sie ei-
ne Fahrt in drei Etappen machen würden.
*Über* den Rhein – *am* Rhein entlang – und *an* den Rhein ...
Was entsprechendes Rätselraten verursachte.
Auch Edelgards Schwester kannte das Ziel der Reise nicht; sie
erfuhr nur, dass die ganze Familie vor der Haustür abgeholt würde.
Das Gesicht war goldig; wer wird auch gleich mit einem Reisebus
abgeholt.


Der Busfahrer stellte sich, wie es die Höflichkeit gebietet, vor und
dabei wäre beinahe die erste Panne passiert. Glücklicherweise war
das Mikrophon ausgeschaltet, so dass nur die ersten beiden Reihen
mitbekamen, dass er, neben seinem Namen, verfrüht das Ziel der
Reise nannte. Es wäre schade gewesen, hätten die Beteiligten nicht
weiter rätseln können. Erst als das Ziel der Fahrt näher rückte,
wurde auch den Anderen klar, wohin es gehen würde. Nach *Zons*,
einer alten Festung am Rhein.

Begonnen wurde diese, wirklich einzigartige Geburtstagsfeier mit einer Führung durch die Stadt Zons. Stadtführer und Videofilmer – letzterer mit dem schönen Namen Harald Krumbein – inklusive.

Diese kleine Stadt, der man, aus welchen unerfindlichen Gründen auch immer, im Jahre 1975 kurzfristig die Stadtrechte aberkannte, die sich heute aber wieder *Stadt Zons* nennen darf und nun zu Dormagen gehört, ist mehr als eine Reise wert. Die alten Stadttore, von denen allerdings nicht mehr alle erhalten sind, bestehen zum größten Teil aus drei hintereinander liegenden Toren, so dass die Feinde (deren es auch heute noch gibt, nur nennt man sie jetzt Touristen!), wenn sie das erste Tor gestürmt hatten, noch zwei weitere bewältigen mussten. Im Mittelalter, der Hochblüte kleinerer und größerer Kriege, hat es keiner geschafft.

Erbitterte Kämpfe lieferte sich die Stadt Zons, wegen einer enormen Einnahmequelle, auch mit dem wenige Kilometer entfernt liegenden Neuss am Rhein. Es ging um die Zölle. Zons wollte unbedingt Zollstadt werden, was damals aber nur gelang, weil die Natur auf eine einzigartige Weise mitspielte. Der Rhein änderte seinen Flusslauf im Verlauf von knapp einem Jahr und entfernte sich somit von den Stadtmauern von Neuss. Damit lag Neuss nicht mehr direkt am Flussufer und Zons konnte die Zollrechte für sich beanspruchen. Hätten die Neußer damals gewusst, dass sich der Rhein auch von Zons zurückziehen würde, wäre dieser Plan sicherlich gescheitert.

Zunächst einmal war aber alles gelungen und die Mauern von Zons beherbergten in ihrem Innern nun die wichtige Zollstation. Die Mauern der Festung sind auch deshalb noch erwähnenswert, weil sie in Versatzform gebaut sind und aufgrund ihrer Konstruktion so auch als Eisbrecher dienten. Die Spuren des Eises und auch die der Treidelseile, sind heute noch deutlich zu sehen. Die ebenfalls recht bekannte Freilichtbühne der Feste Zons stammt noch aus 1935 und war seinerzeit errichtet worden, um historische Spiele aufführen zu können. Parallel dazu begann man mit Märchenspielen, die im Laufe der Jahre den historischen Spielen den Rang abliefen. Im

Sommer des denkwürdigen Jahres von Edelgards fünfzigstem Geburtstag spielte man, als Jubiläumsvorstellung des langjährigen Bestehens der Bühne, *Die Prinzessin auf der Erbse.*

Der Stadtführer machte die Gäste auch auf andere Besonderheiten aufmerksam, die allerdings eher ärgerlicher Natur waren. Bei dieser Gelegenheit kam deutlich zum Ausdruck, dass er auf den Konservator der historischen Altstadt schlecht zu sprechen war, da dieser, z.B., einen der Festungstürme mit einem Betondeckel als Dach versehen hatte. Der Stadtführer vertrat die Ansicht, man hätte einen Schiefer gedeckten Spitzturm darauf setzen müssen, was den damaligen Gegebenheiten entsprochen hätte. Nun, hier kann man natürlich unterschiedlicher Meinung sein. Ein Konservator hat, wie der Titel seines Amtes besagt, Altes zu *konservieren*. Ein Spitzdach auf dem Turm wäre aber nicht konserviert, sondern eben neu gewesen. Wogegen der Betondeckel nur die Funktion der weiteren Erhaltung des Turmes übernimmt.

Ein Witz, allerdings ein schlechter, ist wohl die Tatsache, dass man aus dem Schloss Friedestrom der Festung Zons eine Burg machen wollte. Zu diesem Zweck hat man sinnigerweise den Marktplatz in Schlossplatz umgetauft und die anschließende Straße in Schloss-Straße umbenannt.

*Schilda lässt grüßen!*

Inzwischen war die Sonne hinter dem Horizont verschwunden und es wurde empfindlich kühl. Die Stadtführung war beendet und alle wurden zum endgültigen Domizil der Feier geleitet, zur Schloss-Destille in der Altstadt von Zons.

*So also geschehen am vierten Tage des dritten Monats*
*im Jahre des Herrn zweitausendzwanzig*

*Es geben sich die Ehre*
*Schlossdame Edelgard und*
*Ritter Kurt derer von Möller*

Kalte Füße und rötlich gefrorene Nasenspitzen begrüßten die anheimelnde Wärme des Innern der Schloss-Destille sowie auch den gereichten Trank zur Begrüßung. Nun muss man wissen, dass es sich nicht geziemet, einfach seinen Platz einzunehmen, der für jedwede geladene Person mit einem Namensschildchen versehen war. Mitnichten! Die geladenen Gäste wurden einer eingehenden Besichtigung durch den *Herold Peter* unterzogen und zunächst einmal in passende Gewänder gesteckt, die alle nach Beendigung der Einkleidung äußerst stilecht präsentierten. Im Anschluss daran kam die Vorstellung jedes einzelnen Gastes, wobei neben der Charakterisierung die rituelle, traditionelle Waschung der äußeren Extremitäten vorgenommen wurde. Erst danach begaben sich alle auf ihre Plätze und *Wolfgang, der Trompeter*, kündigte den ersten Gang an. Zuvor wurde von Herold Peter noch gebührend darauf hingewiesen, dass der Tugendwächter zu achten hätte auf ziemliches Verhalten, das bedeutete, aller Hände sichtbar auf dem Tische zu belassen, ob niemand in Versuchung gerate, mit eben selbigen anderes zu bewerkstelligen als Speisen zu sich zu nehmen. Auch das auf der Tafel befindliche neumodische Instrument sei, so es vielleicht die eine oder andere Person noch nicht kenne, Gabel genannt und diene ausschließlich dazu, die festen Speisen zum Munde zu führen. Es sei weder dazu bestimmt, sich damit zu kratzen, noch, eventuell den Nachbarn damit zu traktieren.

Anlässlich des Ehrentages der Schlossdame Edelgard ward der Herold nun noch dazu aufgerufen, dem ihr angetrauten Gatten die verspätete Ehre zuteil werden zu lassen, mit dreimaligem Schlage die Ritterwürde zu erhalten. Dergestalt ausgezeichnet begab sich Ritter Kurt nunmehr auf seinen Sitz und Herold Peter konnte die nächste Regel des Abends kundtun, die da lautete:

Die Verköstigung dieser hochwohlgeborenen Gesellschaft bedarf besonderer Aufmerksamkeit, damit auch das geringste Risiko ausgeschaltet sei. Es kann nicht im Sinne der Edlen sein, dass womög-

lich die eine oder andere Speise nicht so mundet oder eventuell dazu dienet, einen still anwesenden Feind zu beseitigen, so dass es als unerlässlich zu erachten sei, einen Vorkoster zu bestellen. Dies entsprach der Würde des Hauses, dem Range der Gesellschaft und schloss jedwedes Risiko aus, dass anstelle *eines* benötigten Sarges möglicherweise die gesamte Gesellschaft daniederliegen könne.
Nun, sei's drum – das Mahl konnte beginnen.

Große runde, rötlich-braun gebrannte Unterlagen, man nennt sie Teller aus Ishing-Ton, wurden mit wohlschmeckendem Fladenbrot belegt und man vernahm ganz plötzlich kein unsachlich Gerede mehr, sondern nur die Geräusche derer, die sich vergnügt der Speise widmeten. Dieser Gang wurde zuerst vom Vorkoster freigegeben, so dass ein plötzlich Unwohlsein nicht anstehen konnte.

In diese wohlige Stille hinein begab sich also ein Paar, welches man nennt Musikanten. Sie liebten die Musik und ließen die Gäste gern daran teilhaben. Ihre Balladen stammten zum größten Teil aus fremden Landen, Patagonien oder Iberia, was in der Neuzeit Chile, Argentinien oder Spanien genannt wurde. Dies sei kundgetan für alle, die noch nicht der Möglichkeiten frönen konnten, die die neumodischem Kutschen – man hat sogar schon solche gesehen, die durch die Luft fliegen – zum Reisen bieten.
Gesang, Gitarrenmusik und Flötentöne wurden geboten und jedweder Gast genoss diese Zeichen der Harmonie und Ehrerbietung.
Um den gar zauberhaften Darbietungen einen geheimnisvollen Anstrich zu geben, entbot Herold Peter seine Künste als Feuerspeier, die den anwesenden Mannen und ihren Wib'sen auch bedeuteten, dass nicht ein groß' Feuer ward gespie'en, sondern mittels geheimer Alchemie ein Pulver in die Flammen geblasen und somit ein bengalisches Feuer angefacht wurde.
Zwischendurch trat Wolfgang, der Trompeter, immerdar in diese Runde um zu verkünden, was als nächstes zu beachten und zu würdigen sei.

Die fremdländischen Musikanten begaben sich in die Mitte der Tafelrunde und erfüllten auch ausgefallene Wünsche. Eigentlich sollten sie ab einer gewissen Zeit der Ruhe frönen, doch diese Ritterrunde machte auch den beiden solch' Vergnügen, dass sie immer noch einen weiteren Wunsch erfüllten.

Der letzten Gang hervorragender Speis' und Tränke wurde gemeinsam mit der Melodie des Abschieds serviert – man schrieb Mitternacht, die Stund' der Geister und das Ende eines herrlichen Festes.

Die Geladenen begaben sich zum Umkleidesalon des Schlosses, entledigten sich ihrer Obergewänder und schlüpften zurück in die Neuzeit.

Die Geladenen der Ritterrunde, die Edle Schlossherrin Edelgard und ihr angetrauter Gemahl Ritter Kurt verließen den vierten Tag des dritten Monats des Jahres Anno neunzehnhundert, begaben sich zu ihren neumodischen Kutschen, deren gar viele Leute aufnehmen können und fuhren zurück in die neue Zeit.

Den 5. März 2020.

Der Edlen sei Lob; es war zauberhaft schön, für ein paar Stunden in der guten, alten Zeit zu leben. Es bedanken sich

Renate Gräfin derer von Krohn    Jochen Graf derer von Krohn
Hüterin der Hofbibliothek       Kundschafter fremder Länder

***

# Der große Merlin

Wabernde Nebelschwaden versperren den direkten Blick auf die Ostsee. Wie durch Watte höre ich die Wellen leise ans Ufer schlagen. Vorsichtig gehe ich den unebenen Weg über den Kamm des Deiches zu meiner halb verfallenden Bank in den Dünen. Wie oft bin ich diesen Weg schon gegangen. In den verschiedensten Stimmungen. Heiter, bedrückt; jubelnd vor Glück, und tieftraurig, depressiv. Ich bin sowieso ein Mensch, der das Alleinsein liebt. Gerade in dieser Form des Alleinseins bin ich nie wirklich allein. Die andere Art von Alleinsein kann ich nämlich überhaupt nicht vertragen. Nur eben diese Form von Einsamkeit, die es mir möglich macht, völlig eins mit der Natur zu werden.

Vor mir steigt ein Milan in die Lüfte, der mit seinem Ruf alle anderen warnt: „Hört her! Hört alle her – da kommt schon wieder so ein Mensch!"
„Hab dich nicht so", erwidere ich, „langsam müsstet ihr mich doch kennen!"
Der keckernde Ruf eines anderen Vogels antwortet.
Langsam, um nicht in eines der vielen Löcher unterirdischer Bewohner zu treten, setze ich meinen Weg fort. Der Nebel wird dichter und um mich herum wispert es leise. Rechts von mir nehme ich eine dunkle, schattenhafte Gestalt wahr, die mich lautlos begleitet. Ab und zu sehe ich ein uraltes Gesicht unter einem hohen, spitzen Hut. Ironisch verbeugt sich mein Schatten; „Guten Morgen meine Liebe. Gut geschlafen?" Und dabei weiß er ganz genau, dass ich *nicht* gut geschlafen habe. Sonst würde ich nicht schon hier herum laufen.
„Nein", gähne ich, „nein – ich habe nicht gut geschlafen und daran trägst du Schuld."
„Wieso? Ich schicke dir alle Träume, die du willst. Was gefällt dir daran nicht?"

Das leise, meckernde Lachen irritiert mich wieder einmal. „Sag mir endlich, wer du bist", verlange ich.

„Nun", antwortet die Stimme, „ich wundere mich, dass du mich noch immer nicht erkannt hast. Ich mache dir einen Vorschlag: gehe bis zum Ende des Deiches. Und wenn du mich bis dahin noch nicht erkannt hast, sage ich dir, wer ich bin. Aber das hat seinen Preis!"

„Was verlangst du von mir?", frage ich erschrocken, denn Preis bedeutet für mich Geld und das kann ich nun wirklich nicht erübrigen. Vor wenigen Monaten habe ich mich in das Heer der Arbeitslosen einreihen müssen und komme gerade mehr schlecht als recht über die Runden. Als nicht gleich eine Antwort kommt, werde ich ungeduldig: „Also, was willst du?"

Der Schatten veränderte sich – wurde düster, drohend.

Just in diesem Moment verirrte sich ein winziger Sonnenstrahl durch den Nebel und ließ das bodenlange Gewand des Schattens aufleuchten. Dunkelblau mit goldenen Sternen. Seinen hohen Hut zierte ein besonders großer Stern oben auf der Spitze.

„Merlin! Der große Merlin", rutscht es mir heraus.

Das alte, weise Gesicht verändert sich; es wird böse und erinnert mich an Rumpelstilzchen. Fast erwarte ich, dass er beginnt, wütend auf einem Bein zu tanzen. Stattdessen streift jener winzige Sonnenstrahl seine Züge und er ruft mir etwas zu, was ich nicht mehr verstehe. Die Gestalt löst sich auf – der Weg neben mir ist leer. Nur Nebelfetzen wabern um mich herum.

Ich schlage die Augen auf, von einem Geräusch geweckt. In der Ferne verschwindet der blaue Schatten. Vorsichtig strecke ich zuerst das eine und dann das andere Bein unter der Bettdecke hervor. Ein Blick aus dem Fenster zeigt mir, Nebelschwaden wabern vorbei. Ich bin endgültig wach.

***

## … und dann war da der Mann, der hat gestillt

Cathrin war vielleicht so um die fünf Jahre, als sie mit ihren Großeltern an die See fuhr. Nach einem frühen Abendessen gingen sie,
das schöne Wetter ausnutzend, noch ein wenig spazieren. Entlang
der Strandpromenade standen Bänke; die Großeltern setzten sich
ein bisschen hin und Cathrin stromerte in Sichtweite herum. So ein
Kind erlebt ja immer etwas und meistens ganz anders, als ein Er-
wachsener.

Wieder zu Hause, holte sie tief Luft und erzählte unter anderem:
„Ja … und dann sind wir noch spazieren gegangen. Oma und Opa
haben sich auf die Bank gesetzt und ich bin herum gelaufen. Und
dann bin ich an eine andere Bank gekommen, da saß der Mann, der
hat gestillt."
„??? Was hat der? Das kann ja wohl nicht sein!"
„Doch! Ganz bestimmt Mama. Der war ganz still, der hat nix gesagt!"

*** 

## 'ne Bettumrandung fürs Klo

Sie waren eine ganze Clique; untereinander mehr oder minder be-
freundet. Eine Freundin kam auf die Idee, einem der gemeinsamen
Freunde, seines Zeichens Single, etwas zum Geburtstag zu schenken. Als sie am Telefon erklären wollte, um was es sich handelte,
fiel ihr die richtige Bezeichnung nicht ein. Sie meinte dann: „Na,
du weißt schon, was ich meine – so 'ne Bettumrandung fürs Klo!"
Gemeint war eine Badezimmergarnitur.

***

# Fastenzeit

In der Schule kam das Thema Fastenzeit und die Bedeutung derselben. Nachdem allen klar war – oder sein sollte – was die Fastenzeit bedeutete, fragte die Lehrerin ihre Sprösslinge der Reihe nach, auf was sie denn in der dieser Zeit verzichten wollten. Eines auf den geliebten Kaugummi; andere auf Schokolade, Fritten oder was immer in so einem Kinderköpfchen herumspukt.

Cathrin verzichtete spontan auch auf etwas: Auf das Zähne putzen!

\*\*\*

# Hast du auch das Fenster zu …?

Sie saßen im Autoreisezug von München nach Köln und waren stinkvornehm. Das konnte man daran sehen, dass sie die Zeitung nur mit Handschuhen anfassten.
Der Zug fährt an. Kurze Zeit später fragte sie ihren Mann: „Sag mal, hast du auch das Fenster im Auto zugemacht?"
„Ja – sicher!", doch er verzog zweifelnd das Gesicht.
Man kann noch so sicher gewesen sein, wird man aber danach gefragt, schleichen sich Zweifel ein. So auch bei uns. Es nützte nur nichts – das Auto stand unerreichbar auf dem Ladedeck des Zuges.

Einige Zeit später kommt der Zugbegleiter. „Ich habe noch einige freie Abteile und da es brütend heiß ist, kann ich Ihnen anbieten, dass zwei Personen in ein anderes Abteil ziehen können. Wenn Sie möchten?"
Die vornehmen Herrschaften *möchteten*. Bei dieser Gelegenheit legten sie dann ihre Zeitung zusammen, aus der sie sich in der letz-

ten halben Stunde gegenseitig die interessantesten Artikel vorgelesen hatten. Das hob auch *unsere* Bildung! Sie entledigten sich der Handschuhe; dabei konnte jeder sehen, dass sie eigentlich keine gebraucht hätten. Die Fingernägel straften jegliche Vornehmheit Lügen.

Am Zielort in Köln sahen wir Herrn und Frau Vornehm wieder. Sie standen auf dem Ladedeck ein Auto vor uns. Wir hatten unsere Fenster zu, aber ...! Herr Vornehm sagt laut und deutlich: Sch.....
*Ach, wie distinguiert!*

*** 

# Fleischimport

Die Schweiz ist teuer, das weiß jeder. Und wenn man in Grenznähe, zum Beispiel an der italienischen wohnt, nutzt man, wie auch immer, die Möglichkeit dort einzukaufen. So auch Familie Max.

Sie kamen mit ihren beiden Kindern vom Italienurlaub zurück und hatten etliches an Fleisch eingekauft, was an der Grenze zu Problemen führen würde, so der Zoll diese Importe entdeckte.
Also wurden die beiden Kinder auf den Rücksitzen während der Fahrt angehalten, die Füße – bitteschön – neben die Fleischtüten zu platzieren. Als die Grenze in unmittelbare Nähe kam, lautete die Anweisung umgekehrt. „So, und jetzt stellt Ihr die Füße bitte behutsam auf die Tüten. Aber nicht so fest. Nur so, dass, wenn der Zöllner hinten reinguckt, er nicht auf die Idee kommt, dass dort was liegt, was ihn interessieren könnte ...!"

Die Grenze kommt. Fenster runtergekurbelt.
„Haben Sie etwas zu verzollen?"

„Nein." Ausweise und Papiere vorgezeigt.
„Dankeschön und gute Fahrt!"

Der Grenzer war noch in Hörweite, als unisono von hinten zwei Stimmen erklangen: „Papa, können wir jetzt die Füße wieder vom Fleisch nehmen?"
!!!

*\*\**

## Die Vollmilch nach oben

Anfang der 1950er Jahre gab es noch etwas, woran sich nur die Älteren erinnern können. Bezugsscheine. Die allerdings gab es dann für Alles und Jedes. Fleisch, Textilien, Schuhe und unter anderem eben auch für Milch. Da wurde noch zwischen Mager- und Vollmilch unterschieden. Die Kleinkinder bekamen Vollmilch, die größeren Magermilch.

Daheim war es üblich, dass die kleine Schwester zuerst abgefüttert wurde und ihr stand noch Vollmilch zu. Sinnigerweise wurden die beiden verschiedenen Sorten aber in *eine* Kanne abgefüllt, da auch Milchkannen unter die Artikel fielen, die man ohnehin kaum kaufen konnte. *Mangelware* – ein Wort, zu diesem Zeitpunkt so ziemlich das Einzige, das keine Mangelware war.

Gerhard, gerade elf Jahre alt und somit der Älteste, musste Milch holen. Nicht in Flaschen oder Tüten; so etwas gab es noch nicht. In der Milchkanne.
Im Geschäft gab er seine Milchkanne und die Bezugsscheine der Verkäuferin und sagte: „Die Vollmilch aber bitte nach oben!"
War sich doch jeder selbst der Nächste – oder?

*\*\**

# Im Treppenhaus

Wenn wir in den Keller geh'n
und die Großfamilie sehen...
fragt man sich, wie das wohl geht,
wo Affe neben Schlange steht!

Beim Tukan und dem dicken Huhn,
da weiß man, dass sie sich nichts tun!
Doch der Bär dort in der Mitt',
mit zwei Mäusen sind sie zu dritt.
Doch wehe, wenn der Bär mal fällt,
ist's um die Mäuse schlecht bestellt.
Und die Frösche klein und zierlich,
machen sich dazwischen niedlich.

Aus der Ecke auf einer Pflanze,
blickt die *EVA* auf das Ganze.
Nun – mit ein wenig Phantasie...
stellt man sich vor, dass leben sie;
so könnten sie, ob groß, ob klein,
moderne Heinzelmännchen sein!

Und wären sie mal aktiviert,
lief's Treppe putzen wie geschmiert.
Doch bestimmt würde das jemand hören
und die guten Geister stören.
Sie würden dann das Weite suchen
und wir in aller Stille fluchen,
also lassen wir die Figuren so steh'n
und freuen uns, wenn wir vorüber gehen!

Jochen Krohn

# Die Decke
*Gastbeitrag von Monika Maria Kuhn, Worms*

Ein Mensch legt sich zum Mittagsschlaf
Aufs Sofa hin und nimmt ganz brav
Die Decke, schon bereit gelegt
Doch diese sich ihm widerstrebt.
Erst liegt sie quer, er nimmt die Ecken,
Doch will sie sich vor ihm verstecken,
Fällt runter unters Canapee.
Verflixt, jetzt tut er sich noch weh
Als er sie wieder rauf ziehn will
Und kämpft nun weiter stumm und still.
Die Füße liegen jetzt noch frei,
Ob die Decke wohl zu kurz für ihn sei?
Nein, wieder hat sie sich verquert.
Er strampelt, zappelt, zieht und zerrt.
Verflixt noch mal, es muss doch gehen!
Ich muss die Decke nochmal drehn.
Nun endlich deckt sie ihn gut zu
Und unser Mensch hat endlich Ruh!

## Der Lese-Freund

Die letzte Seite ist gelesen,
spannende fünfhundert Seiten sind's gewesen
und nun landet der Roman
im Buchregal gleich nebenan.

Viele andere Bücher stehen schon da,
die alle mindestens zweimal gelesen war'n
nun sitzt er/sie da und überlegt,
… zum Bücherladen führt der Weg!

Es gilt, den Laden zu erkunden,
nach einer Weile ist ein neues Buch gefunden,
dann sah er noch einen Kartenstand,
besondere Karten nahm er in die Hand

Einen Baum mit vielen Büchern dran
Ob man den in den Garten pflanzen kann?
So – denkt er sich – das wäre schön …
Zwei Bücher im Monat, das könnte gehen.

Nach einer Weile erwacht er aus dem Traum,
Bücher wachsen nicht an einem Baum,
so wird er weiter sein Lesefutter kaufen
und … eventuell sein Bücherregal anbauen!
Doch es müsste etwas besonderes sein,
da fiel ihm eine Zeichnung ein,
die er in einem Katalog gesehen,
sie war einfach wunderschön!

Jochen Krohn

Doch ein Traum wird es ewig bleiben,
denn das Gewicht wird mächtig sein,
zu schwer, um es an die Wand zu hängen…
so bleiben seine Regale in den Zimmern.

# Konferenz im Wäscheschrank

Mit einem leisen Knarren öffnete sich die Schranktür und ein Paar äußerst gepflegter Hände, mit langen, sorgfältig manikürten Nägeln, legten einen Stapel frisch gewaschener Wäsche in das mittlere Fach. Staunend versuchte Jimmy, ein kleiner blauer Waschhandschuh, sich umzusehen. „He", wisperte er vorsichtig, „hört mich jemand? Ich sehe nämlich plötzlich nichts mehr..."
„Na klar kann ich dich hören", tönte eine helle, ausgereifte Stimme hinter ihm. „Sehen kann ich auch immer nur etwas, wenn die Herrin einen neuen Stapel Wäsche in den Schrank legt oder ein Teil herausnimmt. Aber", fügte die Stimme fragend hinzu, „wer bist du denn?"
„Ich bin Jimmy, der kleine blaue Waschhandschuh. Allerdings gehöre ich erst seit kurzer Zeit zu diesem Haushalt. Vielleicht so vier oder fünf Wochen ... und wer bist du?"
„Ich", kicherte die Stimme hinter ihm, „heiße Irmgard, bin ein langes, weißes Handtuch und schon sehr alt. Wie lange ich in diesem Schrank liege, weiß ich nicht mehr so genau. Ich war auch nicht immer hier. Vor vielen, vielen Jahren hing ich einmal in einem Hotel. Da hat mich einer der Gäste – sogar einer, der weiß Gott Geld genug hatte, sich selbst ein Handtuch zu kaufen – stibitzt. Danach begann für mich eine Odyssee durch verschiedene Aufenthaltsorte. Laufend wechselten die Herrinnen und ich wurde weiß Gott nicht immer gut behandelt. Fühl nur, an meinen Liegefalzen bin ich fast ein wenig brüchig. Es gibt Zeit, dass ich wieder mal vernünftige Behandlung bekomme. Eine gründliche Wäsche zum Beispiel."
„Du Ärmste", antwortete Jimmy. „Aber wie soll ich das verstehen, dass du schon so alt bist. Was heißt alt? Ich kann mir darunter nichts vorstellen."
„Nun", erwiderte Irmgard, „so richtig weiß ich auch nicht, wie ich es dir erklären soll. Weißt du, ich wurde im Jahr 1921 geboren ..."

„Neunzehnhunderteinundzwanzig!!!"

„Ja", lachte das alte weiße Handtuch, „das musst du dir mal vorstellen. Auch Mario Lanza, in den 1950er Jahren der berühmteste Opernsänger der Welt, und Peter Ustinov, später von der britischen Königin geadelt, wurden 1921 geboren ..."

„Wer bitte?", fragte Jimmy ratlos. „Davon habe ich noch nie etwas gehört."

„Kein Wunder – dir käme vielleicht so gerade mal Nena mit ihren neunundneunzig Luftballons in den Sinn, wie?"

Nachdenklich zog sich der kleine Waschhandschuh in seine Falten zurück. „Gehört habe ich das schon mal, aber ich weiß nicht so recht. Es ist manchmal ganz schön blöd, wenn man noch so jung ist und sicher viel interessanter, alt geworden zu sein, nicht wahr? Du hast eine Menge erlebt und viele Leute kennen gelernt."

Irmgard schwieg eine kleine Weile, dann meinte sie: „Das ist richtig. 1921 wurden einige berühmte Leute geboren; einen Teil habe ich durch meine Hotelaufenthalte sogar persönlich kennen gelernt. Alle haben sie sich an mir die Hände abgetrocknet. Und ..."

Die Schranktür ging erneut auf und das Gespräch wurde abrupt unterbrochen. Die feinen Hände der Herrin griffen hinein und holten so nach und nach den gesamten Inhalt des mittleren Faches heraus. Ausgenommen Jimmy, der musste drin bleiben. Die Herrin des Wäscheschrankes schaute ihn nur kurz an und meinte halblaut. „Na, dieses Zeug (!) habe ich gerade erst gewaschen ..." und sie hörte nicht, wie Jimmy rief: „Ich möchte auch raus, ich möchte bei Irmgard bleiben und auch hundert Jahre lang ganz viele Leute kennen lernen!"

Irmgard blinzelte einen Moment in das helle Licht, doch dann freute sie sich, dass sie die lang ersehnte Pflege bekommen sollte. Mit anderen Handtüchern wanderte sie in eine dieser neuzeitlichen Waschmaschinen und war ihrem Schicksal dankbar, dass sie nicht mehr auf dem Brett gerubbelt wurde. Nach zwei Stunden landete sie, ziemlich zusammengeknüllt, in einem Wäschekorb, wobei sie zuvor während des fürchterlichen Schleudergangs von unbändiger Übelkeit geplagt wurde. Gott sei Dank ging es dann an die frische Luft. Irmgard atmete tief durch und sah sich neugierig um. Himmel, hatte diese Welt sich verändert. Ratlos versuchte sie zu erkunden, wo sie denn sei; doch dieses Unterfangen musste sie als aussichtslos fallen lassen. Neben ihr hingen noch einige andere Handtücher, die sie mit kundigem Auge als mindere Qualität aus einem anderen Stall, und somit uninteressant, einstufte. Aber gegenüber! – sie traute ihren Augen nicht, da hingen doch tatsächlich die Kittelschürze Hannelore und sogar Holger, der Herrenschlafanzug, auf der Leine. Beide kannte sie noch aus der Zeit, als sie selber vor kurzem fertig gestellt war. „Hallo", rief sie erfreut, „Dass es euch noch gibt …!"

„Gleichfalls", riefen die beiden unisono zurück und alle anderen Leinenbewohner merkten neugierig auf.

„Könnt ihr uns mal sagen, woher ihr euch kennt?", fragten sie verblüfft. „Vor allen Dingen seht ihr aus, als wäret ihr nicht gerade von heute."

„Womit ihr durchaus Recht habt", erwiderte Irmgard lächelnd. „Im Gegenteil – wir sind sogar noch nicht einmal von gestern, sondern eher von *vor*gestern."

Die anderen guckten ein bisschen dumm und fragten in die Runde: „Wann und wo seid ihr denn geboren?"

Als erste antwortete das lange, weiße Handtuch Irmgard:

> *„Ich wurde in einer Wäschefabrik geboren und,*
> *wie ihr seht, lebe ich immer noch."*

Hannelore, die Kittelschürze, rief freudig: „Ich auch …!"

Und der Herrenschlafanzug Holger musste gleichfalls sein: „Ich auch …!" loswerden.

Die anderen Leinenbewohner staunten nicht schlecht und mussten neidisch zugeben, dass auch sie gern in einer solchen Wäschefabrik zur Welt gekommen wären.

Und wenn sie nicht verschlissen sind, leben sie in hundert Jahren immer noch …

*Ein bisschen Krimi muss sein ...*

# Der doppelte Nikolaus

Die Waschmaschine gab einen jaulenden Laut von sich, der besagte, dass sie fertig war. Sonja nahm mit Schwung die Füße vom Tisch und fegte dabei die Wasserflasche herunter, die mit einem dumpfen Geräusch auf dem Teppichboden landete. Sie bückte sich, nahm die Flasche hoch und trat bei dieser Gelegenheit in den Flaschenverschluss. Schmerzhaft verzog sie das Gesicht: *Das ist wieder so ein Tag, den ich besser im Bett verbracht hätte*, meckerte sie sich an.

Sie humpelte in die Küche, stellte die Maschine ab und öffnete den Deckel. In der Trommel befanden sich Helmuts Sanitäter-Schuhe, die jedoch statt weiß, in einem dezent lila Farbton wieder zum Vorschein kamen.
„Was zum Teufel ist denn jetzt passiert?", wunderte sie sich.
*Ich wäre besser heute wirklich nicht aufgestanden,* dachte Sonja erneut und durchforstete die Waschmaschine nach einer möglichen Ursache. Nichts zu finden.
Ein Blick aus dem Fenster zeigte, dass es derzeit nicht mehr schneite. Trotzdem durchlief sie ein kleiner Schauer, wenn sie daran dachte, dass es beim Aufhängen verteufelt kalt sein würde. Dessen ungeachtet vertrat sie die Ansicht – was aus der Waschmaschine kam, gehörte an die frische Luft und ganz gewiss Helmuts Sanitäterschuhe. *Zart lila, Helmut wird sich freuen,* knurrte sie und trug die Ladung nach draußen. Zum Amüsement der Nachbarin hängte sie alle fünf Paar an den Schnürsenkeln auf.
„Hallo Frau Hanser", rief sie herüber und stützte sich auf den Besen, mit dem sie gerade den Schnee vom Gartenweg fegte, „macht man das heute so?"
Wütend drehte Sonja sich um.
„Mein Mann meinte, Turnschuhe, und was anderes sind diese Dinger letztendlich auch nicht, könne man ruhig in der Maschine waschen. Das ging bislang auch prima. Bloß heute kamen alle zartlila

wieder raus und ich habe keine Ahnung, warum."

Frau Brandke ließ sich gar nicht erst bitten und machte einen geübten Schritt über den kleinen Jägerzaun.

„Lassen sie mal sehen", meinte sie kess und griff in jeden Schuh hinein. „Da haben wir die Übeltäter", lachte sie und förderte kräftig-lila-farbene Herrensocken zutage.

Verständnislos besah Sonja sich diese Ungetüme und meinte: „Wie, in aller Welt, kommen da lila Socken rein?"

„Die wird Ihr Mann wohl vergessen haben, oder?"

„Mein Mann hat überhaupt keine lila Socken!"

Sonja verabschiedete sich schnell und ging zurück in ihre Wohnung. Sie konnte diese Frau nun einmal nicht ausstehen.

Abrupt wurde sie in ihrem Gedankengang unterbrochen. Rrrrrrr – Telefon."

Sonja ging in die Diele.

„Hanser".

„Hallo Sonja – ich bin's, Melanie."

„Na endlich. Ich habe schon gedacht, du meldest dich überhaupt nicht mehr."

„Du hast sicher vergessen, dass heute die Beisetzung von Schwiegermama war."

„Oh verflixt. Das habe ich wirklich vergessen. War es schlimm?", fragte Sonja mitfühlend.

„Schlimmer als schlimm. Aber ich weiß gar nicht, wie ich das erzählen soll. Es war schlichtweg eine Katastrophe. Ausgelöst durch meinen reizenden Schwager, der mal wieder einen Sonderwunsch hatte."

„Sonderwunsch? Was kann man denn anlässlich einer Beerdigung schon sonderwünschen?", fragte Sonja zurück.

„Na, zum Beispiel die Beschriftung der Kranzschleife", giftete Melanie. „Er wollte unbedingt „Ruhe sanft" auf beiden Schleifenenden haben."

„Was ist daran so verkehrt?"

„Abgesehen davon, dass meine Schwiegermutter in ihrem ganzen Leben nicht sanft gewesen ist, schreibt man das nur auf eine Seite des Schleifenbandes. Und genau dieser Wunsch löste die Katastrophe aus."

???

„Die Firma, die den Auftrag bekam, notierte sich: Ruhe sanft – auf beiden Seiten. Und was glaubst du wohl, was auf beiden Schleifenenden stand? *Ruhe sanft auf beiden Seiten!*"

Sonja musste schlucken, konnte das Lachen dann aber nicht mehr zurückhalten. Sie wieherte los. Melanie am anderen Ende stimmte ein, es ging nicht anders.

„Ruhe sanft – auf beiden Seiten", japste Sonja. „Das ist wirklich nicht zu fassen."

„Das ist ja nicht das Schlimmste. Gott sei Dank ist das nicht in der Kapelle aufgefallen, sondern erst draußen. Der Wagen mit dem Sarg kam und die Gestecke und Kränze waren schön drum herum drapiert. Erfahrungsgemäß, und so war das auch hier, gucken dann doch alle, wo ihr Gesteck oder Kranz denn liegt. Irgendjemand sah diese Schleife und musste darauf hin krampfhaft das Lachen unterdrücken. Sein Wegnachbar wunderte sich nicht schlecht, als er plötzlich den Eindruck hatte, dass jemand neben ihm in Tränen ausbrach, bis er merkte, dass der nicht heulte, sondern lachte. Ich habe das Spiel mitbekommen und auch gesehen, dass derjenige verstohlen mit dem Finger auf die Kranzschleife deutete, worauf hin dann der nächste ins Taschentuch prustete. Der Prediger hatte nichts bemerkt, aber die Anderen waren aufmerksam geworden. Es dauerte dann auch nicht mehr lange, bis die ganze Gesellschaft vor unterdrücktem Lachen bebte. Kannst du dir das vorstellen?"

Sonja wischte sich ebenfalls die Lachtränen aus den Augen. „Entschuldige bitte, aber ich konnte nicht anders."

„Versteh' ich. Inzwischen muss ich auch darüber lachen. Aber in dem Moment war mir – ach, ich weiß auch nicht wie!"

Die beiden unterhielten sich noch ein wenig, bis Sonja Helmuts Auto hörte.

„Ciao meine Liebe. Ich muss dich abhängen. Helmut kommt."

Während Sonja den Hörer auflegte, schloss Helmut die Tür auf.

„Einen wunderschönen guten Tag, Frau Hanser. Wie geht es dir?"

Er beugte sich über ihre rechte Hand und Sonja verzog das Gesicht.

„Ich weiß nicht so recht, aber wirklich toll eigentlich nicht. Ich habe nämlich deine Schuhe gewaschen..."

„Habe ich schon gesehen", lachte Helmut, „und jetzt sind sie zartlila. Wie kommt's?"

„Wenn ich das wüsste? Der Urheber waren lilafarbene Herrensocken, bloß du hast doch gar keine?"

Helmut setzte sich. Na ja, mach' dir nix draus. Dann gehen wir halt ein paar Wochen mit lila Schuhen. Komm", meinte er im gleichen Augenblick, „zieh dir was über und wir drehen eine Runde."

„Hattest du Ärger", fragte sie.

„Hm, nicht direkt. Irgendwas ist bei uns im Busch und macht die Belegschaft unsicher. Die Folge davon ist Mobbing auf allen Ebenen und heute hat's mich erwischt. In ursprünglichem Deutsch würde man sagen, es sei üble Nachrede gewesen."

„Was kann man dir denn Übles nachreden wollen?"

„Ich hätte vor einigen Monaten am laufenden Band frei genommen, obwohl ich kein Anrecht darauf hatte."

„Das stimmt doch gar nicht!" Empört sah Sonja ihn an. „Du bist doch bald in Überstunden erstickt, oder?"

„Natürlich. Aber lass uns davon aufhören. Zieh dir irgendwas an und dann laufen wir ein bisschen."

In Gedanken versunken ging Sonja ins Schlafzimmer und fischte sich eine lange Hose heraus. Mit einem Seufzer betrachtete sie die Narben auf ihrem rechten Handrücken; sie sah vor ihrem geistigen Auge die Mündung der Pistole, die auf sie gerichtet war. Ein Berufskiller, der ihr im Wohnzimmer daheim auflauerte. Krampfhaft versuchte Sonja aus diesem Gedanken herauszukommen, doch es half nichts. Alles stand wieder vor ihr.

*Es war Dezember, als sie ihren Schwiegervater in der DDR be-*
*suchte und erst dort erfuhr sie auch, dass er vor gerade mal sechs*
*Monaten aus dem Gefängnis entlassen worden war. Man hatte ihm*
*fünfundzwanzig Jahre – wegen Spionage – aufgebrummt. Das fand*
*sie noch nicht einmal schlimm. Geschockt war sie nur von der Tat-*
*sache, dass ihr Mann ihr das nicht erzählt hatte. Das war ein Ver-*
*trauensbruch., den sie nicht so ohne weiteres wegsteckte.*
*Am anderen Morgen, es* war *gerade halb acht, stand ihr Schwieger-*
*vater vor dem Bett und weckte sie: „Aufwachen, draußen sind zwei*
*Herren, die dir Dresden zeigen wollen. "*
*Irritiert von dem Tonfall richtete Sonja sich auf.*
*„Psst ...beeile dich. "*
*„Was, zum Teufel, soll das? "*
*„Nicht so laut, wir kriegen sonst beide Ärger. "*
*Die beiden Männer, die Sonja sofort als äußerst unsympathisch*
*einstufte, stellten sich vor. Schuckert – mit einem ledernen Schlapp-*
*hut – und Dasselbart, der fürchterlich nach Schweiß roch. Brrr.*
*Die Beiden forderten Sonja auf mitzukommen, um sich den Dresd-*
*ener Zwinger anzuschauen. Auf ihren Einwand, dass sie nicht ein-*
*mal gefrühstückt hätte, gingen sie nur insofern ein, als dass der le-*
*derne Schlapphut meinte. „Das machen wir unterwegs. "*
*Sonja stieg mit einem mulmigen Gefühl in den* Wolga *und schwieg*
*die Fahrt über. In Dresden angekommen, suchten die Herren eine*
*Restauration auf und es gab das versprochene Frühstück.*
*Und dann kam es: „Sie möchten doch sicher Ihren Schwiegervater*
*gern bei sich haben, oder? "*
*Sonja antwortete vorsichtig und beobachtete die Beiden unentwegt.*
*Dasselbart gab sich desinteressiert, wogegen Schuckert auf sie*
*einredete. Zum Schluss lief es darauf hinaus, dass man sie zur Spio-*
*nage aufforderte. Der Preis sei die Ausreise ihres Schwiegervaters*
*aus der DDR. Sonja wurde schlecht!*
*„Ich – ich – ich werde es mir überlegen", antwortete sie.*
*„Aber nicht zu lange" – damit fuhren Dasselbart und Schuckert sie*
*wieder zurück.*

*Entgegen der Anweisung, absolutes Stillschweigen über dieses Ge-*
*spräch zu wahren, weihte sie ihren Schwiegervater ein. Der be-*
*stand darauf, dass sie, aus Sicherheitsgründen, – umgehend wieder*
*heim fuhr. Gott sei Dank gab es zu der Zeit noch keine Computer*
*und die Telefonverbindungen waren auch innerhalb der DDR nicht*
*optimal, so dass Sonja es tatsächlich schaffte, unbehelligt wieder*
*nach Hause zu kommen.*

Hier bot sie ihren Gedanken Einhalt, drehte sich entschlossen um,
klappte die Kleiderschranktür zu und rief nach draußen: „Ich komme gleich."

„Einen Goldpfennig, ach nein, das heißt ja Cent, für Deine Gedanken", meinte er. „Wo bist du mal wieder?"

Sonja zuckte die Achseln. Sie wollte Helmut nicht damit belat-
schern und sagte nur: „Überall und nirgends. Kennst du das?"

***

Sonja räkelte sich genüsslich im Bett und wollte sich gerade die
Decke wieder über die Ohren ziehen als Helmut sie ihr kurzerhand
weg zog. „Nix da, Frau Hanser, aufstehen!"

„Neeiiin! Ich will nicht."

„Heute musst du aber wieder ins Büro. Falls es dir entgangen sein
sollte – wir haben Montag."

„Das ändert auch nichts daran, dass ich nicht will", knurrte Sonja.

Beim Frühstück kam er noch einmal auf ihre veränderte Einstellung
zur Arbeit zu sprechen, aber Sonja versuchte abzublocken. „Lass
doch, das bringt eh' nichts."

„Mir egal. Es wäre doch bestimmt besser, wenn du dich mal aus-
spucken würdest. Vielleicht..."

Sie zuckte die Achseln und meinte: „Okay – aber du kannst mir
auch nicht helfen. Ich habe ganz einfach das Gefühl, gegen mich
wird gemobbt."

„Ach, ist das bei euch auch so? Und wieso?"

„Wenn ich das nur wüsste! Das ist es ja. Wenn ich es wüsste, könnte ich dagegen angehen. Aber ich weiß nicht, wo ich ansetzen soll. Und hier liegt mein Problem. Dass was im Gange ist, fühlt ein Blinder mit 'nem Krückstock. Mehr aber auch nicht."

Nach einem Blick auf die Uhr meinte Helmut: „So, es hilft trotzdem nichts. Du musst los. Ich fahre dich eben, mein Dienst fängt ja erst um neun an."

Die Beiden machten sich auf den Weg. Am Pförtner hielt Helmut an und stieg gleich mit aus, um eine Zeitung zu kaufen. Sonja verabschiedete sich und verschwand in Richtung Büro.

Eine Kollegin, die in den vergangenen Wochen für die erkrankte Mitarbeiterin von Sonja eingesetzt wurde, war schon da und hatte die Kaffeemaschine angeschmissen. „Uff, einen Kaffee kann ich gut vertragen", lachte Sonja. „Zunächst einmal guten Morgen."

Die beiden Frauen schwatzen noch ein paar Worte, bis sich beide ihrem Computer zuwandten.

So gegen neun Uhr verschwand sie mal für kleine Mädchen. Auf dem Flur begegnete ihr die Sekretärin der Nachbarabteilung.

„Hi, guten Morgen. Wie sieht es aus? Geht Ihre Kollegin nicht bald in Urlaub?"

Eine knappe Stunde später kam die Sekretärin der Nachbarabteilung zur Sonja und meinte: „Es ist besser, wenn Sie mal mit meinem Chef sprechen. Irgendwie scheinen wir auf völlig verschiedenen Ebenen zu liegen."

„Ich komme mit."

Sonja marschierte mit ihrer Kollegin gemeinsam zu Herrn Kochel. Dieser reagierte äußerst unwirsch auf diesen Überfall und hörte sich mit hochgezogenen Brauen die Tirade seiner Sekretärin an.

„Ich weiß nicht, was das Ganze soll", meinte er. „Sie haben dafür zu sorgen, dass sie vertreten wird. Nicht ich. Und außerdem, fügte er noch hinzu, was soll das Ganze eigentlich. Es geht doch lediglich um ein bisschen Telefondienst; was anderes tun Sie doch nicht."

In Sonja tobte eine nie gekannte Wut. *So ist das also,* giftete sie in sich hinein. *Auf diese Weise versucht man jetzt, mich madig zu machen. Aber nicht mit mir!*

Nachdem sie sich äußerlich ein bisschen beruhigt hatte, ging sie zu ihrem direkten Vorgesetzten und sprach ihn auf dieses Vorkommnis an. Er wand sich wie ein Aal; aber Sonja ließ nicht locker. Es stellte sich heraus, dass ihr Chef sehr wohl von dieser üblen Nachrede wusste. *Oh nein, verehrter Herr Oberturner,* dachte sie, *jetzt schießen wir zurück.* Zu ihrem Chef gewandt sagte sie nur noch: „Sie hören von mir, aber anders, als Sie sich das vorstellen!"

Wutentbrannt stürmte sie in ihr Büro und setzte sich an ihren PC. Mit einer gehörigen Portion Wut im Bauch, begann sie eine Aufstellung sämtlicher Tätigkeiten, die sie seit Erkrankung ihrer Kollegin für die Nachbarabteilung gemacht hatte, zusammenzustellen. Nach einer knappen Stunde war Sonja fertig, las alles noch einmal sorgfältig durch und ging mit einem Ausdruck zu ihrem Chef. Sie legte ihm das Pamphlet mit den Worten auf den Tisch: „So, Herr Berrit, einen zweiten Ausdruck bekommt Herr Sanders und eine Ausfertigung geht an die Personalabteilung."

„Das können Sie doch nicht machen!"

„Und ob ich kann! Und, damit ich mich nicht noch weiter hier herum ärgern muss, habe ich jetzt Kopfschmerzen und gehe nach Hause. Ich bin krank!"

Sonjas Chef sah sie völlig entgeistert an: „Aber Sie sind doch gar nicht krank. Sie sind doch nie krank!"

„Eben!" Sonja stürzte aus dem Büro, bevor der große Meister Luft holen konnte. In ihrem Zimmer angekommen ignorierte sie das Telefon und knallte nur sämtliche Sachen in ihre Tasche. *So,* dachte sie grimmig, *Ende Gelände! Jetzt könnt ihr zusehen, wie ihr fertig werdet.*

Daheim setzte Sonja sich in einen Sessel. Sie sah auf die Uhr und stellte fest, dass es noch eine Weile dauern würde, bis Helmut kam. Untätig herumsitzen konnte sie aber auch nicht, so dass sie sich die Bügelwäsche vornahm. Zu ihrem eigenen Amüsement fummelte sie die Schnürsenkel aus Helmuts zartlila Schuhen und bügelte kurz darüber. Das heißt, sie wollte kurz darüber bügeln, hatte aber dabei nicht bedacht, dass diese Schnürsenkel aus einer Kunstfaser bestanden. Jedenfalls war das Bügeleisen anscheinend zu heiß, mit dem Erfolg, dass der erste Schnürsenkel am Boden des Eisens festklebte. Das war nun der berühmte Tropfen, der das Fass zum Überlaufen brachte. Sonja setzte sich hin und heulte zum Steinerweichen.

Mittendrin, wie könnte es anders sein, klingelte es an der Tür. Erst wollte sie gar nicht öffnen, so verheult wie sie aussah. Aber, wer immer es war, ließ nicht locker. Seufzend stand sie auf.

„Melanie! Wo kommst du denn her?"

„Sag' mir besser mal, was los ist. Ich habe bei dir im Büro angerufen und da sagte mir Berrit, dass du krank und nach Hause gegangen wärst. Gestern warst du aber noch quietschfidel; also konnte da was nicht stimmen. Also bin ich hier. Und nun erzähle!"

Von Schluchzern unterbrochen schüttete Sonja ihr Herz aus.

Melanie sah sie an: „Und darüber regst du dich dermaßen auf?"

Sonja guckte ihre Freundin an: „Du hast gut reden. Abgesehen davon, dass du jünger als ich bist, kannst du dich auch besser wehren. Ich konnte das noch nie."

„Mag ja sein, aber ich kann genauso wenig aus meiner Haut, wie du."

Inzwischen hatte Sonja mit der Heulerei aufgehört und konnte auch wieder normal reden. Die ganze Chose wurde von den Beiden noch einmal hin und zurück durchgekaut, änderte aber, wie Melanie feststellte, nichts am Tatbestand. „Am besten kommst du jetzt mit in die Stadt, und kaufst dir was Schönes."

„Was denn?", fragte Sonja erstaunt zurück.

„Na, wegen mir ein Paar Schuhe oder was weiß ich. Egal, Hauptsache Tapetenwechsel." Die beiden Frauen schlossen die Tür doppelt ab und machten sich auf den Weg.

*

In der Ambulanz schrillte der Polizeinotruf. Helmut sprang auf: „Ambulanz Nord, Schüttler", meldete er sich.

„Bitte einen Krankenwagen zur Hermannstraße. Arzt vonnöten. Es sieht aus, als hätte dort jemand bei einer Schlägerei ordentlich was abgekriegt. Leider haben wir keine näheren Informationen."

Helmut legte den Hörer auf und winkte den beiden Kollegen. „Alle Mann raus", sagte er nur und ging zur Tür.

Während der Fahrt im Krankenwagen prüften die Beiden noch einmal, ob alles vollständig war. Das wurde zwar nach jedem Einsatz sowieso getan, aber sie hatten es sich zur Angewohnheit gemacht, trotzdem noch einmal nachzusehen. Alles okay. Mit Blaulicht und Martinshorn düsten sie durch die Stadt. Helmut hasste diese Fahrten. Sowohl das Blaulicht als auch das Martinshorn sorgten zwar für schnelles Durchkommen, aber sicher fühlte er sich dabei nicht. Er erinnerte sich an eine Fahrt über die Autobahn. Vor Ihnen war ein Unfall passiert, ein Krankenwagen war mit halsbrecherischer Geschwindigkeit zum Unfallort gerast und dabei verunglückt. Das Makabre an der Situation war, dass ausgerechnet der Krankenwagen in den dort verunglückten Leichenwagen gedonnert war. Als Helmut mit seiner Truppe kam, brauchte man einen zweiten Leichenwagen. Diese Fahrt steckte ihm noch Jahre später in den Knochen, obwohl er sich immer wieder bemühte, den Gedanken abzuschütteln.

Helmut versuchte, sich auf diesen Einsatz zu konzentrieren; es gelang ihm nicht ganz. Am Einsatzort angekommen, fand er ein Knäuel Menschen vor, die einen Verletzten umringten. Bloß zu helfen schien niemand. Auch mal wieder so ein Fall von *ich-gucke-besser-weg* dachte er und dann sah er den Verletzten.

„Himmel", rutschte ihm raus, „das darf doch wohl nicht wahr sein." Vor ihm, auf dem Asphalt, lag der *kleine* Helfert, den er noch aus seiner NVA-Zeit kannte.

Der Junge, dem man damals so übel mitgespielt hatte, versuchte sich aufzusetzen.

*Ulrich Helfert gehörte zu den Rekruten, die nicht alles widerspruchslos hinnehmen wollten und auch mal den Mut hatten, den Mund aufzumachen. Das bekam ihm schlecht. Dasselbart und sein Kollege Schuckert, beide Ausbilder, nahmen sich den Jungen vor und demütigten ihn auf eine Weise, die – neben den körperlichen Verletzungen – auch einen seelischen Zusammenbruch verursachten. Er musste sich komplett entkleiden und ein paar andre Jungs sollten auf ihm reiten, rund um die Turnhalle. Diese Erniedrigung konnte er nicht vergessen. Entsprechend groß war der Hass auf die beiden Männer.*
*Helmut Schüttler wurde als Sanitäter gerufen, um die verschiedenen Blessuren zu behandeln. Sowohl Dasselbart als auch Schuckert legten ihm nahe, darüber kein Wort nach draußen dringen zu lassen, sonst erginge es ihm ähnlich. Helmut zweifelte nicht daran.*
*Der Drahtzieher hinter allem war Gottfried Hanker, genannt wurde er der Henker.*

„Bleib bloß ruhig liegen und warte, bis wir gesehen haben, was eigentlich mit dir los ist", drückte Helmut ihn wieder herunter.
„Kannst du sprechen? Dann versuche, mir zu erzählen, wieso du so zugerichtet bist?"
Doch jetzt war Helfert abgetreten.
Helmut besah ihn sich genauer und stellte fest: „Das war's wohl, Kinder. Der hat keinen Herzinfarkt oder so was, der ist bis oben hin voll gepumpt mit weiß-der-Teufel-was. Drogen."
„Und welche?", fragte der andere Sani.
„Keine Ahnung. Das werden wir herausfinden müssen. Jetzt gilt es erst einmal festzustellen, warum der so geblutet hat. Bloß einen auf die Nase hat der nicht gekriegt. Dann wäre das inzwischen eingetrocknet. Irgendwo muss noch eine Verletzung sein. Dreh' ihn mal vorsichtig um."
Während die Sanitäter schweigend die weitere Notversorgung vornahmen, machte der Fahrer des Wagens die Bahre fertig. Kurz danach legten sie ihn auf die Trage und beförderten ihn ins Auto.

Inzwischen war die Polizei vor Ort und hatte mit der Befragung einiger vermeintlicher Zeugen begonnen. Helmut drehte sich um und sah im gleichen Moment ein ihm wohlbekanntes Gesicht in der Menge verschwinden. Er schwang sich schnell in den Wagen und nahm sich vor, gleich vom Krankenhaus aus, die Polizei anzurufen. Wachtmeister Schnell hatte er bei der Befragung ebenfalls gesehen, und der war ihm schließlich ein Begriff.

Inzwischen war Ulrich Helfert aufgewacht und Helmut sah ihn an.

„Kennst du mich noch", fragte er ihn leise. Der nickte nur.

„Was, zum Teufel, hat dich bloß in diese Situation gebracht? Du hast ein Messer von hinten zwischen die Rippen gekriegt und kannst von Glück sagen, dass der Typ nicht weiter oben traf. Dann wäre es nämlich das Herz gewesen und man transportierte dich in einem Auto mit schwarzen Vorhängen ab."

„Na und", nuschelte Helfert, „Was wäre daran schlimm? Dann hätte ich es wenigstens hinter mir. Ist doch bloß alles Scheiße!"

„Also, nun mal langsam. So alt, als dass bei dir schon alles bloß noch Scheiße ist, bist du schließlich nicht. Warte jetzt mal ab, bis wir dich richtig verarztet haben. Ich komme dich dann besuchen und du erzählst mir, was los ist. Okay?"

Ein müdes Lächeln umspielte Helfert's Lippen als er antwortete: „Ich weiß, Sie waren schon einmal mein Retter. Aber ob das noch einmal klappt, möchte ich bezweifeln."

Nachdenklich betrachtet Helmut dieses Häufchen Elend vor ihm.

„Was nimmst du eigentlich?", fragte er ganz unvermittelt.

Diese Frage kaum so aus dem Nichts, dass er wirklich antwortete. „Normalerweise Hasch. Aber jetzt hat mich dieser Mistkerl Dasselbart aufs Kreuz gelegt und versautes LSD angedreht."

„Für dich selbst, oder zum dealen?", fragte Helmut zurück.

„Für mich", antwortete er müde. „Nur für mich."

Er schloss die Augen und meinte: „Trotzdem, jetzt haben Sie sogar den Tatbestand eines Verbrechens gegen mich; wissen Sie das eigentlich?"

„Natürlich", antwortete Helmut ganz ruhig, obwohl sein Herz raste. Er war sich klar darüber, dass er dieses Wissen melden musste. In ihm sträubte sich alles dagegen. Für ihn war er immer noch der Junge, den Dasselbart misshandelte und, wenn er auch die Hintergründe noch nicht kannte, so wusste er doch genau, dass man Helfert da hinein getrieben hatte. Freiwillig wäre dieser Typ Mensch niemals auf Drogen gekommen.

Beruhigend legte er die Hand auf seine Schulter: „Wir sprechen später darüber, ja? Jetzt werden wir erst einmal zusehen, dass wir dich wieder in einen menschenähnlichen Zustand versetzen. Okay? ... und nun halt dich ein bisschen fest. Du bist zwar gut angeschnallt, aber da du nicht mehr ohnmächtig bist, wird es schon ein komisches Gefühl sein, wenn man dich auslädt. Also ... und hopp!"

Die Trage wurde aus dem Krankenwagen geholt und in Richtung Ambulanz gerollt. Hinter ihnen schloss sich die Tür.

*

Sonja und Melanie bummelten, trotz des Sauwetters, gemächlich durch die Straßen. Beide blieben mal hier und mal da stehen und Melanie fand natürlich auch wieder etwas, was sie unbedingt kaufen musste. Sie war halt so ein Typ. In einer Geschenkboutique erstand sie einen sündhaft teuren Füllhalter für Klaus-Dieter, ihren Mann.

„Was um Gotteswillen, willst du denn damit?", fragte Sonja verwundert. „Klaus-Dieter hat doch wohl Schreibgeräte genug, oder?"

„Schon, aber er verliert sie auch am laufenden Band."

„Deshalb kaufst du jetzt ein besonders teures Stück, damit sich das Verlieren lohnt, oder?", lachte Sonja.

Melanie verzog das Gesicht. „Warum bist du bloß, zumindest in dieser Hinsicht, so entsetzlich nüchtern?"

„Weiß ich nicht."

Sonja drehte sich um, weil die Menschenmenge vor und hinter ihr plötzlich in Bewegung geriet, was nach einigen Sekunden selbst Melanie bemerkte. „Was ist denn hier los?", meinte sie.

„Woher soll ich das wissen. Gehen wir eben mal gucken. Katastrophentourismus ..."

Sonja hatte den Satz noch nicht ganz ausgesprochen, als sie einen Sprung in die Richtung der nächsten Hauswand machte. „Sind die total verrückt geworden?", schimpfte sie hinter einem Krankenwagen her, der einen Kavaliersstart hingelegt hatte. Nur bei dem schneeglatten Untergrund mit zusätzlichem Nieselregen wurde es recht gefährlich für die Umstehenden.

Melanie hatte den Wagen bereits aus den Augenwinkeln gesehen und auch, dass Helmut bei diesem Einsatz dabei war. Nach dem Debakel, das Sonja an diesem Tag hinter sich hatte, versuchte ihre Freundin sie abzulenken: „Komm, da hatte irgendwer einen Kreislaufkollaps. Wir sollten uns vielleicht nicht gerade zu den Gaffern gesellen. Was meinst du?"

Sonja nickte. „Hast recht. Muss ich heute auch nicht mehr unbedingt haben. Vielleicht sollte ich die schönen grünen Tannenkränze und –sterne bewundern. Immerhin haben wir am Sonntag den ersten Advent."

Die beiden drehten ab und Melanie atmete auf. Sonja würde, wenn Helmut heimkam, früh genug erfahren, was wieder passiert war.

Noch im Umdrehen sah Sonja, wie kurze Zeit zuvor Helmut, aus den Augenwinkeln ein ihr wohl bekanntes Gesicht in Menge verschwinden. In dem Moment, in dem Sonja das Gesicht erkannte, krallte sie sich mit einem leisen Aufschrei in Melanies Arm.

„Weißt du, wen ich gerade gesehen habe? Dasselbart!"

„Wer ist das denn?", fragte Melanie zurück.

„Na, der *Zweite*!

*Dasselbart, von Sonja als* der Zweite *bezeichnet, Schatten von Schuckert, verfolgte sie, seit Schuckert im Gefängnis saß. Ihm war nichts Kriminelles nachzuweisen – noch nicht einmal, dass er mit*

*Schuckert gemeinsame Sache machte, Sonja aus dem Weg zu räu-*
*men. Die Spionageaffäre von Sonjas Schwiegervater stand immer*
*noch im Raum, wobei Sonja bis heute nicht wusste, was man ihr zur*
*Last legte. Zumal der Schwiegervater seit einigen Jahren verstor-*
*ben war.*

Melanie brauchte eine ganze Weile, bis sie begriffen hatte, wen
Sonja meinte. „Ich denke, der sitzt", meinte sie. „Ist der denn schon
wieder draußen?"
„Ich weiß nicht, ob noch oder schon wieder. Ist mir auch egal. Aber
ich fühle mich äußerst unsicher, um nicht zu sagen, dieser Typ jagt
mir Angst ein."
„Ich kann mir nicht vorstellen, dass der dir noch mal was antut",
entgegnete Melanie. „Du hast natürlich recht, das kann man nicht
wissen."
Die beiden Frauen sahen sich noch ein paar Mal um, konnten ihn
aber nicht mehr entdecken.
„Wir gehen besser wieder nach Hause", meinte Sonja. „Das bringt
jetzt alles nichts. Und auf Adventdekorationen habe ich keine Lust
mehr; meinetwegen könnte Weihnachten sowieso ausfallen!"
Sonja klapperte vor Aufregung mit den Zähnen und Melanie dachte
darüber nach, wie sie in Sonjas Wohnung einem Auftragskiller –
Schuckert – gegenüberstanden, der Sonja mit einer Waffe bedrohte.
Melanie hatte seinerzeit nicht nachgedacht, sondern nur reagiert.
Diese Reaktion hatte Sonja das Leben gerettet und den Kerl hinter
Gitter gebracht. Doch es gab einen Zweiten und der lief offensicht-
lich immer noch oder schon wieder, frei herum.
Hörte das denn nie auf?

\*

Helmut fuhr inzwischen die Rollbahre über den Gang des Kranken-
hauses in den kleinen OP. Der Dienst habende Arzt besah sich die
Bescherung und stellte fest: „Da ist im Moment nix mit operieren,

verbinden können wir ihn. Aber sonst? Der hat irgendwas konsumiert."

„Ja", seufzte Helmut, „LSD. Und dann auch noch versautes Zeug. Bis der richtig wach wird, das könnte noch eine Weile dauern."

„Oder auch nicht. Wie Sie schon sagten, das Zeug war wohl nicht sauber. Es ist durchaus möglich, dass der schneller wach wird, als wir denken."

Ulrich Helfert hatte zwischen durch immer mal die Augen geöffnet, war kurzzeitig ansprechbar und glitt dann wieder in die Bewusstlosigkeit ab. Der Blutverlust tat ein Übriges dazu. Nachdenklich betrachtete der Arzt den jungen Mann und meinte zu Helmut: „Das werden wir melden müssen, wie?"

Helmut nickte. „Ich weiß. Bitte nehmen Sie es mir nicht übel, aber ich möchte damit solange warten, bis er wieder völlig klar ist. Ich kenne den Jungen noch aus meiner Zeit bei der NVA und weiß, dass der niemals freiwillig Drogen genommen hätte. Wenn ich ihn zum Reden bringen könnte, käme unsere Polizei vielleicht an den Hintermann – oder die Hintermänner – heran. Diese Chance sollten wir uns nicht entgehen lassen. Gerade auf diesem Gebiet ist unsere Polizei wirklich auf jeden Hinweis aus der Bevölkerung oder anderweitige Beobachtungen angewiesen."

„Das ist richtig, ändert aber nichts daran, dass wir das *sofort* melden müssen. Ich habe keine Lust, mich wegen einer Eventualität, die unter Umständen schief geht, bei unserer Obrigkeit in die Nesseln zu setzen."

Helmut wusste, dass er Recht hatte, ihn verwunderten nur die Hartherzigkeit und der Ton, mit der Doktor die Worte regelrecht ausspuckte. Trotzdem versuchte er noch einmal, den Arzt von der Notwendigkeit zu überzeugen, solange den Mund zu halten, bis er mit Helfert gesprochen hatte. Widerstrebend ließ dieser sich darauf ein. „Aber eines kann ich Ihnen sagen. Mein Versäumnis ist das nicht!", antwortete er.

Feigling, dachte Helmut, elender Feigling. Was ist denn schon dabei, wenn du noch ein paar Stunden den Mund hältst. Er ging noch einmal zurück und sah, dass Ulrich Helfert wieder einmal im Begriff war, aufzuwachen. Er fasste ihn leicht am Ärmel und sagte leise: „Kannst du mich verstehen?"

Dieser nickte und Helmut setzte sich auf die Bettkante. Immer wieder berührte er die Hand des jungen Mannes und spürte dabei, wie dieser ruhiger, aber auch wacher wurde. Nach einigen Minuten fragte er ihn noch einmal: „Kannst du sprechen? Dann sage mir vor allen Dingen eines vorab: wer hat dir dieses verdammte Zeug verpasst? Das ist doch gar nicht deine Masche, Drogen zu nehmen, oder? War es wirklich nur Dasselbart? Und wenn ja, warum?"

Bevor Helfert antworten konnte, betrat der Arzt erneut den Raum. „Sie können jetzt gehen", sagte er zu Helmut. „Ich kümmere mich um den jungen Mann", nahm er Helmut bei der Schulter und schob ihn kurzerhand zur Tür hinaus. Helmut drehte sich verdutzt noch einmal um und sah für einen kleinen Moment in die Schreck geweiteten Augen des Patienten.

Den Anweisungen des behandelnden Arztes musste er sich fügen und außerdem war er nicht steril. In den großen OP, der inzwischen hergerichtet war, konnte er sowieso nicht mit. Nachdenklich drehte Helmut sich noch einmal um und überlegte, woher er den Arzt kannte. Richtig, das war Doktor Schmied, der Sonjas Hand damals behandelt hatte. Seinerzeit suchte er schon in seinem Gedächtnis, woher er diesen Mann kannte. Es wollte ihm nicht gelingen, Bruchstücke dieser Erinnerung einzufangen und ihn beschlich das Gefühl, dass hier etwas nicht stimmte …

\*

Sonja war inzwischen wieder daheim und versuchte etwas in der Küche zu tun. Die unverhoffte Begegnung mit Dasselbart machte ihr schwer zu schaffen. Sie hatte Angst vor dem Mann. Der war keinen Deut besser als Schuckert, der Gott sei Dank wirklich im Knast saß. Für die nächsten Jahre jedenfalls. Aber Dasselbart. Man hatte ihm damals noch nicht einmal nachweisen können, dass er mit Schuckert gemeinsame Sache machte. Das war ein ganz gerissener Hund. Und genau das machte ihn in Sonjas Augen so gefährlich. Melanie konnte hundertmal sagen: mach' dir nix draus. Sie war unruhig und hoffte darauf, dass Helmut ausnahmsweise keine Überstunden machen musste. Zwischendurch sah sie immer wieder auf die Uhr. Die Zeiger krochen mit nervtötender Langsamkeit.

Gerade als Sonja sich entschloss, Helmut anzurufen, klingelte das Telefon. In dem Glauben, dass Helmut oder möglicherweise Melanie sich melden würde, ging sie an den Apparat.

„Hanser."

„Schön dich zu hören", säuselte eine eindeutig verstellte Stimme ins Telefon und Sonja knallte voll Entsetzen den Hörer auf die Gabel. Ihr Herz raste. Er hatte sie offensichtlich genau so gesehen wie sie ihn. Sie stand noch immer wie erstarrt in der Diele als Helmut kurz darauf später die Tür öffnete. Sein „Guten Tag, Frau Hanser, wie geht es dir", was zu einem alltäglichen Ritual geworden war, blieb ihm im Hals stecken. „Was ist los? Hast du Gespenster gesehen?", fragte er verdutzt.

„Nein, gehört", antwortete Sonja fast mechanisch. „Er hat wieder angerufen."

Helmut brauchte nicht zu fragen, wer *ER* war. Das wusste er auch so.

Behutsam nahm er Sonja bei der Hand. „Komm erst mal ins Wohnzimmer und dann versuche zu erzählen, was heute los war. Dieser Mensch war wohl das berühmte Tüpfelchen auf dem „i", oder?"

Als hätte Helmut eine Schleuse geöffnet, begann Sonja zu erzählen. Von Schluchzern, die auf ihr ramponiertes Nervenkostüm hinwiesen, unterbrochen, schilderte sie den ganzen Tag, bis zum Sichtkontakt mit dem *Zweiten*.

Helmut unterbrach sie nicht, bis sie am Ende sagte: „So, das war es. Aber jetzt habe ich die Schnauze wirklich voll."

„Ja, ja", nickte er, „es ist schon Mist, wenn man sich die falschen Eltern ausgesucht hat. Wir hätten beide sorgfältiger sein sollen."

Dann würden wir vielleicht in einem eigenen Haus wohnen, selbstständig sein und Bodyguards haben. So müssen wir arbeiten gehen und zur Miete wohnen wir auch."

Ein bisschen musste Sonja lachen. „Irgendwie hast du zwar recht, aber das ändert nichts und ich weiß auch nicht so recht, was das damit zu tun hat."

„Ganz einfach, du hättest einen anderen Schwiegervater bekommen, der nicht wegen Spionage im Knast saß, womit die Tatsache, dass du in die Mühlen der großen Politik geraten bist, entfällt. Ein anderes Berufsumfeld, falls du überhaupt hättest arbeiten müssen, und so weiter …,"

Helmut stand auf und ging an die Hausbar. Normalerweise tranken beide nur ihr abendliches Glas Rotwein, aber heute war ihm nach etwas Stärkerem zu Mute. Er durchforstete die Bar und entschied, dass sie beide nach den Aufregungen des Tages durchaus einen Malt vertragen könnten.

„Oh", meinte Sonja auch gleich, „Dein guter Malt?"

Helmut schmunzelte. „Muss auch mal sein. Und jetzt setzt du dich hin und hörst mir zu. Ich habe auch etwas zu erzählen."

*

Dasselbart grinste in sich hinein. Er hatte es geschafft, Sonja völlig aus dem Konzept zu bringen und genoss es. In dem Bewusstsein, sie auch weiterhin, allein durch sein Auftauchen in Panik zu versetzen, ging er grinsend in das nächste Kaufhaus und erstand ein Nikolauskostüm. Das würde er für seine nächste Attacke gut brauchen können. Blöd war nur, dass der kleine Helfert überlebt hatte. Das sollte nicht sein. Jetzt lag er im Krankenhaus und der Sani, der mit Sonja liiert war, kannte die ganze Geschichte. Ihm traute er zu, dass er sich einschaltete und Helfert womöglich zum Reden brachte. Das musste auf jeden Fall verhindert werden.

Dasselbart zog sein Smartphon aus der Tasche und wählte eine, nur ihm bekannte, Nummer. Sein Telefonpartner meldete sich fast sofort und er berichtete: „Helfert lebt.".

„Sch ... Und was jetzt", fragte er zurück.

„Wir müssen dafür sorgen, dass er keine Gelegenheit zum Reden bekommt. Entweder verpasse ich ihm noch einmal eine Dosis, die er nicht überlebt, aber das ist für mich gefährlich. Bei dem Sani bin ich nicht sicher, ob der mich erkannt hat."

„Glaube ich nicht, immerhin hast du dein Äußeres völlig verändert."

„Ja, aber es gibt Merkmale, die man nicht verändern kann."

„Zum Beispiel?"

„Die Augen."

„Oh Himmel! Glaubst du, er guckt dir geradewegs in die Augen?" Dasselbart lachte. „Unwahrscheinlich."

„Hoffentlich hast du Recht. Aber ich muss trotzdem überlegen, wie wir jetzt weiter agieren wollen."

\*

Sonja umklammerte das Glas so fest, dass ihre Finger weiß wurden. Sie war noch immer aufgewühlt von dem Anruf und der Tatsache, dass ihr *Verfolger*, Dasselbart, offensichtlich auf freiem Fuß war. Jedes mal, wenn er irgendwo auftauchte oder auch nur die Rede von ihm war, überkam sie ein Zittern. Die Erinnerung an die Verfolgung in der ehemaligen DDR hatte sich derart in das Gedächtnis eingebrannt, dass sie augenblicklich in Panik geriet. Da half alles Zureden nichts. Noch nicht einmal die Tatsache, dass der Tatbestand von damals nicht mehr relevant war. Es gab keine DDR mehr und der Auslöser des Debakels. ihr Schwiegervater, war vor etlichen Jahren verstorben. Sonja rief sich zur Ordnung. *Lass es endlich – du machst dich und deine Umwelt verrückt ... für nichts.* Das half auch nicht, die Panik war einfach da.

Helmut beobachtete sie die ganze Zeit, stand auf und legte den Arm um ihre Schultern: „Versuche einfach aufzuhören, darüber nachzudenken. Ja! Er ist nun einmal da, aber er kann dir nichts mehr anhaben. Und zudem bin ich bei dir.

Aufseufzend schmiegte sie sich an Helmuts Schulter, der sagte: „Kann ich jetzt mit meiner Erzählung anfangen?"

Sonja nickte. „Jetzt bin ich aber neugierig. Hast du einen anderen Job?"

„Nein", lachte Helmut, „meine berechtigten Überstunden durchgekämpft und somit die Möglichkeit, in diesem Jahr zusätzlich eine Woche Urlaub zu machen. Was hältst du davon, wenn wir ein paar Tage wegfahren?"

„Eine Menge. Ich muss nur checken, wann meine Ersatzkollegin zurückkommt. Die hat nämlich ab kommenden Montag drei Wochen Urlaub. Ich bin mit einem Paukenschlag nach Hause gegangen, weil ich *krank* bin – und Berrit weiß nun nicht mehr weiter. Da Helmut die Geschichte noch nicht kannte, berichtete Sonja, was im Büro los war und Helmut schüttelte verblüfft den Kopf.

„Berrit? Das kann ich kaum glauben. Ihr habt Euch doch immer großartig verstanden."

„Ja, bis jetzt. Ich denke, man hat ihm von oben diktiert, dass ich alt und teuer bin und er soll wohl auf diese Art dafür sorgen, dass ich von allein gehe …"

„Das ist natürlich doof, aber ich denke, du bekommst noch eine Stelle. So alt bist du noch nicht. Und wenn nicht, dann kommst du zu uns ins Krankenhaus. Wir brauchen eine neue Sekretärin. Frau Ganders ist schwanger und will nach der Entbindung nicht mehr wieder kommen."

Sonja lacht auf. „Ich … im Krankenhaus! Kannst du dir das vorstellen?"

„Ja." Helmut nickte. „Kann ich, weil du nichts mit den Kranken zu tun hast, sondern mit Termin-Koordination, Einsatz der Fahrzeuge und Ähnlichem. Da sehe ich keine Probleme."

Nachdenklich nippte Sonja an dem Whisky und schüttelte sich. „Brrr, das Zeug schmeckt auch nicht besser, nur weil man seinen Kummer darin ertränken will!" Helmut lachte. „Wenn man keinen Whisky mag, ist das wohl so. Und nun denke mal über meinen Vorschlag nach."

Sonja blickte geistesabwesend vor sich hin ... „Das tu' ich."

*

Nachdenklich ging der Arzt in den Bereitschaftsraum und setzte sich auf eine der Liegen. Ihm wurde bewusst, dass er fast dreißig Stunden im Dienst war und beschloss, sich eine Zeit der Muße zu gönnen. Vorausgesetzt, man ließ ihn in Ruhe. Gleichzeitig fiel ihm ein, dass *ein paar Stunden am Stück* wohl nicht machbar waren, weil an diesem Abend der Nikolaus im Krankenhaus angesagt war. Worauf ganz besonders die kranken Kinder sehnsüchtig warteten. Zu allem Überfluss musste er sich selber auch noch in dieses verhasste Kostüm zwängen. Vorstellungen dieser Art waren ihm zuwider, doch das ließ sich nicht ändern. Außerdem lag ihm der Patient mit dem Rauschgiftkollaps im Magen. Als er zuletzt nach ihm sah, schlief er. Mit diesem Gedanken stellte er sich einen Wecker und hoffte, wenigstens zwei Stunden ausruhen zu können.

*

Sonja hatte sich inzwischen beruhigt und sie begann vorsichtig, Pläne zu machen. Helmut war froh, sie auf andere Gedanken gebracht zu haben, wogegen er nur mit halbem Ohr zuhörte. Ihm ging der Arzt nicht aus dem Kopf, der ihm kurzerhand zur Tür hinaus geschoben hatte. Teufel noch eins – er wusste, dass er den Mann kannte, aber woher.

Sonja stupste ihn an: „Herr Helmut, wo bist du denn gerade?

„Im Krankenhaus. Wir hatten heute Vormittag einen sonderbaren Vorfall. Ein junger Mann, den ich noch aus meiner NVA-Zeit kenne, wurde mit Rauschgift voll gepumpt und mit einem Messer attackiert. Dass er überlebte, war Glück. Ein paar Zentimeter höher und wir hätten einen Leichenwagen gebraucht. Ich habe, nachdem er einigermaßen bei sich war, mit ihm sprechen können und er hat mir gesagt, von wem er das Zeug bekommen hatte. Gott sei Dank fanden wir kein weiteres Rauschgift bei ihm, trotzdem muss der Fall gemeldet werden. Und das widerstrebt mir besonders, da der Dienst habende Arzt das sofort machen wollte. Ich bat ihn, ein paar Stunden zu warten, bis der junge Mann wieder völlig klar sei; er hat sich nur sehr zögerlich darauf eingelassen und ich bin nicht sicher, ob er sein Wort hält. Vielleicht sollte ich noch einmal in die Klinik fahren. Ich weiß nicht …" Unsicher brach Helmut ab. „Kannst du eine Stunde allein bleiben. Ich beeile mich auch. Aber ich habe einfach keine Ruhe."

Sonja nickte und meinte: „Mitnehmen darfst du mich wohl nicht. Ich könnte im Auto warten."

„Doch, das ist natürlich auch eine Idee. Es ist ja mein Privatfahrzeug und darin darf sitzen, wer will. Gut, komm."

Auf der Fahrt zum Krankenhaus erzählte Helmut dann, dass der Arzt ihm irgendwie bekannt vorkam. „Im Krankenhaus muss er neu sein, dort habe ich ihn noch nie gesehen. Trotzdem bin ich sicher, ihn zu kennen. Bloß weiß ich wieder einmal nicht, woher."

Mit diesen Worten hielt Helmut an und wunderte sich, dass jemand in einem Nikolauskostüm aus dem Nebenausgang kam. Er stieg aus, hielt Sonja noch einen Moment fest und ging zur Tür. Er zog es vor, durch die Ambulanz zu gehen – der Vordereingang war ihm zu belebt und er hasste es, immerzu angesprochen zu werden.

Seiner Figur zuliebe mied er den Aufzug und nahm die Treppe. Im Zwischengeschoss kam ihm ein weiterer Nikolaus entgegen, der dem Ausgang zustrebte. Das kam ihm seltsam vor. Während er in Gedanken war, erreichte er das Krankenzimmer, in dem Helfert lag und ging auf leisen Sohlen zum Bett. Der war wach und äußerte: „Gut, dass du da bist. Tu mir den Gefallen und hol mich raus. Ich fühle mich hier nicht sicher."

„Wie meinst du das?"

„Der Arzt ... er ist nicht koscher. Ich glaube auch, ihn zu kennen, aber mein Gedächtnis spielt nicht mit."

„Hm, das geht mir genauso. Ich bin ebenfalls überzeugt, dass ich ihn kenne, kann ihn aber nicht unterbringen. Irgendwas ist eigenartig. Abgesehen davon, dass er neu sein muss – ich hatte hier noch nie mit ihm zu tun. Die anderen Ärzte kenne ich alle; außerdem hat er sich nicht vorgestellt. Im Augenblick kann ich dich noch nicht mitnehmen, weil ich mit meinem Privatwagen hier bin und außerdem eine Beifahrerin habe. Da haben wir nicht ausreichend Platz. Aber ich komme wieder..."

„Beeile dich, ich habe ein ungutes Gefühl. Der Arzt heißt übrigens Doktor Schmied. Abgesehen davon, dass hier noch ein Nikolaus herumläuft – und das um diese Zeit."

„Ich beeile mich, versprochen. Bis gleich."

Helmut guckte irritiert. Doktor Schmied. Das war doch der Arzt, der Sonjas Hand versorgt hatte. Aber der schaute ganz anders aus. Kopfschüttelnd verließ Helmut das Krankenzimmer und ging zu seinem Auto zurück.

„Wir müssen eben nach Hause fahren; ich brauche den VAN."

„Wozu denn das?"

„Der Patient fühlt sich nicht sicher und bat mich, ihn aus dem Krankenhaus zu holen..."

„Darfst du das denn?"

„Nein – aber ich tu' es trotzdem. Ich kenne den Jungen und weiß, dass er sich nix einbildet. Ich habe schon von Anfang an das Gefühl gehabt, dass an der Geschichte etwas nicht in Ordnung ist."

Damit startete Helmut den Wagen und fuhr – sämtliche Verkehrsregeln missachtend – nach Hause. PKW abstellen, Garage öffnen, den VAN heraus holen, Sonja einladen und zurück in die Klinik. Unglücklicherweise fiel unterwegs eine Ampel aus, er hatte Mühe, links abbiegen zu können und fluchte lautstark vor sich hin. Der Eindruck, dass ihm die Zeit davonliefe verstärkte sich und als er auf dem Parkplatz ankam, stieg Sonja aus und blieb neben dem Fahrzeug stehen. Vorbei an der Rezeption spurtete Helmut die Treppe hoch. Vor der Tür atmete er tief durch, Helfert sollte nicht mehr als nötig beunruhigt werden.

Helmut lief in die erste Etage und schnappte sich dort einen Rollstuhl. Der Aufzug stand Gott sei Dank zufällig richtig und er fuhr hoch. Als er ausstieg, empfand er eine unnatürliche Ruhe. Das Schwesternzimmer war leer. Nun gut, die konnten alle unterwegs sein, trotzdem fühlte er sich unwohl. Helferts Zimmer lag am Ende des Ganges. Er stellte den Rollstuhl auf dem Gang ab und öffnete leise die Tür. Dunkel. Helmut schaltete das Licht ein und blickte völlig perplex auf das Bett. Leer. *Was um Himmels Willen hat das zu bedeuten?*, fragte Helmut sich. Er öffnete die Tür zur Nasszelle und fuhr mit einem Aufschrei zurück. Auf dem Toilettendeckel saß eine zusammen gesunkene Gestalt. Helfert. Verkleidet mit einem Nikolauskostüm lag sein Kopf auf der Kante des Waschbeckens. Er ging näher ran und stupste ihn an. Keine Reaktion. Vorsichtig hob er den Kopf an und traute seinen Augen nicht. Der Junge war tot. Man hatte ihm die Kehle durchgeschnitten und der dichte, weiße Bart war Blut verklebt.
Helmut hielt sich am Türrahmen fest. Es dauerte eine Minute bis er in der Lage war, sein Smartphone in Betrieb zu setzten und die Polizei zu benachrichtigen. Fast gleichzeitig lief er nach vorne zur Station und, weil dort immer noch niemand saß, ging er weiter in den Bereitschaftsraum. Auch der war leer. Dr. Schmied schien bei einem Patienten zu sein, deshalb alarmierte er die gesamte Ärzteschaft im Krankenhaus. In nur wenigen Minuten fanden sich zwei weitere Ärzte vor Ort ein und er schilderte, was passiert war. Unglauben. „Das kann nicht sein. Dr. Roemer hatte Dienst!"
„Dr. Roemer? Ich kenne nur einen Dr. Schmied", bemerkte Helmut. Der zweite Arzt guckte ratlos. „Wie sah der denn aus?"
Helmut schilderte ihn als mittelgroß, dunkelhaarig, Brillenträger und etwas unfreundlich im Auftreten.

„So einen haben wir hier nicht. Unser Doktor Roemer ist auch mittelgroß, hat aber eine Halbglatze und trägt auch keine Brille."

Die Konfusion war komplett.

Inzwischen war die Polizei eingetroffen, ließ sich das Geschehen schildern und betrat das Badezimmer. Schnell, der inzwischen zum Hauptkommissar aufgestiegen war, erkannte Helmut sofort und meinte: „Mein Gott, wer tut denn sowas?" Helmut zuckte, noch immer erschüttert, die Achseln und berichtete in groben Zügen, was ihn bewogen hatte, an diesem Abend noch einmal ins Krankenhaus zu fahren.

HK Schnell fragte ihn: „Und Sie haben niemanden gesehen?"

„Nein. Auf dem Flur, im Schwesternzimmer und im Bereitschaftsraum war keiner. Was ich nur äußerst seltsam fand war, dass ich bei der Ankunft zwei Menschen in Nikolauskostümen aus dem Haus kommen sah. Einer kam aus einem Nebeneingang und der Andere war auf dem Weg zur Vordertür."

„Erkannt haben Sie aber keinen?"

Helmut schüttelte den Kopf. „Angesichts des Ausspruches, dass er sich hier nicht sicher fühlen würde, spukt mir immer noch dieser *Zweite*, wie Sonja ihn zu nennen pflegt, durch den Kopf. Den habe ich nämlich heute früh gesehen, als wir zu der Geschichte mit der Messerstecherei gerufen wurden. Da verschwand er gerade in der Menge. Sonja hat ihn auch gesehen. Sie war zufällig mit ihrer Freundin in der Nähe, weil sie einkaufen wollten. Natürlich geriet sie gleich in Panik; das kennen Sie ja schon."

Schnell nickte. „Angesichts dessen, was sie in dieser Richtung hinter sich hat, kein Wunder."

Inzwischen waren der Polizeiarzt und sie Spurensicherung eingetroffen; die jagten erst einmal alle raus. Helmut lehnte sich draußen an die Wand und meinte: „Jetzt haben wir ein ziemliches Problem. Abgesehen von dem Toten, der uns leider nichts mehr sagen kann, werde ich das Gefühl nicht los, dass die beiden seltsamen Nikoläuse damit zu tun haben. Und wer ist Dr. Schmied, den man hier nicht kennt. Nur einen Dr. Roemer. Und zu allem Überfluss kam mir der, den ich als Dr. Schmied kenne – und den Sonja auch kennt – bekannt vor. Aber mein Gedächtnis lässt mich im Stich. Ich kriege nix zusammen."

HK Schnell guckte ebenfalls nachdenklich und fuhr fort: „Ich denke, Sie fahren jetzt erst einmal nach Hause. Bringen Sie Frau Hanser schonend bei, was passiert ist und sagen Sie besser nichts von Ihrem Verdacht. Das könnte bei ihr fatale Folgen haben."

„Das denke ich auch. Danke – ich fahre dann mal. Und wenn mir was einfällt, melde ich mich bei Ihnen."

„Das wäre gut. Aber wie ich Sie kenne, tun Sie das ohnehin. In diesem Zusammenhang auch noch einmal danke für die bisherige Mithilfe. Dass wir den Schuckert gekriegt haben, war letztlich Ihr Verdienst."

Helmut ging zu Fuß die Treppen hinunter und atmete vor dem Gebäude erst einmal durch. Sein Auto stand um die Ecke, so dass er sich einen kleinen Moment der Ruhe gönnte und den Sternenhimmel über sich betrachtete. Die Landschaft war mit Schnee gepudert und schimmerte in einem diffusen Licht. Seufzend machte er sich auf den Weg zu seinem Auto. Sonja stand daneben, pustete in die Hände und meinte: „Mann, das ist ganz schön kalt. …aber wo hast du deinen Schützling gelassen?"

Die ganze Anspannung fiel langsam von ihm ab und er konnte die Tränen nicht mehr zurückhalten. Er fühlte sich schuldig, weil er Helfert nicht sofort mitgenommen hatte. Sonja hörte sich mit wachsendem Entsetzen die Geschichte an und platzte raus: „Das war mit Sicherheit der *Zweite*!"

„Der war gar nicht in der Nähe. Aber lass uns nach Hause fahren. Ich bin völlig fertig."

„Morgen gehst du nicht arbeiten", befand Sonja. „Du musst zur Ruhe kommen. Außerdem, wie ich dich kenne, sitzt du diese Nacht am Schreibtisch und malst dir alle möglichen Szenarien aus um dahinter zu kommen, wer in dieser Chose wer ist."

„Da könntest du Recht haben. Also fahren wir.

\*

Dasselbart beendete ein erneutes Telefonat, nachdem er hörte, dass die Sache erledigt sei. Beruhigt legte er sich schlafen und dachte, der kann nicht mehr aussagen. Immerhin war der Helfert nicht der Einzige, den er seinerzeit so behandelt hatte. Normalerweise bekam man die Neulinge mit gewissen *Foltermethoden* kirre, aber der Kleine war zäh. Und durch und durch ehrlich. Erst als man dazu überging, ihn auf alle möglichen Arten mit Rauschgift vollzupumpen, ändert sich das. Auch bei ihm wurde die Sucht stärker als der Verstand. Dass er nach der Messerattacke ausgerechnet an diesen Sani geriet, war Pech. Nun denn, das Kapitel hatte sich erledigt, Dasselbart legte sich zurück und schlief seelenruhig ein.

*

Helmut Schüttler fiel daheim in den Sessel und stütze seinen Kopf in die Hände. „Wenn ich doch bloß wüsste, wer dieser Dr. Schmied ist", murmelte er vor sich hin.
Sonja konnte nur sagen, dass das der Arzt gewesen sein, der ihre Hand behandelt hätte, doch so, wie Helmut sein Aussehen schilderte, konnte er das nicht gewesen sein. „Dr. Schmied hatte eine Halbglatze. Ich kann mich auch nicht erinnern, dass er eine Brille getragen hätte."
Helmut schüttelte nur den Kopf. „Ich weiß nicht…"
„Lass uns trotzdem schlafen gehen. Wir sind beide nichts mehr wert."
„Hast Recht!"

Helmut wälzte sich unruhig hin und her. Schließlich stand er leise auf und setzte sich ans Fenster. Die Landschaft lag ruhig und friedlich da, der Schnee schimmerte und die Sterne waren klar zu sehen, was in dieser Region selten genug war. Natürlich kreisten seine Gedanken immer noch um dieses furchtbare Geschehen und er beschloss, genau das zu tun, was Sonja vorausgesagt hatte. Aufstehen und aufschreiben, was ihm an Einzelheiten einfiel.

Wie immer, ging er methodisch vor und schrieb in einer Stunde mehrere Din A 4-Blätter voll. Er las sich alles noch einmal durch und überlegte, wie er die infrage kommenden Personen genauer definieren könnte. Inzwischen zeigt die Uhr, dass es früher Morgen war und ohnehin bald Zeit zum Aufstehen. Helmut ging in die Küche und bereite das Frühstück vor. Dann rief er in seiner Dienststelle an und meldete sich für diesen Tag ab. Er sagte die Wahrheit, dass er nicht krank sei, aber aufgrund der Vorkommnisse des Vorabends nicht in der Lage wäre, einen klaren Gedanken zu fassen. Damit stieß er ausnahmsweise sogar bei seinem Boss mal auf Verständnis.

Sonja kam gähnend in die Küche und wunderte sich: „Ich habe trotz dieses Dilemmas tief und fest geschlafen."
„Kein Wunder, du gingst ja auch auf dem Zahnfleisch."
„Stimmt – und was hast du jetzt vor?"
„Ich habe schon bei der Dienststelle angerufen, mich für heute abgemeldet und überlege nun, wer mir dabei helfen könnte, herauszufinden, wer hier was für eine Rolle spielte. Vielleicht wende ich mich mal an meinen Ex-Schwager. Der ist bei der Kripo in Duisburg und kann mir möglicherweise weiterhelfen."
„Gute Idee, jedenfalls ist der Dr. Schmied, den du als solchen kennen gelernt hast, nicht der Dr. Schmied, den ich kenne."
„Hm… aber jetzt frühstücken wir erst einmal. Mit leerem Magen denkt es sich nicht gut."
Nach Kaffee und Brötchen schnappte Helmut sich das Smartphone und rief Horst Dinkel an, der sich mächtig wunderte, von Helmut zu hören.

*Horst Dinkel war Helmuts Ex-Schwager und einige Jahre mit seiner Schwester Helene verheiratet. Die Ehe stand unter keinem guten Stern und nach knapp vier Jahren ging man auseinander. Horst ließ sich nach Duisburg versetzen und Helene wanderte nach Neu-*

*seeland aus. Sie machte ihren Lebenstraum wahr und leitete dort eine Schaffarm.*

„Nanu, wie komme ich zu der Ehre?", fragte er.

„Ich habe eine Bitte an dich. Gibt es eine Möglichkeit, sozusagen einen Abgleich von Leuten herzustellen, von denen man nicht weiß, wer *wer* ist?"

„Ganz schön kompliziert. Erzähle mal, wie du das meinst."

Nach Helmuts Schilderung nickte er und sagte: „Ja, das kann ich machen, aber ich brauche einen Auftrag."

„Den kann ich problemlos besorgen. HK Schnell ist in den Fall eingeweiht und wird mir sicherlich jede Unterstützung zukommen lassen. Soll ich zu dir kommen? Ich habe mir heute einen freien Tag genommen…"

„Ja, komm rum. Dann sehen wir weiter."

Sonja stand die ganze Zeit daneben und nickte ebenfalls. „Ich denke auch, dass du besser hinfährst. Vorort lässt sich das leichter konstruieren als am Telefon."

Ein Blick aus dem Fenster besagte, dass es in der Nacht nicht neu geschneit hatte und die Straßen einigermaßen befahrbar waren. Im Rheinland konnte man mit Schnee nicht gut umgehen – die Autofahrer schienen das Fahren verlernt zu haben und passten sich den Verhältnissen nicht an. Es hagelte Unfälle. Wenn auch überwiegend Blechschäden, aber man steckte fest und das konnte Helmut in seiner Verfassung nicht gebrauchen.

Doch es ging alles glatt und nach einer dreiviertel Stunde erreichte er das Kommissariat, in dem Horst Dinkel arbeitete. Der hörte sich noch einmal alles genau an und meinte: „So, jetzt basteln wir erst eine Phantomzeichnung, so, wie du den Mann gesehen hast."

Es dauerte nicht lange und das Bild war fertig. „Ja, genauso sieht er aus."

„Gut, jetzt geben wir die Daten und das, was du über den seltsamen Arzt weißt, in den Computer und warten, ob er uns was ausspuckt. Als erstes suchen wir einen Dr. Schmied in diesem Krankenhaus."

Fehlanzeige.

„Gut, nehmen wir den Namen Dr. Roemer."

Ebenfalls nix.

„Das ist seltsam, weil das Personal einen Dr. Roemer kennt."

Ratlos sahen die Beiden sich an, bis Helmut sagte: „Weißt du was, gib doch mal die Daten von diesem Dasselbart ein. Da hab' ich Einiges in petto – vielleicht kannst du was davon brauchen."

Doch auch das war erfolglos.

„So", meinte Horst Dinkel, „nun machen wir etwas anderes, wir verändern das Gesicht. Wir nehmen die Haare weg, verpassen ihm eine Halbglatze und nehmen die Brille ab."

Fassungslos starrte Helmut auf die neue Zeichnung: „Das darf nicht wahr sein! Das ist nicht Dasselbart, Dr. Roemer oder Dr. Schmied oder wer sich hier noch irgendwelche Namen zugelegt hat. Das ist, ich fass es nicht! das ist Gottfried Hanker. Hanker, der Henker!"

Horst Dinkel gab den Namen ein und siehe da, der Bildschirm war voll mit Daten.

„Das ist ja ein Ding und nicht gerade ein kleiner Fisch. Was machen wir mit diesen Ausführungen?"

„Zunächst muss ich HK Schnell informieren – der wird insofern einen Luftsprung machen, als dass er jetzt weiß, wer das ist. Außerdem stellt er dir mit Sicherheit den erforderlichen Auftrag aus, für dass, was du schon erledigt hast! Wie das mit dem Fall zusammen passt, soll er dann herausfinden. Immerhin hat er innerhalb von vierundzwanzig Stunden einen Anhaltspunkt, der Gold wert ist."

Horst druckte die Daten aus, drückte Helmut die Akte in die Hand und meinte: „Nimm sie mit – HK Schnell soll sich bei mir melden, wenn er weiteres wissen möchte."

„Okay – und … danke."

„Gern geschehen. Sag mal, du hast vielleicht mal Lust, mit mir ein Bier zu trinken?"

„Doch", schmunzelte Helmut, „das können wir gern machen, denn ich denke, der Schnee von gestern ist längst weggetaut. Zumal meine verehrte Schwester sich nach Neuseeland abgesetzt hat. Sie leitet dort eine Schaf-Farm."

Aufatmend schlug Horst ihm auf die Schulter. „Danke, alter Knabe, jetzt ist mir wohler!"

Nachdenklich machte Helmut sich auf den Weg zu HK Schnell. Der war baff, als er Helmut in der Tür stehen sah und meinte: „Sagen Sie bloß, Sie haben was herausgefunden."

Helmut nickte nur und legte die Akte auf den Tisch.

Schnell grinste: „Soso, und wer hat Herrn Dinkel diesen ... Auftrag erteilt?"

„Sie, Herr Hauptkommissar. Ich", nun stotterte er doch ein bisschen, „ich habe einfach über Ihren Kopf hinweg gesagt, das würden Sie schon machen..."

„Womit Sie in dem Fall Recht hatten. Man soll nicht päpstlicher sein als der Papst. Kommen Sie, das erledigen wir jetzt eben und dann erzählen Sie mir, wie Sie das herausgefunden haben."

Helmut berichtete noch einmal alles von vorne und HK Schnell meinte: „Das ist ein ganz dicker Fisch. Der hat eine umfangreiche Akte. Jetzt müssen wir nur feststellen, ob er das wirklich war. Aber Moment! Die Spusi hat etwas gefunden. Helfert hatte einen Gürtel um den Hals, der wohl verhindern sollte, dass das Blut so sehr floss, dass es unter der Tür her heraus gelaufen wäre. In dem Gürtel war eine Nummer eingestanzt."

Schnell überflog die Akte und legte sie ihm hin. „Gucken Sie mal bitte, ob Sie was finden. Hier ist der Zettel mit der Nummer und eine Prägung war direkt daneben. GH."

Helmut fand die ominöse Nummer und bemerkte: „Dann ist das wohl klar, oder?"

„Ja, nur finden müssen wir ihn jetzt noch. Ich werde eine Fahndung herausgeben mit allen drei Bildern, wie der Mann aussah, aussieht oder aussehen könnte. Dann können wir nur hoffen.

Horst Dinkel stellte die Fotos für die Suchmeldung zusammen und überlegte derweil, dass dieser Hanker schließlich irgendwo wohnen müsste. Die Adresse im Computer schien alt zu sein, da die Straße, die angegeben war, schon vor ein paar Jahren einen anderen Namen bekommen hatte. Er übermittelte seine Fotos an HK Schnell und loggte sich dann in das Einwohnermeldeverzeichnis der Stadt ein. Und ... siehe da! Es gab einen Gottfried Hanker. Sogar unter seinem richtigen Namen und mit vollständiger Adresse. Am anderen Ende der Stadt und abseits im Grünen gelegen. Passend hieß das Sträßchen auch *Im stillen Winkel*.

Dinkel hängte sich ans Telefon und rief Schnell an. Verblüfft meinte dieser: „Mann, das nenne ich fixe Arbeit – danke! Ich werde jetzt meine Leute zusammentrommeln und dann überlegen wir, wie wir am besten zugreifen. Er darf uns auf keinen Fall durch die Finger rutschen."

„Vielleicht sollten Sie doppelt agieren."

„Wie meinen Sie das?"

„Schicken Sie eine Zivilstreife hin; ich habe gerade zwei Männer frei, die könnten in knapp vierzig Minuten bei Ihnen sein. Die offizielle Streife kommt hinterher, sollte aber nicht zu sehen sein. So wie ich die Akte lese, ist der verdammt gefährlich."

„Danke, dass Sie mir zwei Ihrer Leute abgeben – genauso werden wir das machen."

HK Schnell stellte seinen Trupp zusammen und schärfte ihnen ein, erst einmal abzuwarten, ob sich im Gebäude etwas tat und vor allem, ob ersichtlich war, dass Hanker zu Hause war. Wenn ja, sollte der Streifenwagen näher ranrücken, damit sie eingreifen konnten. Widerstand war zu erwarten. HK Schnell bat Helmut, zu dieser Adresse zu kommen, er wollte ihn wegen der Identifizierung dabei haben.

\*

Gottfried Hanker schenkte sich gerade einen Whiskey ein, als auf der Straße eine heftige Huperei losging. Genervt riss er das Fenster auf: „Wenn hier nicht augenblicklich Ruhe ist, komme ich runter. Dann könnt Ihr was erleben!"

Schnells Männer postieren sich rechts und links neben der Haustür, als diese mit einem Ruck aufgerissen wurde. Im gleichen Moment fühlte Hanker zwei Hände auf seinen Armen und wollte sich losreißen. Wie in Trance hörte er den Satz: „Gottfried Hanker – Sie sind verhaftet, wegen des Mordes an Ulrich Helfert."

Hanker wehrte sich wie ein Wilder, musste zu Boden gebracht und fixiert werden. In dieser Zeit gingen zwei weitere Beamte in die Wohnung und trafen dort auf den völlig verblüfften Dasselbart, der aus dem Badezimmer kam. „Was wollen Sie von mir?", fragte er.

„Sie sind verhaftet, wie auch Ihr Freund Hanker."

„Ich habe nichts getan...!"

„Es liegen mehrere Anzeigen gegen Sie vor; kommen Sie mit."

Helmut, der in Sichtweite stehen geblieben war, sah den Kommissar an: „Das ist er; ich erkenne ihn zweifelsfrei wieder. Und Dasselbart auch; er ist der ominöse *Zweite*."

„Du Mistkerl. Du elender Mistkerl! Ich bring' dich um, das schwöre ich bei allen Heiligen!"

„Sie werden in den nächsten Jahren gewiss niemanden mehr umbringen...!"

Aus dem geöffneten Fenster des Erdgeschosses erklang die Stimme eines kleines Mädchens:

*Schneeflöckchen, weiß' Röckchen, wann kommst du geschneit ...*

Währenddessen zückte Helmut sein Smartphone und rief Sonja an: „Es ist vorbei!"

***

Wesseling, eine kleine Ortschaft, südlich von Köln ist seit 820 n.Ch. aktenkundig. Um 1700 herum entstand eine Gespannwechselstelle der Treidelschifffahrt und anno 1848 griff der Aufstand der Treidler auf die Wesselinger Treidelstation über, die sich durch die neu aufkommende Dampfschifffahrt gefährdet sah.

Wässel de Ling bedeutet: *Wechsle die Leine.*

## Mord auf dem Prahm

Der beginnende Tag war gerade zu erahnen, leichte Nebelschleier lagen noch über dem Rhein als sich Hagen Johannson ächzend von seiner Strohschütte erhob. In der Ferne hörte er durch den Dunst des Morgens den immer wieder kehrenden Ruf: „Wässel de Ling! Wässel de Ling!"

Das Wetter war alles andere als einladend. Es nieselte und dazwischen konnte Hagen die ersten Schneeflocken ausmachen. Er fror schon bei dem Gedanken, gleich wieder raus zu müssen. Mit einer typischen Handbewegung fuhr er über sein Kinn und überlegte, dass er sich wohl auch heute eine Rasur sparen würde. Selbst verfügte er über kein Rasiermesser, nur über eine Spiegelscherbe, die er am Rheinufer gefunden hatte. Irgendeine Dame vom Schloss hatte bei einem Ausritt vielleicht einen Spiegel zerschlagen und die Scherben einfach weg geworfen. Ludwiga hatte sich furchtbar erschrocken, als er ihr diese Scherbe mitbrachte und sie sich zum ersten Mal selber sah.

Hagen seufzte und beschloss, dass zu einem Gang zum Barbier in dieser Woche kein Geld mehr vorhanden sein würde. Gestern hatte er wieder keinen Auftrag bekommen und Josta, die alte Stute, stand mit hängendem Kopf vor dem Eingang. Einen Bottich Wasser stellte er ihr hin; zum Fressen musste er sie hinter dem Dorfanger auf die Wiese führen. Gott sei Dank hatte er mit dem letzten Ratsherrn ein Abkommen getroffen; sonst wäre Josta vielleicht schon verhungert. Dieses alte Pferd war der Garant für seinen Lebensunterhalt. Mehr schlecht als recht.

Ludwiga erwachte; als sie ihren Mann beim Aufstehen stöhnen hörte. Sie wusste, dass ihn alle Knochen schmerzten. Die Arbeit bedeutete Härte, doch ihr Los war nicht besser. Ganz besonders im Winter. Mit den paar Kreuzern, die sie noch hatten, mussten sie auskommen, bis Hagen wieder einen neuen Auftrag bekam. Die Kinder mussten essen. Ludwiga gab einen Stoßseufzer von sich und begann, die Strohschütten aufzulockern.

In der Küche stellte sie fest, dass kein Wasser mehr da war. Sie machte sich also auf den Weg. Ihre Kräfte hatten in den letzten Wochen sehr nachgelassen, deshalb nahm sie sich den kleinsten Bottich, den sie tragen konnte und ging zum Brunnen. Dort traf sie auf Edelgarde, deren Mann Tobias bereits unterwegs war. „Ihr schaut nicht sehr ausgeruht aus. Wann musste der Eure denn heute Morgen los?", fragte Ludwiga die Nachbarin. „Es war noch völlig finster, aber wir waren froh, dass der Schmied gestern Bescheid geben ließ, dass er heute früh jemanden brauchte, der das Feuer in Gang hielt. In den letzten Monaten ist es schlimm geworden in unserer Gegend. Die Arbeit wird immer weniger..."

„Ja", meinte Ludwiga, „es ist schon ein Kreuz, „Hagen bekommt so manche Woche gar keinen Auftrag mehr. Die Schiffseigner haben ihre eigenen Leute dabei und viele laden die Waren auch einfach am Ufer ab und lassen die Sachen abholen, um das Treidelgeld zu sparen. Es ist eine Schande. An uns denkt niemand. Die wirtschaften doch nur sich in die Tasche."

Edelgarde nickte. „Ich muss Euch uneingeschränkt Recht geben. Nur sieht es so aus, als dass wir daran nichts ändern können. Unsere älteren Kinder sind schon so weit, dass sie die Gegend verlassen wollen und weiter den Fluss auf- oder abwärts ziehen wollen. Vielleicht nach Zons oder Neuss".

„Was", entgegnete Ludwiga entsetzt, „Die Kinder wollen Euch zurück lassen? Und was passiert, wenn sie wegziehen, mit der Familie?"

Edelgarde zuckte mit den Schultern. „Sie müssen sich ihr Leben allein gestalten. Wenn sie meinen, ihre alten Eltern sich selbst überlassen zu können, dann werde ich sie nicht daran hindern. Wenn wir noch könnten, würden wir auch weggehen. Aber wohin? Tobias ist nicht mehr jung – ich auch nicht. Wer will uns noch, wenn die Kräfte nachlassen?"

Ludwiga nickte widerwillig. „Bedauerlicherweise habt Ihr Recht. Eine Schande ist es trotzdem!"

Sie setzte den gefüllten Bottich auf ihre Hüfte und machte sich mit ein paar Abschiedsgrußworten auf den Heimweg. Jonas kam entgegen. „Mutter, wie oft habe ich Euch schon gesagt, dass Ihr nicht so schwer tragen sollt. Solange ich noch hier bin, kann ich Euch doch helfen."

„Solange du noch hier bist?", fragte Ludwiga erschrocken.

„Ja, Mutter. Auch wenn es schwer fällt, aber Ihr müsst einsehen, dass wir so nicht weiterleben können. Diese drangvolle Enge. Jeder stört jeden, immer und überall."

„Aber, Sohn, dass ist doch nicht nur bei uns so. Und was soll werden, wenn der Vater auch nicht mehr arbeiten kann?"

Jonas zuckte fast unmerklich die Schultern: „Ich fürchte, dann werden meine jüngeren Brüder dafür sorgen müssen, dass es Euch gut geht. Immerhin haben sie bis jetzt so gut wie nichts getan. Außer dummes Zeug anzustellen", fügte Jonas hinzu.

„Dafür sind es Kinder", zürnte Ludwiga.

„Ja", knurrte Jonas, „die werden sie wohl auch bleiben."

Am Abend kam Hagen heim. Er hatte sich weiter flussabwärts als Tagelöhner verdingen können und ein paar Kreuzer bekommen. Er legte das Wenige ohne Worte auf den Tisch und Ludwiga seufzte.

„Nun ja, eine Kelle Mehl werde ich dafür wohl bekommen. Immerhin können wir dann morgen wieder einmal Pfannkuchen essen."

Dieser Vorschlag wurde mit lautem Gejohle der Jüngsten beantwortet.

An diesem Abend gab es wieder Fladenbrot und Hafergrütze.

Jonas teilte seinem Vater den Entschluss, das Haus und die Familie zu verlassen mit. Dieser nickte nur. „Kann ich verstehen. Aber wohin wirst du dich wenden?", fragte er.

„Nun, ich denke, ich werde nach Zons gehen."

„Warum ausgerechnet Zons?"

„Weil, wie ich hörte, Zons Zollstadt geworden ist. Dort werde ich vielleicht die Möglichkeit haben als Zöllner zu arbeiten. Oder auch als Müller. Die Zonser Mühle läuft ja noch, obwohl man den Müller schon vor Monaten totgesagt hatte. Jedenfalls möchte ich nicht unbedingt treideln."

Wütend schoss der Vater zurück: „Glaubst du grüne Göre denn, ich hätte das gewollt. Ich würde auch lieber oben im Schloss den Gärtner spielen."

„Entschuldigt Vater", beschwichtige Jonas ihn. „Das habe ich nun wirklich nicht so gemeint. Aber Ihr müsst doch zugeben, dass das kein Leben ist, oder?"

Der Vater senkte den Kopf und nickte nur. „Ist ja gut Junge. Geh du nur deinen Weg. Ich wünsche dir alles Glück."

Jonas machte sich am folgenden Morgen bereits auf. Er marschierte vier Tage. Tagsüber lief er am Straßenrand entlang und in der Dunkelheit ging er immer ein Stück in die Wiese oder hinter einen Waldsaum. Vor Räubern war man hier nirgendwo sicher und Jonas liebte sein Leben.

In Zons angekommen, ließ man ihn in das Zollhaus gar nicht erst hinein. Den Zöllnern ging es viel zu gut, als dass sie einen Fremden daran teilhaben lassen wollten. Notgedrungen ging Jonas zum Müller. Der war allerdings hoch erfreut, eine Hilfe zu bekommen. Als der betagte Müller nach einigen Jahren verstarb, konnte Jonas die Mühle behalten, die ihm der alte Mann vermachte.

Er hatte es inzwischen zu bescheidenem Wohlstand gebracht und eine Familie gegründet. Diesen Wohlstand galt es zu sichern und er begann, bei Nacht und Nebel einen Teil seines Mehles mit einem kleinen Schiff rheinaufwärts zu verkaufen. Am Zoll vorbei.

Eines Tages traf er Hochwürden Remigius am Eingang des Dorfes. Er grüßte ehrerbietig und der Pfarrer sprach ihn an: „Ihr seid Jonas Johannson, nicht wahr?"

Jonas nickte und ihn beschlich ein ungutes Gefühl.

„Nun, Euer Vater und Eure Mutter sind verstorben. Eure Mutter wollte im Rhein waschen und ist von einem Stein abgerutscht. Euer Vater, der gerade auf dem Prahm die Kuh des Großbauern festbinden wollte, sprang ins Wasser, um ihr zu helfen. Leider schaffte er es nicht. Sie versanken beide. Bei der Bergung stellte sich heraus, dass Euer Vater nicht von allein abrutschte und in den Rhein stürzte. In seinem Rücken steckte eine lange, zweizinkige Gabel."

Jonas schlug die Hände vors Gesicht. „Ich hätte wohl wenigstens einmal nach Hause gehen sollen!"

„Ja", antwortete der Pfarrer hart, „das hättet Ihr sollen."

Jonas sprach mit seiner Frau darüber und sie beschlossen, gemeinsam den Rhein aufwärts zu ziehen. Es kam ihn hart an, die Mühle, zumindest für eine Weile, im Stich zu lassen, doch sie wollten nach den Geschwistern sehen und dachten, wir sind noch jung, wir werden es irgendwie schaffen.

Und dann kam eine Nachricht, dass man weit unten auf dem Rhein, ein Schiff gesehen habe, das nicht mehr gezogen wurde, sondern aus eigener Kraft stromaufwärts fuhr. Das wollte niemand so recht glauben und da auch keiner wusste, wie lange das Schiff brauchte, bis es ankam, stellten sie Wachen auf. In den frühen Morgenstunden des Mittwochs vor Pfingsten rannte Jonas, dem diese Nachtwache zugeteilt war, aufgeregt ins Dorf:

„Es kommt! Es kommt!"

Über Jonas kroch eine Gänsehaut. Er hatte den Eindruck, ein neues Zeitalter brach an. Ob es Gutes bringen würde, sei dahin gestellt.

Inzwischen bemühten sich die Büttel und der Amtmann um Klärung der Todesfälle von Jonas Eltern. Wer hatte Hagen Johannson die zweizinkige Gabel in den Rücken gerammt …?

*

Mehr als einhundert Jahre später erbte ein Jonathan Johannson ein kleines Haus in Wesseling, das früher einmal dem Dorfpfarrer gehörte. Neugierig und mit ein wenig Ehrfurcht bestaunten er und seine Freundin Katja die alten Folianten, die der letzte Pfarrer sorgfältig hütete. Alle Bücher waren in braunem Leder gebunden und stammten zum Teil aus dem 18. Jahrhundert. Beim aufschlagen der Bände stieg beiden der Staub der Vergangenheit in die Nase.

Und nicht nur der. Es sah aus, als habe sich ein Papier zwischen dem fadengebundenen Buchrücken verklemmt. Jonathan versuchte, es vorsichtig herauszulösen, was ihm nach einigen Mühen auch gelang.

Behutsam zog er das brüchige Papier heraus und hielt ein amtliches Protokoll in der Hand. Datum und Stempel waren nicht mehr lesbar, nur die Jahreszahl. 1879.

Es war mühselig, die Worte, geschrieben in einer alten deutschen Sprache und Schrift, zu entziffern, doch er schaffte es. Dabei kam ihm zugute, dass er sich immer schon für Kalligraphie interessiert hatte und demzufolge mit verschiedenen Buchstaben vertraut war. Was Jonathan dort las, konnte er kaum glauben.

*Gereon, der jüngere Bruder von Jonas, hatte seinen eigenen Vater ermordet. Er befand sich auf dem Schiff, weil er, wie vorher sein Bruder, der häuslichen Enge entfliehen wollte. Zuvor bat er seinen Vater, ihm die mageren Ersparnisse, ohnehin nur ein paar rheinische Pfennige, als Startkapital auszuhändigen. Als der Vater ihm das verweigerte, richtete er sein Interesse auf die Kuh des Prahm-Schiffers. Sie sollte abrutschen; er würde hinterher springen, sie ans Ufer bringen und verschwinden. Bis der Prahm angelegt und geankert hatte, wäre er längst weg...*
*Doch er rechnete nicht mit seinem Vater, der das Unheil kommen sah und die Kuh festbinden wollte. Dass zeitgleich seine Mutter beim Wäsche waschen in das eisige Wasser des Rheins fiel, hatte er noch nicht einmal gesehen. Er konzentrierte sich auf den Rücken seines Vaters und stach zu. Hagen Johannson verlor die Balance und stürzte ebenfalls ins Was-*

*ser. Es sah aus, als wolle er seine Frau retten ... und schaffte es nicht.
Dass er zu diesem Zeitpunkt bereits tot war, fand man erst nach der
Bergung heraus. Gereon konnte nicht mehr fliehen, wurde noch an Ort
und Stelle festgenommen und der örtlichen Gerichtsbarkeit überstellt.*
Das Urteil musste auf einem zweiten Blatt zu lesen sein, das jedoch
– trotz allen Suchens – nicht zu finden war.

*

„Wieso hast eigentlich gerade du dieses Haus geerbt ", fragte Katja
Jonathan, „und wie bist du mit dem Pfarrer verwandt?"
„Frag mich lieber was Leichteres. Aber irgendwie muss es schon
sein. Denn, lies einmal hier: Hagen hatte einen Sohn, das war Jonas. Dann kam ein Jonathan, dann wieder ein Jonas, dann wieder
Jonathan, das war mein Großvater, dann wieder Jonas, mein Vater
und ich bin wieder ein Jonathan. Der Jonas, der den ersten Rad-
dampfer auf dem Rhein gesehen hat, muss mein Urururgroßvater
gewesen sein."
„Ist nicht vielleicht noch ein *ur* mehr drin?", hatte Katja ein wenig
grinsend gefragt. Jonathan drohte ihr mit dem Finger und vertiefte
sich wieder in die alten Texte.
Plötzlich sah Katja hoch. Sie reckte sich und während sie die wab-
bernden Frühnebel und das dichte Schneegestöber über dem Rhein
sah hörte sie in ihrem Kopf den dumpfen Ruf der Treidler:
*Wässel de Ling! Wässel de Ling!*
„Sag mal Jonathan", fragte Katja, ganz gefangen von dieser Atmo-
phäre, „hast du das gewusst?"
„Was gewusst?"
„Dass unser Wesseling aus dem Ruf der alten Treidler entstand?"
Jonathan musste sich erst wieder darauf besinnen, dass er im 21.
Jahrhundert lebte. Auch er konnte den dumpfen Ruf nicht über-
hören: Wässel de Ling! Wässel de Ling!

\*\*\*

# Gedankensplitter aus der Seele

# Sturm

Leise wiegt der Baum seine Äste im Wind. Der Wind wird stärker, entwickelt sich zu einem Sturm
Der Baum beugt sich der stärkeren Macht, biegt sich oft bis zum Boden.
Der Sturm rast.
Er zerrt an dem Baum. Aber er schafft es nicht. Der alte, knorrige Baum holt tief Luft und richtet sich zwischen zwei Böen wieder auf. Schöpft Kraft. Er schafft es.
Der Sturm resigniert und zieht weiter. Reißt und zerrt am nächsten Baum. Er glaubte, der alte, knorrige Baum ist so starr, dass er sich nicht mehr beugen kann. Er irrte. Jetzt hat er sich eine junge Pflanze gesucht.
Verzweifelt ducken sich die Äste nah an die Erde. Der Sturm lacht. Doch die Äste sind biegsam. Sie haben noch nicht die Kraft des alten Veteranen, aber sie sind geschmeidig und schaffen es, mit dem Wind zu gehen. Dem Sturm gefällt das nicht. *Er* hat die Kraft und will siegen. Es gelingt ihm nicht. Er holt Verstärkung. Den Hurrikan. Das ist unfair. Gewalt ist immer unfair.
Der alte Baum bricht; seine Kraft reicht nicht aus, dieser Gewalt zu trotzen.
Der junge Baum wird entwurzelt.
Gewalt hinterlässt immer nur Zerbrochenes und Entwurzeltes.

Nuran Scheidel

## Lied der Berge

Unbeweglich, starr, ragen sie in den Himmel, kratzen an den Wolken. Ob so wohl der Begriff Wolkenkratzer entstanden ist?
Vermutlich.
Manchmal sehen sie unheimlich aus.
Sie drohen.
Dann wieder hell und freundlich.
Sie locken. Komm! Komm zu mir herauf. Hier ist es viel schöner als unten im Tal. Hier oben spürst du die Freiheit und die Ruhe.
Ich sage dir Berg – mich holst du nicht.
Was?
Du willst gar nicht? Ich soll dich nur bewundern?
Warum lockst du mich dann?

Es reizt mich schon, auf den Berg zu gehen. Die Ruhe zu hören, die er vermittelt. Nach zwei Stunden und in einer Höhe von fast einein-halbtausend Metern höre ich sie zum ersten Mal.
Eine himmlische Ruhe.
Ich bin dem Himmel zwei Stunden näher gekommen und beginne, sie zu genießen. Eine Ruhe, die man hören kann. In unserer hektischen Welt ist sie wie ein Geschenk.
Langsam gehe ich weiter. Es wird steil.
Berg – du schaffst mich. Kannst du deine Wege nicht ein bisschen weniger steil wählen?

Der Gipfel über mir ist zum Greifen nah. Und doch noch einige Stunden. Der Himmel flimmert. Oder sind es meine Augen, die sich auf die Höhe mit ihrer dünnen, durchscheinenden Luft erst einstellen müssen?
Ich fühle mich gestört. Über mir sind Stimmen. Menschenstimmen.
Ich bin nicht allein in dieser Ruhe.

Was tun die Menschen hier? Sie sind viel zu laut für die Bergwelt. Sie sollen unten bleiben. Ich kann sie nicht brauchen. Ich wollte das Lied der Berge hören und die unendliche Ruhe.

Es ist vorbei. Die Melodie verstummte angesichts dieser Menschen, die die Ruhe störten. Neben mir geht eine Steinlawine zu Tal. Der Berg wollte sie auch nicht - die Menschen.

*** 

Nuran Scheidel

## Zeit

Erst geht sie langsam. Dann beginnt sie zu laufen und am Ende rennt sie. Sie verrinnt und man kann zusehen, nur ändern kann man daran nichts. Wie stellte Albert Einstein es so lapidar in den Raum: Was macht die Zeit, wenn sie vergeht? Wir laufen unserer Zeit hinterher und wünschen uns, mehr davon zu haben.
Warum?
Ich habe Zeit – viel Zeit.

Wie lange mein Leben dauern wird, weiß ich nicht. Auch nicht, wie viel Zeit mir bleibt. Aber die Zeit, die ich habe, ist *meine* Zeit. Sie gehört mir. Ich kann damit machen, was ich will.
Kann ich nicht
Wieso?
Weil ich, zum Beispiel, arbeiten *muss*!
Na und? Trotzdem habe ich meine Zeit; die Zeit die übrig ist, nachdem ich meine Aufgaben erfüllt habe. Natürlich muss die Erfüllung der Aufgaben sein. Ich muss schließlich leben. Von nichts kommt nichts. Aber danach gehört die Zeit mir. Ich lasse sie manchmal bewusst verrinnen; es ist so schön und erholsam zuzusehen, wie die Zeit läuft. Ich sitze ganz einfach da und schaue zu.
Dann wieder bin ich es, die es plötzlich eilig hat und die Zeit nutzen will. Ich habe das Gefühl, sie läuft mir weg. Die Zeit.
Wohin?
Dahin, wohin ich ihr eines Tages folgen werden.
In die Ewigkeit.
Zeit ist ewig.

*** 

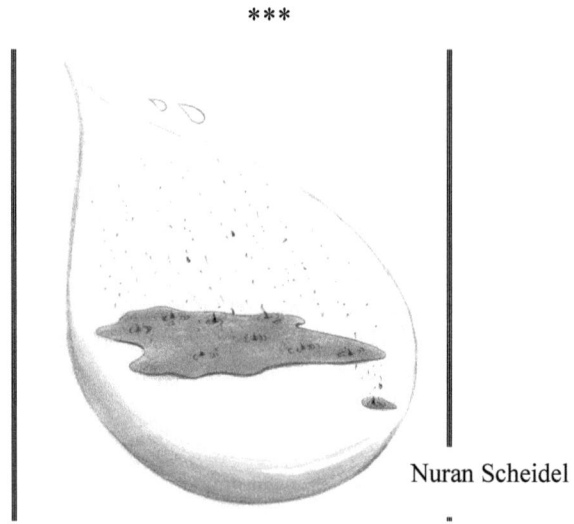

Nuran Scheidel

## Alles braucht seine Zeit

Meldereiter ziehen übers Land
Machen Neuigkeiten flugs bekannt,
Das konnte dauern, je nach dem,
In welchem Land *war was geschehen*.

Telegraph und Autos wurden erfunden,
Schneller sollte man hören die Kunde,
Später gab's Flugzeuge aller Art,
Und der Clou hieß – Fernsehapparat!

Nicht zu vergessen, es gibt die Presse,
In allen Ländern unterdessen;
Nun weiß ein jeder Tag und Nacht,
Was der Nachbar Neues hat.

Es geht nun schnell, da man kann fragen,
Das Neue, kann man das jetzt haben?
Nein, nun muss man erst probieren,
Und ... wer soll das Ganze finanzieren?

Da gibt es Behörden und Beamte
Parteien, die gefragt werden und Bekannte.
Bis das geklärt ist ... können Jahre vergehen,
Denn es handelt sich um ein Vermögen –
                          ist zu verstehen?

Nun überleg' ich, was habe ich gewonnen,
Ach ja, bin schneller an Informationen gekommen.
Und wenn man es so doch nicht umsetzen kann,
Schicken wir wieder den Meldereiter übers Land.

Doch sollte dann – wie bei uns geschehen,
Eine Bahn mit neuer Technik „schweben",
Über Jahre nur im Probelauf ...
Dann wird die Erfindung ins Ausland verkauft!

Nun gehen Erfinder und Techniker gleich mit,
Und unser Land mal wieder in die Röhre sieht.
Was sind da schon ein paar Millionen,
Die kann man sich schnell wieder holen,
*Wenn* Arbeitsplätze daheim entstehen,
Wird man vom Ausland Devisen sehen.

Wer nicht wagt, der nicht gewinnt,
Das wusste früher schon jedes Kind!

*** *** ***

## Ich wollte doch so gerne ans Meer ...

Er hieß Martin und wohnte mit seinen Eltern in der Stadt. Eigentlich fehlte es ihm an nichts; seine freie Zeit konnte er in einem eigenen Zimmer verbringen, erhielt ein angemessenes Taschengeld
und versammelte Freunde um sich, mit denen er spielen konnte.
Gerade erst feierte er Geburtstag. Zwölf Jahre war er geworden. In
der Schule kam er gut mit und seine Noten lagen im oberen Drittel
des Klassendurchschnitts.
Ein ganz normaler Junge eben.

Bis – ja, bis auf seine Eltern. Beide gingen arbeiten. Der Vater
musste in einer großen Firma Schichtdienst machen, so dass Martin ihn nur selten sah. Zur Frühschicht war Vater schon aus dem

Haus wenn Martin aufstand; bei der Spätschicht sah er immer gerade noch die Rücklichter seines Autos, wenn er aus der Schule kam.

Die Mutter arbeitete im gleichen Betrieb, fing ihren Dienst indessen später an. Meistens gingen Mutter und Sohn morgens ein Stück des Weges gemeinsam, wenn Martin zur Schule musste.

Martins Mutter war nie, oder nur sehr selten, pünktlich zu Hause. Es war schon die Regel, dass der Chef immer nach Feierabend ein paar ganz eilige Sachen zu erledigen hatte. Das Los der Sekretärinnen. Inzwischen war in Deutschland die Arbeit knapp geworden, so dass auch Martins Mutter öfter als einmal eine Faust in der Tasche machen musste.

Das sechste Schuljahr ging zu Ende; es war Herbst und vierzehn Tage Schulferien standen ins Haus. In den vergangenen Sommerferien konnte die Familie zu Martins Leidwesen nicht gemeinsam wegfahren. Beide Elternteile konnten ihre Urlaubswünsche in diesem Jahr nicht durchsetzen. Allerdings versprachen sie Martin, die Herbstferien zu einer gemeinsamen Reise zu nutzen. Es sollte ans Meer gehen; Martin freute sich schon aufs tauchen, schwimmen und auf die gemeinsamen Strandspaziergänge mit den Eltern.

Acht Tage bevor es Zeugnisse gab – Martin hatte schon bei seinen Schulfreunden von der Reise geschwärmt und erzählt, wie schön es am Ferienort sein würde – kam die große Enttäuschung. Vater bekam wieder keinen Urlaub. Als Martin aus der Schule kam, lag ein Zettel auf dem Wohnzimmertisch.

> *„Bin für drei Wochen zu einem Seminar verdonnert;*
> *musst mit Mutti allein in Urlaub fahren."*
> *Vater*

Mit Tränen in den Augen wartete Martin auf das Heimkommen seiner Mutter. Es sollte eine weitere Enttäuschung an diesem Tag werden.

Wieder einmal war es sehr viel später geworden als Martins Mutter nach Hause kam. Martin sah sie fragend an …

„Ja, Martin" nickte sie mit dem Kopf, „es tut mir unendlich leid, auch ich bekomme meinen Urlaub nicht. Obwohl ich ihn bereits vor Monaten angemeldet hatte. Damit du aber wenigstens ein bisschen von deinen Ferien hast, habe ich dich für diese beiden Wochen in einer Jugendherberge angemeldet."

Traurig sah Martin seine Mutter an. „Und wo soll ich hin? Ich kenne da doch bestimmt keinen Menschen ...!"

„Doch, doch" beruhigte sie ihren Sohn, „einige Jungen und Mädchen aus der Schule fahren mit in diese Jugendherberge. Ich habe schon mit eurem Direktor gesprochen; er konnte noch einen Platz für dich frei halten."

Jetzt machte Martin doch große Augen. „Ihr lasst mich also ganz allein in Urlaub fahren?" fragte er ungläubig.

„Sieh mal Martin" versuchte die Mutter zu erklären, „Vater und ich müssen diese Zugeständnisse machen, weil wir keinesfalls unseren Arbeitsplatz verlieren dürfen. Und, dass du nun allein in die Ferien fahren musst, ist so eine Art Opfer, das du bringst. Leider, es geht nicht anders", fügte sie hinzu.

So stolz Martin einerseits war, andererseits war er traurig und ging in sein Zimmer, wo er alles noch einmal gründlich durchdachte.

*Vater und Mutter bekamen – zweimal hintereinander ! – gleichzeitig keinen Urlaub. Komisch, das war noch nie vorgekommen. Und dann ließen sie ihn auch noch allein in die Ferien fahren? Gut, es waren noch eine Menge anderer Mädchen und Jungen dabei und sicherlich eine entsprechende Anzahl Aufsichtspersonen. Irgendwie passte das trotzdem alles nicht ganz zusammen. Wenn er nur wüsste, wie?!*

Nun war Freitag und der letzte Schultag vor den Ferien hatte begonnen. Für alle gab es mehr oder weniger gute Zeugnisse. In Martins Klasse war kein Mitschüler dabei, der das Schuljahr wiederholen musste. Also traf man sich nach den Ferien wieder. Bis auf einige wenige, die auf weiterführende Schulen abwanderten.

Die Mädchen und Jungen, die miteinander in die Jugendherberge fuhren, bekamen mit ihren Zeugnissen eine Liste in die Hand gedrückt, in der aufgeschrieben stand, was alles mitzubringen sei. Die Schule war heute früher zu Ende und Martins Mutter hatte versprochen, ebenfalls einmal früher nach Hause zu kommen und beim Koffer packen zu helfen.

Am Samstagmorgen war er dann wieder allein! Seine Mutter hatte ihm für die Fahrt zum Bahnhof ein Taxi bestellt, es war ihr nicht möglich, ihren Sohn zum Bahnhof zu bringen. Selbst am Samstag wurde sie im Büro einige Stunden für eine Sonderaktion gebraucht. Der Taxifahrer kam pünktlich, verstaute Martins Koffer und es ging los. Den Fotoapparat behielt Martin bei sich; seine Reisedokumente und das Geld hatte er in einem Brustbeutel um den Hals hängen.

Mit großem Hallo wurde er am Bahnhof empfangen. Zwei Lehrkräfte und fast alle Mitschüler waren bereits anwesend. Der Rest würde sicher auch bald eintrudeln; sie hatten noch eine halbe Stunde Zeit, bis ihr Zug abfahren sollte.

So war es dann auch. Nachdem sie mit dem Gepäck auf dem Bahnsteig angekommen waren, wurde noch einmal durchgezählt. 28 Schülerinnen und Schüler plus der beiden Erwachsenen. Einer der beiden Lehrkräfte, Herr Schäfer, erklärte den weiteren Ablauf der Reise. Sie würden einen ganzen Waggon für sich haben und die Fahrt sollte sieben Stunden dauern.

„Wohin geht es denn eigentlich?", kam es aus vielen Mündern. Während der ganzen Vorbereitungen war das nicht klar geworden. Die Eltern der mitfahrenden Kinder wussten natürlich Bescheid;

sie hatten ja ihre Zustimmung geben müssen, doch die Kinder hatte man weitestgehend im Unklaren gelassen. Das sollte zusätzlich ein wenig die Spannung erhöhen.

Herr Schäfer antwortete zunächst einmal mit einer Gegenfrage: „Was meint Ihr denn, wohin es gehen könnte?"

Viele Orte wurden genannt, kaum eine größere Stadt ließ man aus. Von allen Antworten waren nur zwei *annähernd* richtig. Ursula und Martin hatten den richtigen Riecher und mussten natürlich ausführlich darlegen, wie sie denn gerade auf diesen Teil Deutschlands gekommen seien.

Ursula antwortete zuerst; sie hatte im Laufe eines Gespräches, das die Eltern miteinander führten, gehört, wie der Name *Königssee* fiel. Daraus schloss Ursula, dass ihr Ziel demzufolge Bayern sein müsste. „Außerdem", fügte sie schelmisch hinzu, „steht am Zug groß *München* dran..."

„Und du Martin" fragte Frau Schmitt, die zweite Aufsichtsperson in der Gruppe, „wie bist du darauf gekommen?"

Martin grinste ein wenig. „Ich habe zugeschaut, wie meine Mutter den Koffer gepackt hat. Als die festen Schuhe, meine langen Strümpfe und meine geschätzte Lederhose darin verschwand, hat es bei mir geklingelt. Und dabei", seufzte er ein bisschen wehmütig, „wollte ich mit meinen Eltern ans Meer fahren. Als das wieder nicht klappte, war es mir eigentlich egal, wohin ich fuhr ..."

Inzwischen war der Zug in den Bahnhof eingefahren. Schnell war der reservierte Waggon gefunden; das Gepäck machte etwas Mühe. Einige Gepäckstücke ließen sich kaum heben, als seien ein Haufen Bücher darin. Die letzten Koffer waren gerade im Zug als die Trillerpfeife des Aufsichtsbeamten zu hören war. Die Türen verriegelten sich mit einem zischenden Geräusch automatisch und los ging die Fahrt. Herr Schäfer nahm sein kleines Handmikrophon und als alle auf den Plätzen saßen, erklärte er den Reiseverlauf. Im Nu wurde es still im Waggon; endlich sollten sie ihr Reiseziel erfahren.

Das Ende der ersten Etappe war München Hauptbahnhof, wo der Zug auch endete. Weiter ging es mit dem Regionalzug nach Ruhpolding. Dort würde man in einen gemieteten Bus umsteigen, der sie nach Entfelden, kurz vor Reit im Winkl, brächte. Sollte der Bus nicht allzu lang sein, wäre es sogar möglich, dass er noch achthundert Meter den Berg hinauf fährt. Bis zu einem Gasthof. Von da aus geht es wirklich nur noch zu Fuß weiter, da die Herberge noch etwas höher liegt. Das sei nicht sehr viel, aber dieses Stück müsse halt geklettert werden – mit dem Gepäck!

Um diesen unerfreulichen Aspekt der Reise zu entschärfen, erklärte nunmehr Frau Schmitt in den nachfolgenden Minuten anschaulich und spannend, was für die gemeinsamen vierzehn Tage geplant wäre: Eine Fahrt nach Berchtesgaden ins Salzbergwerk; eine Schifffstour über den Königssee, sowie eine Wanderung zur Winkelmoosalm, und so weiter. Doch auch schwimmen im örtlichen Freibad, dem Schwimmstadl, wie man in Bayern sagt und einen Besuch des Minigolfplatzes stellte sie in Aussicht.

„Wir, also Herr Schäfer und ich hoffen", beendete sie ihre Ausführungen, „es ist für jeden etwas dabei. Vierzehn Tage können lang, aber auch sehr kurz sein; es kommt darauf an, was Ihr persönlich daraus macht ..."


Der Wettergott hatte ein Einsehen mit den Jugendlichen und ließ fast an allen Tagen die Sonne scheinen. Es wurde wirklich viel unternommen, wobei die beiden Erwachsenen besonders auf die Ausgewogenheit des Unterhaltungsprogramms achteten. Ein paar Freundschaften wurden geschlossen. Ursula und Martin wurden unzertrennlich; schon während der Anreise hatten sie sich, mit vier weiteren Schülern, in einem Abteil getroffen. Zum Anfang wurde noch einmal genau berichtet, wie die Beiden auf den richtigen Urlaubsort getippt hatten.

Die Tage vergingen wie im Flug. Sie hatten viel Neues kennen gelernt. Beide Betreuer hatten sich immer bemüht, bei allen Verständnis dafür zu wecken, dass manchmal etwas getan werden musste, was dem Einen oder dem Anderen nicht gefiel. Nur auf diese Weise konnten die gemeinsamen Ferien zum Erfolg für alle werden. Auch Martin hatte viel Freude und während der Zeit fast vergessen, dass er eigentlich mit seinen Eltern ans Meer wollte. Wie die anderen Kinder, hatte er eine Ansichtskarte geschrieben. Das war's aber auch.

Jetzt, wo es langsam an die Heimfahrt ging, begannen seine Gedanken wieder zu kreisen.

*Ist daheim alles in Ordnung?*
*Wird mich jemand vom Bahnhof abholen?*
*Nun ja, ich werde es sehen...*

Zunächst würde er die Heimfahrt mit der Eisenbahn genießen. Noch einmal die schmucken Bauernhöfe, die Zwiebeltürme und die zurückweichenden Berge anschauen. Mit Ursula tauschte er die Adresse aus, sie wollten sich auf jeden Fall schreiben. Mit dem Sehen würde es schwierig werden, denn Ursula war eine von denen, die nach den Ferien auf eine weiterführende Schule wechselte. Es war Nachmittag geworden, bis der Zug aus München im Kölner Hauptbahnhof einfuhr. Verabschiedet hatten sich die Jugendlichen untereinander schon während der letzten halben Stunde der Fahrt; sie konnten sich vorstellen, dass es auf dem Bahnsteig hektisch zugehen würde und dafür nicht genug Zeit blieb. Von fast allen Mitreisenden war wenigstens ein Elternteil erschienen, um die Kinder zu begrüßen und auf dem letzten Stück Heimweg zu begleiten. Auch Martin sah sich suchend um. Nachdem sich der Bahnsteig sowohl von den Ankommenden als auch von den Wartenden geleert hatte, stand Martin immer noch da und hielt vergebens Ausschau. Er konnte sich aber mit Gewissheit daran erinnern, dass er auf der Ansichtskarte seine genaue Rückkehr angegeben hatte.

Frau Schmitt und Herr Schäfer hatten noch am Ausgang gewartet; sie beobachteten, ob wirklich alle Schutzbefohlenen abgeholt wurden. Nach einer geraumen Weile waren fast alle Schülerinnen und Schüler an ihnen vorbei gekommen. Manche Eltern hatten sich bei ihnen bedankt, dass sie ihre Sprösslinge so rundum erholt wieder nach Hause mitnehmen konnten.

„Du Horst", meinte Frau Schmitt zu ihrem Kollegen, „hast du den Martin gesehen?"

Er überlegte einen Moment: „Nein, ich kann mich nicht erinnern. Dann komm, wir wollen noch einmal auf dem Bahnsteig nachsehen."

Und wirklich, ganz verloren stand er dort mit seinem Gepäck und beim Näherkommen sahen die beiden, dass ein paar Tränen über sein Gesicht rollten.

Sie fragten nicht lange, halfen das Gepäck aufzuheben und marschierten gemeinsam zur Tiefgarage am Dom. Dort hatten sie ihre Autos für die Zeit ihrer Abwesenheit abgestellt. Da Frau Schmitt den günstigeren Heimweg hatte, bot sie Martin an, ihn daheim vor der Haustür abzusetzen.

Vor dem Wohnhaus angekommen, luden sie das Gepäck ab. Frau Schmitt fragte Martin, ob sie noch mit hinein kommen sollte. Der schüttelte nur den Kopf, meinte das sei nicht nötig und bedankte sich fürs Mitnehmen. Sollten die Eltern nicht daheim sein, beendete er den Satz, so könne er seinen Schlüssel benutzen, den er bei sich trug. Nicht ganz überzeugt von dem, was Martin sagte, fuhr Frau Schmitt dann doch weiter nach Hause.

Martin nahm seinen Koffer, ging ins Haus und schloss die Wohnungstür auf. Alles war aufgeräumt, aber niemand zuhause. Eigenartig, dachte Martin. Keiner am Bahnhof und in der Wohnung auch nicht. Wieder beschlich ihn das Gefühl, dass etwas vorgefallen sei. Er ging in sein Zimmer. Auf dem Nachtschränkchen, an die kleine Tischlampe gelehnt, stand unübersehbar ein großer Umschlag. In Druckbuchstaben geschrieben las er dort:

*An meinen Sohn Martin*
*An meinen Sohn ?*
Martin erkannte sofort die Schrift seiner Mutter. Er riss den Um-
schlag auf und begann, die wenigen Zeilen zu lesen:

> *Mein lieber Martin!*
> *Vater musste auf eine Dienstreise und hatte einen Unfall.*
> *Er wird nicht mehr nach Hause kommen.*
> *Ich bin in Oslo, um alles Notwendige zu erledigen. In drei Tagen*
> *bin ich zurück.*
> *Oma kommt am Abend, um nach dir zu sehen.*
> *Ich denke an dich. In Liebe Deine Mutter*

Martin legte die Nachricht langsam aus der Hand und ließ seinen
Tränen freien Lauf.
Vater!
Auch wenn er nicht viel Zeit für ihn gehabt hatte, so war er ihm
immer ein lieber Vater gewesen. Nach dieser Nachricht hatte
Martin keine Vorstellung, wie es weitergehen würde.
Nur mit Mutter. Plötzlich waren sie keine ganze Familie mehr.
Wie konnte das passieren?
War er mit dem Flugzeug unterwegs? Oder mit dem Auto?
War er allein?
Fragen über Fragen und keine Antwort.
Er musste auf Mutter warten...

\*\*\*

Ist so das Leben ?
So ist das Leben !

Ohne dass man es gewollt,
wurde man auf die Welt geholt;
dann ging es weiter mit dem Zwang,
sechs Jahre alt: Schulanfang!
Nach acht Jahren – die Zeit verrann,
fing man eine Lehre an;
nach drei weiteren Jahren, schön und schwer,
musste eine Prüfung her ...,
denn wir wissen wie das ist,
ohne Prüfung läuft halt nichts.

Danach glaubst du: Uff – geschafft!
Denkste!
Jetzt verlangt man nach deiner Arbeitskraft.
Und wieder wird der Mensch *gezwungen*
zu schaffen – mit und ohne Überstunden.
Man merkt es kaum, die Jahre rennen
und plötzlich muss man dann erkennen...

Wir sind dieses Jahr gerade 55*** geworden,
die Firma sagt: die Arbeit ist weniger aller Orten
und bietet einem plötzlich an:
Wollen Sie vielleicht den Vorruhestand?

Tja – nun überlegst du: ist jetzt alles vorbei?
man kann's noch nicht fassen!
Ganz ohne Arbeit?
Doch dann – nach einer gewissen Zeit
denkst du: Mensch,
nun bist du für etwas anderes bereit.

Man wird nicht mehr *gezwungen*,
oder doch…?
man wird sehen – wieviel Zeit bleibt denn noch?
Die Hoffnung wächst, es geht doch weiter
und vor allem: gesund und heiter!

ENDLICH ZEIT
ZUM LESEN ＿＿＿＿

Jochen Krohn

## Selbstzweifel

Jeder den es heut´ betrifft, fragt ...
    warum gerade *ICH*?
Was habe ich denn nur getan,
habe ich nicht „genug“ getan?

Was kann ich denn nur dafür,
war ich nicht immer pünktlich hier?
Bin doch immer gern gegangen,
oft hab ich früher angefangen.

Meine Beurteilungen... ich kann nicht klagen,
Vorgesetzte immer zufrieden waren!
Und nun das, ich musste mit 53 Jahren gehen,
hat man mich nicht leiden sehen?

Man sagt, die Arbeit wäre weniger geworden,
oder hat man sie verlegt an einen fernen Ort?
Der Firma geht es doch gut, die Aktien steigen,
dürfen denn nur die Aktionäre nicht leiden?

Ich schaue mich um, bei Bahn und Post,
es geht auch da vielen Menschen so...
                              aber ist das ein Trost?
Und dann mein Umfeld, redet auf mich ein,
du bist jetzt zu Haus, ist das nicht fein?

Wer nimmt mir die Zweifel, wer hält mich ganz fest?
Wer tröstet, weil man mich nicht mehr arbeiten lässt?
Wer sagt mir, wie ich über die Runden komme,
bis ich in sieben Jahren *eventuell* Rente bekomme?
Viele Fragen ... die ich mir stelle,
nach so vielen Jahren muss ich mich arbeitslos
                                        melden!
Erst wird es ja wie Urlaub sein,
aber wie geht es mir nach drei, vier Wochen daheim?

Ich muss mich wohl daran gewöhnen,
versuchen zu lächeln und nicht zu stöhnen!
Denn keiner dreht das Rad der Zeit zurück,
und wer weiß... mein Hobby bringt mir vielleicht
                                          Glück.

Das Bücher schreiben ist meine Passion,
keiner stört mehr meine Konzentration.
Also positiv denken, auch ein wenig dankbar sein,
es fördert meine Gesundheit, das tröstet ungemein!

Und sollte mich nach einem Jahr mal jemand fragen,
möchtest Du wieder in der Firma zu arbeiten
anfangen?
So hoffe ich, die Zweifel sind verschwunden
und ich kann sagen,
ich genieße jeden Tag, ja jede Stunde.

## Leben

Irgendwann einmal bekommen wir es geschenkt, unser Leben. Ein
Geschenk? Wir wurden nicht gefragt, ob wir es haben wollten. Wir
bekamen es einfach.
Jetzt müssen wir damit fertig werden - müssen es leben. Bis zum
Ende.
Es kann lang sein oder kurz. Wir wissen es nicht. Das Recht, seine
Länge selbst zu bestimmen, wird uns abgesprochen. Wir *müssen*
leben.
In den meisten Fällen ist es ja auch schön, oder wenigstens an-
nehmbar. Aber manchmal, dann wollen wir nicht mehr. In einem
Augenblick der Verzweiflung wollen wir es beenden. Wir dürfen es
nicht. Viele tun es trotzdem. Sie können uns nicht mehr sagen, ob
sie jetzt glücklicher sind. Wir, die Anderen, haben das Tief über-
wunden. Wir leben weiter. Bis zum nächsten Tief. Aber wir werfen
unser Leben nicht weg. Und das ganz sicher nicht, weil wir es für
wertvoll halten. Ich glaube eher, weil wir Furcht haben. Furcht vor
dem Sterben und Angst vor dem Tod. Er ist unwiderruflich. Wir
können uns diese Unwiderruflichkeit nicht vorstellen; deshalb haben wir Angst.
Vor dem Unbekannten.
Wir können niemanden fragen. Wir können, nachdem wir freiwillig
gegangen sind, nicht zurückkommen und die betroffenen Gesichter

derer sehen, die uns dahin gebracht haben. Das ist es doch, was wir möchten. Sehen und sagen können: jetzt siehst du, was du angerichtet hast. Das ist deine Schuld.

Wir überwinden unsere Verzweiflung weil wir wissen, dass unser Davonschleichen niemandem nützt. Lieber tun wir einen letzten, verzweifelten Schritt – *wir leben*!

\*\*\*


## Im Kopf fängt es an

*Eine kleine private Gesellschaftsstudie über Verhaltensweisen, die keiner ernst nimmt und die im Endeffekt immensen Schaden anrichten*

Heroin – Kokain – Marihuana – Haschisch – etc.
Harte Drogen? – weiche Drogen? – Gesellschaftsdrogen?
Das Problem der Drogenabhängigkeit in unserer Gesellschaft ist bekannt. Gott und alle Welt zerbrechen sich die Köpfe darüber, wie den Betroffenen, möglichst dauerhaft, zu helfen sei. Die Ursachen glaubt man auch zu kennen. Düstere Zukunftsperspektiven bei Jugendlichen ohne Arbeit; *mangelnde Integration in das deutsche Gesellschaftsleben,* das Gefühl, nicht mehr gebraucht zu werden bei älteren Arbeitnehmern, die in den Vorruhestand geschickt werden. Und vieles andere mehr …
Schlagworte wie: Einrichtung von Suchtstellen, Verabreichung einer Ersatzdroge, um damit, zumindest, eine Minimierung der Beschaffungskriminalität zu erreichen, beherrschen die entsprechenden Diskussionen. Therapien. Entzugskliniken. Es wird viel getan?
… doch: hilft es wirklich?

In einigen Fällen sicher; das sollte man nicht verkennen. Aber...
wird gerade dabei nicht eine Droge ignoriert, von deren Konsum
Millionen betroffen sind?
Alkohol!
Eine Gesellschaftsdroge. Eine leichte Droge?
Wie geht der Einstieg vor sich?
Die Kinder dürfen mal bei Vaters Frühschoppen am Bier nippen.
Die Konfirmanden*innen bekommen, anlässlich *ihres* Tages, das
erste Glas Wein oder Sekt. Harmlos? In vielen Fällen ja. Das sollte
man auch sagen.
Aber häufig eben auch nicht!
In wieweit ist der Vater, der sein Feierabendbier trinkt, bereits Ge-
wohnheitstrinker und keiner nimmt es ernst? Oder der Manager,
der abends zur Entspannung seinen Cognac braucht (!)?
Zum Alkoholiker wird nur ein labiler Charakter? Wirklich?
Die Möglichkeiten, drogenabhängig zu werden, sind so vielfältig,
wie Möglichkeiten, *echte* Hilfe leisten zu können, begrenzt sind.

Der Betroffene ist selbst gefordert. Und genau da liegt das Prob-
lem. Es geht letztendlich nicht nur darum, den Körper zu entgiften.
Das ist ein chemischer Vorgang, der mit Hilfe geschulter Ärzte in
relativ kurzer Zeit bewerkstelligt werden kann. Es geht darum, den
Betroffenen psychisch von seiner Abhängigkeit zu lösen. Und das
ist ein Prozess, der mit einer Entgiftung nur seinen Anfang nimmt.
Die eigentliche Arbeit beginnt danach. Die Therapeuten, oft selbst
Betroffene, kommen zum Einsatz. Mit unermesslicher Geduld, viel
Sachverstand und noch mehr Zeit muss die Umdenkungsphase ein-
geleitet werden. Der Betroffene muss lernen, dass alle Hilfe, die er
bekommt, nur Starthilfe in ein drogenfreies Leben sein kann. Der
Süchtige braucht eine starke Hand, um nicht zu sagen: man *muss*
*ihn an die Hand nehmen* und lange, manchmal sehr lange, sein eigenes Leben zurückstellen. Die innerliche Ablösung von einem
Tenor, der in vielen Fällen lautet: *Was hab' ich denn noch, wenn*
*ich nicht mal mehr ein Bier trinken darf?*, muss vollzogen werden.

Wenn wirklich echte Hilfe geleistet werden soll, sind wir alle aufgefordert, über unser eigenes Verhalten nachzudenken.
Wehret den Anfängen!
Dieser Satz sollte in unserer Gesellschaft wiederum eine größere, wenn auch völlig andere, Bedeutung erhalten. Vielleicht hilft es, wenn wir beispielsweise als Gastgeber sagen würden: „Darf ich dir einen Kaffee oder Tee anbieten?" – Milch muss ja nicht unbedingt sein; auch wenn ein (inzwischen verstorbener) namhafter Starentertainer dafür *sinnigerweise* Reklame gemacht hat.

\*\*\*

## Fried...wärts?

Man muss kein studierter Philosoph sein, um festzustellen, dass diese Wortkombination eine Menge Deutungen zulässt. Zunächst machte ich mich schlau, ob es sich bei dem Ausdruck um eine Eigenkreation oder einen tatsächlichen Begriff handelte. Ich kannte das Wort nicht. Zu meiner Verblüffung: Das gibt es tatsächlich und dahinter verbirgt sich sogar etwas absolut Reales. Eine Kunstschule in **Fried**berg. So macht die Wortschöpfung Sinn.
Bei der Auslegung dieses Begriffes sollte man vor allen Dingen versuchen, vom Grundgedanken des Philosophischen nicht in die Psychologie abzudriften.
Philosophie (grch. Liebe zur Wissenschaft) taucht als erstes bei Heraklit auf, doch Pythagoras soll sich bereits dieses Begriffes bedient haben und auch Sokrates nannte sich Philosoph.
Die Psychologie hingegen (grch. Seelenlehre) taucht zum ersten Mal offiziell bei Melanchthon auf, aber auch Platon und Aristoteles wussten damit umzugehen. Wobei für mein Verständnis die

Philosophie durchaus Psychologie beinhalten kann, umgedreht eher weniger.

Sogar Ali al-Hussein ibn Abdallah – Ibn Sina – bei uns besser bekannt als Avicenna, ein arabischer Arzt (ca. *um 980 in der Provinz Buchara) betrieb im gewissen Sinne bereits eine Art Ganzheitsmedizin, die sowohl Körper als auch Seele beinhaltete. Das wiederum schloss auch jegliche Art von Kreativität ein, die der Seele erwiesenermaßen gut tut. Ihr Frieden gibt.

Ich habe mich entschlossen, das Pferd von hinten aufzuzäumen. Begonnen mit dem Wortteil …wärts.

Vor-, rück-, auf-, ab- seit-, himmelwärts und sicher noch etliche andere Begriffe mehr. Diese Möglichkeiten stehen uns offen. Die Gegebenheiten sind so variabel wie Wortschöpfung als solche.

Anders sieht es mit dem Wortteil *fried...* aus. Die Möglichkeiten sind: *Friedfertig; friedlich; friedlos; friedvoll, fried*wärts ... *usw*

Am ehesten überlegt man möglicherweise sogar abstrakt, als dass man an **Fried**ensreich (Hundertwasser), Friedensbedingungen, -bewegung, -nobelpreis, -taube … usw. denkt. Alle Begriffe und deren noch unendlich viel mehr, beinhalten die Silbe *fried*.

Fried… wie Frieden?

Um dem Wortteil gerecht zu werden, ist eine grundlegende Analyse notwenig, die wohl mehr auf Empfindungen als auf realen Gegebenheiten beruhen kann. Die Wortzusammensetzungen sind klar zu definieren, der Wortteil als solcher nicht. Es beginnt damit, dass dieses *fried*, dieser *Fried,* für jeden etwas Anderes bedeutet. Man ist eher geneigt, die Silbe mit einem Fragezeichen zu versehen.

*Ein Zitat von Rose Maier: Es ist nicht wichtig der Erste, der Mächtigste zu sein; wichtig ist, der Eigene zu werden.*

Wenn man diesen Satz als Basis betrachtet, hat sie ihren persönlichen Frieden gefunden? Da eine Deutung eher eine individuelle

Spekulation ist, lassen wir das so im Raum stehen und wenden uns einem Friedensappell auf völlig anderer Grundlage zu – beispielsweise dem *Wolgalied.* Vergleiche wie diese sind meines Erachtens notwendig, um aufzuzeigen, dass Frieden, so wie Glück, Liebe und Hoffnung, für jeden Menschen unterschiedliche Bedeutung haben:

Wolgalied
*aus der Operette* Der Zarewitsch *von Franz Lehar (1870-1948)*
*Text Bela Jenbach und Heinz Reichert (Die Uraufführung fand am 21. Februar 1927 im Deutschen Künstlertheater in Berlin statt)*

Allein! Wieder allein!
Einsam wie immer
Vorüber rauscht die Jugendzeit
In langer, banger Einsamkeit.
Mein Herz ist schwer und trüb mein Sinn,
Ich sitz im gold'nen Käfig drin.


Es steht ein Soldat am Wolgastrand,
hält Wache für sein Vaterland.
In dunkler Nacht allein und fern,
es leuchtet ihm kein Mond kein Stern.
Regungslos die Steppe schweigt,
eine Träne ihm ins Auge steigt.
Und er fühlt, wie's im Herzen frisst und nagt,
wenn ein Mensch verlassen ist, und er klagt
und er fragt…
Hast du dort oben vergessen auf mich?
Es sehnt doch mein Herz auch nach Liebe sich.
Du hast im Himmel viel Engel bei dir!
Schick doch einen davon auch zu mir.

Da steht er nun am Ufer der Wolga, der einsame Soldat. Wie viele werden dort gestanden und sich gefragt haben: war das der Einsatz für ein friedwärts auf der Welt? Er sucht den Frieden in seiner Sehnsucht nach daheim, weil er im dicksten Schlamassel steckt. Den er sich noch nicht einmal selber ausgesucht hat. Er wurde dazu verdonnert, in einem fremden Land für eine friedliche Welt zu kämpfen. Das ist schon ein Widerspruch in sich. Man kann niemals *kämpfen*, um *Frieden* zu erreichen. Akzeptanz anderer Sitten, Gebräuche und Denkweisen sind eher dazu geeignet, Frieden zu gestalten und zu erhalten.

Nun steht er da und bittet Gott oder dessen Engel, ihm zu helfen.

*Regungslos die Steppe schweigt...,*

Welche Empfindungen regen sich, angesichts der Vorstellung einer endlosen, schweigenden Steppe. Eine Ruhe, die so laut brüllt, dass man sich die Ohren zuhalten will – und doch weiß man, dass es nur die eigenen Emotionen sind, die diese imaginären Ausbrüche möglich machen. Der Gedanke an überirdische Kräfte ist jedem unbenommen, doch in großer Gefahr versuchen wir alle, einen Halt zu finden. Die größte Hilfe wäre, den einsamen Soldaten unbeschadet nach Hause zu schicken. Vielleicht ist er wieder nach Hause gekommen. Das wissen wir nicht. Eventuell sogar unverletzt. Dann konnte er unter Umständen friedwärts in die Zukunft denken. Sollte er jedoch Blessuren davon getragen haben, dass ihm eventuell ein Arm oder ein Bein fehlte, dann dürfte sich sein Friedensverständnis definitiv anders gestaltet haben. Von der zwangsläufig erfolgten Traumatisierung gar nicht zu reden.

Da es sich bei diesem Text um ein Lied aus der Operette *Der Zarewitsch* handelt, könnte man, aufgrund des Zeitfensters (1927), davon ausgehen, dass die Grundlage der erste Weltkrieg war. Das ist irreführend, da der Inhalt der Operette damit nichts zu tun hat. Dieser bezieht sich eher auf – zumindest vermeintliche – persönliche Lebenseinstellungen, resp. -neigungen des Zarewitschs. Wobei ich dazu tendiere, angebliche *unkeusche* Neigungen, die auf diese

Weise kundgetan werden, eher mit Vorsicht zu genießen. Immerhin schaffte der Zarewitsch es, einen Teil des Hofpersonals an der Nase herumzuführen, was ihm letztendlich nichts half; er musste zum guten Schluss der Etikette dienen. Also *diesen* Frieden hat er wohl nicht gefunden...

Die Tatsache, dass nur wenige Jahre später, ein zweiter Weltkrieg ausbrach, der unvergleichlich mehr Opfer forderte, hat dem Text weitere Nahrung gegeben. Die Voraussetzungen waren andere, der Endeffekt der gleiche.

Wie viele Soldaten, die, nicht nur am Wolgastrand, sondern irgendwo in der Welt standen, mögen sich die gleiche Frage gestellt haben: Ist dieser Einsatz das Vorwärts für ein Friedwärts? Ob die Männer sich in philosophischen Betrachtungen ergingen, wenn ringsum die Bomben fielen, sei dahin gestellt. Vielleicht wenn sie, in Feuerpausen, zur Ruhe kamen. Doch da ging der *philosophische* Gedanke wohl darum, ob und wo sie was zu essen bekämen, was mit Philosophie eher weniger zu tun hatte. Der Sinn des Lebens bestand für die armen Socken wohl in erster Linie darin, am Leben zu bleiben. Wie sie das anstellten, war jedermanns eigenes Bestreben. Friedwärts zum nächsten Bauernhof, wo man eventuell noch ein Huhn klauen konnte. So der Bauer selbst noch etwas hatte und nicht vor den Ruinen seiner Habe stand.

Man musste wohl nicht unbedingt Soldat am Wolgastrand sein. In und nach den Kriegsjahren in Deutschland, waren die Bedürfnisse nicht anders. Der von den Kölnern allerseits verehrte Kardinal Frings prägte die Auffassung: wenn du Gottes Kind bist, so hilf dir selbst. Damit wurde für eine Weile die ureigenste Lebensphilosophie der Betroffenen (ganz besonders die der Kölner, die bekannt dafür sind, nicht unbedingt schwarz zu sehen) publik – das Fringsen. Man nannte es nicht mehr Kohlen klauen, man nannte es fringsen. Und Recht hatte er, der Mann Gottes.

Das erinnert mich an einen Ausspruch, dessen Urheber mir nicht bekannt ist: *Mit dem lieben Gott habe ich keine Probleme, wohl* *aber mit seinem Bodenpersonal\*\**. Auf Kardinal Frings traf diese Definition sicher nicht zu... Außerdem sind damit gewiss nicht ausschließlich die kirchlichen Vertreter gemeint, sondern vielmehr die Politiker, die schon immer junge, gesunde Männer in Kriege schickten, die sie ausgeheckt hatten und Andere ausbaden durften. Man denke an den unglaublichen Satz: Wir verteidigen unser Land auch am Hindukusch...!

Friedwärts ...???

\*\*Der unbekannte Urheber möge mir die Nutzung seines Zitates verzeihen.

*** 

Ein ebenso problematisches Kapitel war und, wie man immer wieder sogar heute noch hören muss, ist, die Sklaverei. Dafür habe ich mir Liedtexte ausgesucht, die vor allen Dingen einen gewissen Fatalismus ausstrahlen. Die Idee, mit Lied-, resp. Schlagertexten zu arbeiten, kam mir, als ich einfach mal aufmerksam hingehört habe. Die angeblich so leicht nach zu trällernden Textchen haben es teilweise in sich. Ebenso wie Romane, die als Trivialliteratur verteufelt (und dann von eben diesen, besseren oder gebildeteren?, Personen im Verborgenen) verschlungen werden, bergen auch diese Texte viele Passagen, die auf, oftmals schwierige, Lebensumstände hinweisen. Man muss nur richtig hinhören. Z.B.:

*Wo meine Sonne scheint*
(1956 Catarina Valente; Original von Harry Belafonte: Island in the sun)

Ich grüß' meine Insel im Sonnenlicht,
das sich silbern und hell im Morgen bricht,
ich grüß' der Heimat flimmernden Sand,
die braune Hütte am Meeresstrand.
Wo meine Sonne scheint und wo meine Sterne steh'n

Da kann man der *Hoffnung Glanz* und
der *Freiheit Licht* in der Ferne sehen…

Welche Gedanken kommen einem Menschen bei diesem Text,
mehr oder minder, automatisch in den Sinn? Sklaverei. Man sieht
sie vor sich, die Zuckerrohrschneider auf den endlosen Feldern, die
nichts weiter wollen als wieder daheim zu sein. Sie schuften für ein
friedwärts… nach Hause. Auch wenn die braune Hütte am Meeresstrand wirklich nur eine halb verfallende Hütte ist, es ist seine Hütte und der Meeresstrand ist seine Freiheit. Sein Frieden.

Ein weiteres Beispiel für Musik gewordene Probleme fällt in die
gleiche Kategorie:
*Spiel noch einmal für mich Habanero* (ebenfalls C. Valente, 1958)
Wobei das Augenmerk auf dem Refrain liegt:

Spiel noch einmal für mich Habanero
denn ich hör so gern dein Lied
spiel noch einmal für mich von dem Wunder
das doch nie für dich geschieht …

Hier ist es vielleicht eher die Tropennacht, die einen Frieden vor-
gaukelt, der dem Zigarrendreher auf Kuba lediglich soviel Verdienst beschert, dass er seine Familie mehr schlecht als recht über
Wasser halten kann. Seine Träume bringen ihm einen gewissen
mentalen Ausgleich, den er braucht, um sich mit den derzeitigen
Lebensumständen arrangieren zu können. Frieden bringen sie ihm
nicht.

Und dann gehen wir einige Jahre weiter. Anfang der sechziger
Jahre des vergangenen Jahrhunderts. Die ersten Gastarbeiter* trafen in Deutschland ein. Damals durfte man das „*" noch sagen, ohne in den Geruch von Ausländerfeindlichkeit zu geraten. D.h.: es
waren nicht die ersten Gastarbeiter, sondern die ersten, die wir als

Bevölkerung ausdrücklich wahrgenommen haben. Sie drangen, *aufgrund der Vielzahl*, in unser Bewusstsein und riefen damals bereits diffuse Ängste wach. Mit den, damals dringend benötigten, Arbeitnehmern mit Migrationshintergrund (wollen wir doch dem heutigen Sprachgebrauch die Stange halten!) kamen auch Sorgen in die deutschen Haushalte. Vor allen Dingen in die, in denen sich Töchter im Teenageralter befanden. Dieses Wort war auch gerade neu erfunden, davor hießen die jungen Mädchen ganz einfach Backfische. Die Mütter hegten nun große Befürchtungen, dass ihre Töchter ihnen vielleicht einen sizilianischen Schwiegersohn anschleppen könnten. Soweit ging die Liebe dann doch nicht.

Trotzdem, diese, größtenteils jungen, Männer fanden sich im Laufe der Zeit in die veränderten Gegebenheiten ein und eine Verbrüderung fand statt. Im letzten Krieg nannte man das Fraternisierung und das wurde bestraft. Entgegen aller Unkenrufe gingen diese Verbindungen aber oft sehr gut. Ristorante – Pizzeria – Taverna – das waren die Anfänge einer kulturellen Verbindung der besonderen Art.

Und dann der dazu passende Ohrwurm, *Zwei kleine Italiener*, der 1962 von Christian Bruhn komponiert, Georg Buschor getextet und Cornelia (Conny) Froboess gesungen wurde, traf genau den Nerv der damaligen Zeit. Ein bezeichnender Ausschnitt:

*Zwei kleine Italiener*
*am Bahnhof, da kennt man sie,*
*sie kommen jeden Abend zum D-Zug nach Napoli ...*

Was ist daran anders, als an den Texten, die Jahre, Jahrzehnte und eventuell Jahrhunderte zuvor eine Sehnsucht beschrieben, die nur mit einer gewissen philosophischen Einstellung zu ertragen war. Friedwärts in ein neues, unbekanntes Umfeld. Auch für die kleinen Italiener war es eine neue Welt, die sie mit dem Entschluss, sich und/oder ihren Familien ein besseres Leben aufbauen zu wollen, zu akzeptieren lernten.

Und wie denken wir heute bezüglich friedwärts? Können wir, angesichts der Lage in unserem Land und der Situation in vielen anderen Ländern der Welt, diesen Begriff überhaupt noch so analysieren. Wir werden von Horrornachrichten überrollt. Wobei, und das sollten wir nicht vergessen, unsere/meine Altersgruppe – die heute alle so um die Siebzig sind – die erste Generation wäre, die im eigenen Land noch keinen Krieg erlebt hat. (Stand 2021.)

Der Gegenpol zum friedwärts denken, ist wohl die Revolution. Vielleicht denkt man da zuerst an Frankreich … Die Hugenottenverfolgung, zu lesen in: *Die Füße im Feuer* von Konrad Ferdinand Meyer. Geschichte!

Doch auch in Deutschland hat es Revolutionen gegeben. Doch hier werden sie *niemals* Geschichte! Die Gründe waren immer andere, das Ende vom Lied: keiner hat gewonnen. Von Frieden war allerdings keine Rede. Eher friedwärts in die nächste militärische Auseinandersetzung.

Für meine Generation gewann das Wort Revolution eher mit den so genannten 68ern an Bedeutung. Diese Leute, überwiegend Studenten, gingen auf die Straße, um alte Zöpfe abzuschneiden. Damals eine Sensation und sicherlich zwingend notwendig; von uns kleinen Leuten traute sich allerdings keiner in diesen Kreis. Wer nicht wenigstens Abitur hatte, gehörte sozusagen zur niederen Kaste und die hatte unter sich zu bleiben. Außerdem wohnte man – wenn man nicht gerade auswärts arbeitete, was damals noch eher eine Seltenheit war – daheim bei den Eltern und ich möchte den hören, dem folgender Satz nicht bis zum Überdruss um die Ohren gehauen wurde. „Solange du deine Füße unter meinen Tisch stellst, hast du zu tun, was ich dir sage…!"
Seufz! So war das und, wenn man ein Mädchen war, umso problematischer! Oftmals erledigte sich das Thema Pubertät zu dieser Zeit mit einer Ohrfeige. Entwicklung vorgezeichnet?

Hat sich also was mit der Freiheit! Und friedlich durch die Reifezeit ging in den meisten Fällen gar nicht. Dafür sorgte schon die Gesellschaft. Ist das heute anders?

Die Studenten der 68er-Bewegung hatten den Mut und (wahrscheinlich vielfach) auch die finanziellen Mittel, mit ihren Ansichten an die Öffentlichkeit zu gehen und plötzlich war das Wort Freiheit in aller Munde. Niemand dachte darüber nach, was Freiheit denn bedeutete. Im übertragenen Sinne, dass man tat, was man wollte und niemanden fragte. Ging man friedlich mit den Gegebenheiten um?

Das war und ist die eine Seite. War/ist das alles?

Mit dem Gedanken, durch Aufmüpfigkeit Freiheit zu gewinnen, ist zu kurz gegriffen. Wirklich frei ist niemand. Jeder ist gefangen in seinem Naturell. Das Unterbewusstsein – und nichts anderes sind Gedanken – hat ein Eigenleben. Ich kann nur frei sein, wenn ich in mir ruhe, also mit mir Frieden mache. Wer ruht heute noch? Ich rede nicht von Internet, Handy und Co. Ich rede ganz einfach von einem Zeitgeist, der nicht mehr zu fassen ist. Die hoch gelobte Globalisierung hat in unser aller Welt Einzug gehalten und beschränkt uns viel mehr, als wir es bewusst wahrnehmen. Es ist alles so selbstverständlich geworden. Noch in den 80er Jahren war z.B. ein Telefonat nach Mexico, Indonesien oder wohin auch immer, ein Erlebnis. „Ich habe heute mit Mexico telefoniert!" Es dauerte, bis die Verbindung, mittels Atlantikkabel, zustande kam und dann hörte man fünfmal hintereinander hallo, hallo, hallo – weil es entsprechend viele Schaltstellen gab. Heute nehmen wir uns die Freiheit, mal eben über Skype irgendjemanden, irgendwo in der Welt zu kontaktieren. Ist das die ersehnte Freiheit? Nur weil man das kann? Im Gegenteil, wir sind *un*frei, weil wir glauben, vieles tun zu *müssen,* wir haben keine Zeit mehr. Allein die Technik, die uns fast uneingeschränkte Möglichkeiten eröffnet(e), lässt uns in eine Richtung driften, in der wir alles andere als frei sind. Und demzufolge auch keinen Frieden mit uns selbst machen (können). Wir ruhen nicht mehr in uns und nehmen uns nicht die Zeit, auf uns zu hören…

Gleichzeitig mit dieser revolutionären Bewegung gingen auch die Frauen auf die Straße. „Mein Bauch gehört mir!" Schön – inzwischen gab es die Pille, die auf der einen Seite ein Segen ist. Unbestritten. Andererseits verführte sie dazu, eine sexuelle Freiheit zu genießen, von der ich bis heute nicht überzeugt bin, dass das auch *wirkliche* Freiheit bedeutet. Ist es tatsächlich erstrebenswert, nach der kurzen Phase einer Begegnung die sexuellen Qualitäten seines Gegenübers auszuprobieren? Freiheit ist das bestimmt nicht; wenn die Frauen sich durch die Pille schützen, bedeutet es lediglich, dass sie nicht anschließend schwanger zurückbleiben und u. U. noch nicht einmal wissen, wer der Glückliche war. In diesem Zusammenhang kommt automatisch der Satz nach den verlorenen Werten auf. Werte! Schön, vor dieser Revolution gab es diese so genannten Werte – doch was waren sie wert?

Moral, Ethik, Ehre … und was sonst noch alles angeführt wird in diesem Gefüge. Spendeten sie den Urhebern und/oder den Betroffenen Frieden?

Wer hat die Moralbegriffe aus der Taufe gehoben?

Wer bestimmt, was ethisch ist?

Wer legt fest, was Ehre darstellt?

Und wer kann mit diesen, teils diffusen, Begriffen seinen Frieden schließen?

Auch dazu ist eine fundamentale Analyse notwenig, die in diesen Fällen wohl weniger auf realen Gegebenheiten als auf Empfindungen beruht. Bei dem Versuch, die Begriffe zu definieren muss ich als Erstes feststellen, dass ich auf verschiedene Bezüge aus dem Leben zurückgreifen muss. Um ein einigermaßen brauchbares Ergebnis zu bekommen, frage ich zuerst:

Was ist grundsätzlich erforderlich?
Die Erkenntnis der Loslösung?
Aus Beziehungen?
Aus Örtlichkeiten?

Aus der Zivilisation? Wobei dieser Prozess wohl ein wenig hoch gegriffen sein dürfte. Wir leben alle in einer gewachsenen Zivilisation und damit wäre man gezwungen, auch den Begriff zu erläutern. Das tun wir aber nicht!
Ich gehe einen Schritt weiter und denke darüber nach, was mir diese Loslösung bringen würde. Was kann mir die vermeintliche Freiheit bieten? Den Frieden, den ich mir erhoffe? Ich löse mich (z.B.) aus einer Partnerschaft, weil es, für mein Verständnis, keine andere Möglichkeit gibt, frei zu sein. Warum ging ich dann vorher diese Beziehung ein, wenn ich mich darin gefesselt fühlte? Lassen wir es im Raum stehen, dass ich mich nach Beendigung der Verbindung frei fühle… und meinen Frieden finde.
Früher, später oder auch zeitgleich löse ich mich von meinem Umfeld und wähle eine neue Umgebung, um der vorherigen Loslösung einen endgültigen Touch zu verleihen. So, jetzt bin ich frei und lebe in Frieden mit mir! Aha!
So ganz wohl doch noch nicht. Ich entschließe mich, der Zivilisation den Rücken zu kehren und treffe alle Vorkehrungen, außerhalb jeglichen Zwanges meinem ureigensten Rhythmus zu folgen. Ich baue mir eine Hütte im Wald und gehe morgens auf Beerensuche…
Lange dauert es nicht, bis diese *friedliche Freiheit* ihre Tücken enthüllt. Aber ich bin frei … lebe meinem Gusto und habe mich ganz in mich zurück gezogen. Meine Gedanken gehören mir, mein Lebensstil, alle Freuden und Kümmernisse muss ich mit niemandem mehr teilen.
Fried … wärts in mein mentales Ich?

\*\*\*

# Beziehungskisten...

*Beziehungen waren immer schon ein Kapitel für sich. Im Wandel der Zeiten sind sie nicht einfacher geworden ... nur anders. Hatten sich die Frauen im 19. und zu Beginn des 20. Jahrhunderts unterzuordnen, kippte diese* Ordnung *u.a. mit dem Erscheinen des Sexualberaters Oswald Kolle; besser ist es damit nicht geworden. Die sogenannte freie Sexualität entwickelte sich zunehmend in eine Richtung, die sicher auch Fachleute nicht vorausahnen konnten. Aufklärung jeglicher Couleur berieselte die Hippies und solche, die es werden wollten mit dem Erfolg, dass heute mehr denn je Teenager-Schwangerschaften abgebrochen werden. Das Einstiegsalter in die Sexualität hat sich erschreckend nach unten verlagert. Erschreckend deshalb, weil niemand mehr da ist, der den Jugendlichen klarmacht, dass es mit der* Benutzung *des Körpers eines Partners nicht getan ist. Wenn keine echten Emotionen damit in Verbindung gebracht werden können, ist eine solche Beziehung zum Scheitern verurteilt. Die Produkte dieser gescheiterten Beziehungen haben wir zuhauf in Kindergärten, Schulen und Jugendgefängnissen. Allen Erfahrungen der* normalen *Bevölkerung zum Trotz wird den einschlägigen Videos und/oder Fernseh- bzw. Kinofilmen kein Einhalt geboten. Vergewaltigungen sind an der Tagesordnung und die Strafen dafür verhältnismäßig gering. Soziologen und Verhaltensforscher beklagen diese Tatsachen, sind jedoch aufgrund der Gesetzeslage offensichtlich nicht imstande, notwendige Maßgaben zu erreichen. Dazu kommen Aussagen von skrupellosen Geschäftmachern, die die Wirkung einschlägigem Filmmaterial u. ä. vehement bestreiten. Die Gerichtsprozesse sprechen in den letzten Jahren eine andere Sprache.*

Nachfolgende Geschichte hat ihren Anfang 1891 mit der unehelichen Geburt der kleinen Jenny. Sie begleitet ihre Tochter in deren

Entwicklung in den 1930er Jahren. Auch sie wird wieder Mutter einer Tochter – in einer völlig veränderten Zeit

## Väter – Mütter – Töchter

Dunkelgraue Wolken peitschte der Sturm am Himmel entlang. Ein Gewitter ballte sich am Horizont zusammen und Katharina, gerade dreizehn geworden, hatte schulfrei und kauerte sich auf ihrem Stuhl zusammen. In ihren Augen stand nackte Angst. Doch die Mutter reagierte nicht. Wie so oft in der letzten Zeit übersah sie ihre Tochter einfach. Mit Hugo, dem Jüngsten an der Brust, war sie genug gefordert. Sie haderte mit ihrem Schicksal, ihrer Weiblichkeit; sie hasste sie geradezu. Und dann saß ihr dieses Mädchen gegenüber und schaute sie unverwandt an. Katharina. Als sie geboren wurde hatte ihr Mann gesagt: "Was soll ich mit einem Mädchen? Das kostet Geld, kann nichts und muss bloß an den Mann gebracht werden."

Dafür hasste sie ihren Mann. Er tat so, als sei es ihre Schuld, dass das dritte Kind ein Mädchen war. Dazwischen waren noch drei gekommen, die es nicht mehr gab. Sie musste sie zu Grabe tragen dachte: Es war wohl besser so. Was erwartete diese Kinder, außer Armut. Als würde sich dieser Fluch ihrer Familie von Generation zu Generation weiter vererben. Die Männer arbeiteten als Handwerker in kleinen Fabriken und brachten gerade soviel Geld heim, dass es für das Allernötigste reichte. Und dann die Kinder. Sie wollten essen und gekleidet werden. Schuhe würden sie brauchen. Das war Luxus. Im Sommer mussten sie barfuss gehen, das ließ sich nicht ändern. Für den Winter würde man weiter sehen.

Jenny Rudloff seufzte und nahm Hugo hoch. Zu allem Überfluss kam ihr Mann auch noch auf die Idee, ein Haus bauen zu wollen. Als ob sie nicht schon genug Sorgen hätten.

"Stell dich nicht so an", tönte er. "Du hast es danach besser. Wir haben mehr Platz, brauchen keine Miete mehr zu zahlen und wir haben einen Garten dabei. Kartoffeln, Gemüse und Obst können wir selbst anbauen. Das spart eine Menge Geld."

Jenny grummelte in sich hinein. *Wir* sagte er. *Wir!* Als ob er jemals etwas dafür tun würde. Er ging seiner Arbeit nach und hatte ihr oft genug zu verstehen gegeben, dass alles Andere Weiberkram sei; mit dem *Haushaltsgedöne* solle man ihn verschonen. Bloß Kinder durfte sie kriegen. Eins nach dem anderen; als ob das eine besondere Bevorzugung wäre. Manchmal beneidete sie ihre Nachbarin. Die war *einmal* schwanger gewesen, hatte ihre Charlotte gekriegt und das war es dann. Vorsichtige Anfragen, wie sie das bewerkstelligt hätte, wurden abgeblockt. Sie sei wohl eben nicht so fruchtbar, antwortete sie. Jenny hatte sich nicht getraut, weiter zu fragen. Sie traute sich nie, zu fragen, nahm immer alles klaglos hin. Jetzt stellte sie fest, dass Hugo, das letzte Kind, nicht gesund war. Sie sah auf das schmächtige Kerlchen in ihren Armen und dachte, er würde wohl auch wieder gehen. Wofür bekam sie sie eigentlich? Hugo machte sein Bäuerchen, und sie brachte ihn danach zu Bett. Vor der Tür rumorte es. Heribert und Kuno kamen aus der Schule. „Hab's gerade noch vor den ersten Regentropfen geschafft." Kuno, den sie bei sich immer den *Verfressenen* nannte, krakeelte schon im Flur: "Was gibt es heute zu essen?"

"Nichts", rief die Mutter zurück, "wir haben nichts mehr."

Kuno stürmte in die Küche. "Meinst du das ernst?", fragte er seine Mutter.

"Aber für das Mädchen hast du was, oder?" Lauernd, mit einer Spur Boshaftigkeit beobachtete er, wie seine Mutter an den Herd ging.

"Reg dich ab", meinte sie und holte sie Suppenkelle.

"Schon wieder Suppe. Ich hasse Suppe."

"Das weiß ich, du bist ganz wie dein Vater. Er hasst Suppe genauso, aber für etwas anderes habe ich kein Geld."

Kuno murrte. Doch als die Mutter ihm die Suppe aufschöpfte, fiel er trotzdem mit Heißhunger darüber her. Mit vollem Mund antwortete er auf ihren fragenden Blick, wo Heribert wohl sei: "Der ist noch mal nach draußen gelaufen, hat aber nicht gesagt, wohin." Jenny Rudloff zuckte mit den Schultern. Sie war inzwischen gewöhnt, dass ihre Kinder sich nicht an die Zeiten hielten. Außer am Sonntag, wenn der Vater daheim war. Sie hatten großen Respekt vor seinem Gürtel. Hermann Rudloff war ein Hitzkopf und wenn ihm was nicht passte, zog er den Gürtel aus den Hosenschlaufen – und es gab Senge. Meistens war nicht mehr so genau festzustellen, wer was angestellt hatte, dann bekamen alle drei ihr Fett weg. Das Mädchen auch. Katharina hatte nicht nur Respekt vor ihrem Vater; Jenny dachte oft, dass sie Angst vor ihm habe. Sie erinnerte sich, dass die Kleine als Vierjährige, wenn sie den Vater kommen sah, unter dem Sofa verschwand und nicht zu bewegen war, wieder hervor zu kommen. Erst wenn der Vater noch einmal weg ging, kroch sie heraus und verschwand im Schlafzimmer. Sie ging einfach ins Bett. Wenn er nach Hause kam, tat sie, als schliefe sie. Dem Vater war es egal. Sie durfte ihm nur nicht im Weg sein. Katharina merkte es sich.

Heute kam der Vater früh heim. Schon kurz nach sechs hörte sie, dass er im Flur die Schuhe auszog.
"Guten Tag, Jenny", begrüßte er seine Frau. "Ich habe endlich die Papiere zusammen und wir können mit der Bauerei anfangen. Morgen gehen wir hinaus, sehen uns alles an und dann geht es los."
Er rieb sich die Hände und Jenny fragte sich, wer dieses gottverdammte Haus eigentlich bauen sollte.
Die Antwort bekam sie sonntags.
"So", meinte der Vater, "und jetzt besprechen wir, wie das im Einzelnen laufen wird. Ihr beiden, wandte er sich an seine Söhne, die gerade mal vierzehn und fünfzehn Jahre alt waren, und auch du, Katharina, ihr könnt natürlich nicht bauen. Das ist klar. Aber Steine könnt ihr klopfen. Ich habe sie zum größten Teil gebraucht bekommen und da muss noch ein Teil alter Mörtel abgeklopft werden. Das ist Eure Aufgabe."

Katharina holte tief Luft, schluckte eine Entgegnung aber hinunter. Sie wusste aus Erfahrung, dass jede Bemerkung den Vater nur wütend machen würde. Dagegen schaltete sich zum ersten Mal an diesem Tag die Mutter ein. "Hermann! Katharina ist ein Mädchen!" "Ein kräftiges. Sie kann das schon. Sie kann sehr viel, wenn sie will. Du verweichlichst sie nur völlig." Mit einem maliziösen Lächeln wandte er sich seiner Tochter zu. "Nicht wahr", meinte er, "du kannst doch sehr viel."

Katharina nickte nur.

Etwas ratlos sah die Mutter von einem zum anderen, wagte aber nicht zu fragen, was er gemeint haben könnte. Es ist besser, dachte sie, wenn ich es nicht weiß. Sie sah Angst und Not in den Augen ihrer Tochter – und schwieg.

Während dessen besprachen Vater und Söhne, dass es ratsam sei, einen Hund anzuschaffen. "Alles liegt offen herum und der letzte Krieg ist noch nicht lange genug vorbei, als dass die Leute das Klauen nicht mehr nötig hätten."

So kam Hasso, ein mächtiger Schäferhundrüde in die Familie.

"Aber der muss doch auch fressen", wandte Jenny ein.

Mit einer Handbewegung wischte Hermann Rudloff diesen Einwand beiseite. "Na, das wird schon noch drin sitzen. Dann kriegt der Hund das Fleisch und wir essen Gemüse. Das ist sowieso gesünder und außerdem haben wir demnächst genug davon."

1933.

*

Der Hausbau ging nur schleppend voran. Abgesehen davon, dass Hermann Rudloff immer erst abends zur Baustelle kam, versuchten seine Söhne, sich so oft wie möglich zu drücken. Katharina war an manchen Tagen die einzige, die dort anzutreffen war. Sie machte einen großen Bogen um Hasso, der sie heiß und innig liebte, vor dem sie aber immer ein wenig Angst hatte. Er war sehr groß und wenn sie kam, freute er sich so, dass er sich fast den Schwanz ab-

wedelte. Trotzdem traute sie ihm anfangs nicht. Hasso nahm ihr das nicht übel. Er legte sich, soweit es seine Kette zuließ, zu ihren Füßen nieder und beobachtete jeden Handgriff. Nach einigen Monaten, fand er Zugang zu ihr und danach waren die beiden unzertrennlich. Katharina und der Hund hieß es dann nur noch. Damit war sie auserkoren, täglich nach der Schule zur Baustelle zu gehen und Hasso zu füttern. Frisches Wasser nahm sie in einem Eimer aus dem Bach am Fuß des Berges mit. Sie musste es eine gute viertel Stunde bergauf schleppen und lernte als erstes, den Berg zu hassen. Mit Grausen dachte sie daran, dass sie demnächst Tag für Tag von hier oben in die Schule laufen musste. Sie fragte sich, wie das im Winter werden sollte. Die Winter in Thüringen waren hart und schneereich und der Weg in die Stadt betrug fast eine Stunde. Sie versuchte, mit ihrer Mutter zu sprechen, erntete jedoch nur ein gleichgültiges Schulterzucken. "Was glaubst du, wer du bist?", fragte die Mutter. „Auf mich nimmt er schon keine Rücksicht, wie sollte er auf dich Rücksicht nehmen. Bist du was Besseres? Glaube das nur nicht. Du bist ein Mädchen und Mädchen zählen nicht."
"Aber du bist doch seine Frau.", wandte Katharina zaghaft ein. "Er muss dich doch gern haben, sonst hätte er dich doch nicht geheiratet."
"Oh Gott, Kind. Gern gehabt oder gern haben. Ich weiß gar nicht, ob er weiß, was das ist. Mag sein, dass er mich gemocht hat, inzwischen bin ich mir nicht mehr sicher. Und dann kamt ihr. Damit hatte ich sowieso nicht mehr so viel Zeit für ihn. Als du dann, das Mädchen, geboren wurdest ... ich glaube, von da an hielt er mich für völlig nutzlos. Außerdem", fügte sie hinzu, „muss ich froh sein, dass er mich überhaupt geheiratet hat. Schließlich wurde ich in Schande geboren."
Katharina stampfte mit dem Fuß auf. "Und du wehrst dich nicht?", rief sie. "Mutter ..., was soll der Quatsch, Schande! Was ist das eigentlich?"
"Lass das; das verstehst du nicht. Ich kann dir nur den guten Rat geben: halte dich von Männern fern. Sie bringen nichts Gutes!"

Katharina biss sich auf die Lippen. Sie hätte gern weiter gefragt, aber bei dem Gesichtsausdruck ihrer Mutter wusste sie, dass es sinnlos sein würde. Sie drehte sich um und holte den Eimer.

"Ich gehe hoch, Hasso füttern", sagte sie und zog leise die Tür ins Schloss.

Jenny Rudloff setzte sich erschöpft auf einen Stuhl. Der Disput mit ihrer Tochter hatte sie mehr mitgenommen als sie es wahrhaben wollte. Sie wusste genau, dass sie sich falsch verhielt. Nicht alle Männer waren so; aber inzwischen hasste sie ihren Mann. Manchmal. Außerdem bohrte in ihr die Ungewissheit, ob er vielleicht mit seiner Tochter ... Sie schüttelte den Gedanken ab. Nicht darüber nachdenken, befahl sie sich, es würde ohnehin nichts ändern. Und – wie immer, verschloss sie die Augen.

Ihre Gedanken wanderten zurück. als sie, Jenny Kleiner, geboren wurde, schrieb man das Jahr 1891.

Sie war ein uneheliches Kind. Das war *die* Katastrophe schlechthin. Sie wusste es nicht und später, als sie es wusste, konnte sie damit nichts anfangen. Ihre Mutter war eine herbe, verschlossene Frau und zu dem Mann, den sie als ihren Vater kannte, hatte sie keinen Kontakt. Jenny fürchtete ihn. Liebe erfuhr sie nie und was Vertrauen zu einem anderen Menschen bedeutete, ebenso wenig. Dass sie ein Kind der Schande war, wurde ihr erst klar, als sie selber heiraten wollte.

In den Jahren dazwischen lernte sie, sich von ihrem Vater fernzuhalten und ihn zu fürchten. Seine stolze, unnahbare Erscheinung und vor allen Dingen die Tatsache, dass man sie immer absonderte, machten ihr diesen Mann unheimlich. Sie führte es darauf zurück, dass sie ein Mädchen war. Nutzlos sei sie, hatte er ihr schon als kleines Kind beigebracht. Sonntags, wenn die ganze Familie zusammen beim Mittagessen saß, wurde sie an einen separaten Tisch gesetzt. Sie war nur ein Mädchen. Und die waren eben nicht da. Später versuchte sie, ihm aus dem Weg zu gehen. Das gelang ihr nicht immer. Bei einer dieser Gelegenheiten bekam sie dann zu

hören, dass sie ein Kind der Schande sei. Verängstigt und noch unsicherer als sie ohnehin schon war, verkroch sie sich in ein Schneckenhaus. Was war das? Ein Kind der Schande? Sie versuchte, ihre Mutter zu fragen, aber die wich mit den Worten aus: "Ach Kind, das verstehst du nicht. Am besten lässt du ihn einfach in Ruhe, wenn er seine Tour bekommt."
Als ob sie das nicht ohnehin schon täte.

Irgendwann lernte sie dann Hermann kennen. Einer jener Zufälle, die manchmal glücklich enden. In ihrem Fall endete er gar nicht. Der Zufall. Sie heiratete ihn, um nicht mehr daheim sein zu müssen. Ihre Hoffnung, es besser zu haben, erfüllte sich nicht. Sie geriet an einen Mann, der ebenso herrisch war, wie ihr Vater. Zudem war sie die Ehe eingegangen, ohne auch nur die geringste Ahnung zu haben, was auf sie zukam. Mit den Worten ihrer Mutter: "Na ja, und dann wollen Männer immer etwas … Das ist widerlich, aber es gehört dazu. Damit musst du leben. Und dann wirst du auch Kinder bekommen", konnte sie überhaupt nichts anfangen. Tiere, bei denen sie vielleicht einmal eine Paarung hätte sehen können, gab es nicht. Sie stolperte völlig unbedarft in ihr zukünftiges Leben.
Hermann war zudem kein Mann, der die nötige Geduld aufbrachte, seiner Frau den Start in dieses gemeinsame Leben zu erleichtern. Sex war für ihn ein Lebensbedürfnis und sein Recht. Sie hatte dieses Bedürfnis zu befriedigen. Wie sie sich dabei fühlte, war ihm gleichgültig.
Aus diesem Gefühlsdilemma heraus entwickelte Jenny Eigenarten, die er wiederum hasste. Es war programmiert, dass diese Ehe im Grunde keine war. Besser: eine typische Ehe dieser Zeit. Frauen hatten anständig zu sein; Männer durften nicht nur, sie mussten sich die Hörner abstoßen. Bei Frauen. Diese doppelte Moral hielt sich bis weit in die sechziger Jahre und ist im Grunde heute noch nicht ausgeräumt.
Jenny versuchte, mit diesem Leben so gut wie möglich fertig zu werden und konzentrierte sich später mehr und mehr auf ihre Kin-

der. Nachdem das Mädchen, Katharina, geboren war, fühlte sie sich endgültig allein gelassen und es störte sie auch nicht mehr, dass Hermann bei ihrer nächsten Schwangerschaft begann, fremdzugehen. Maria hieß sie. Das hatte man ihr schon zugetragen. Natürlich hinter vorgehaltener Hand. Es interessierte sie nicht sonderlich. Schlimm war, dass die Kinder es mitbekamen. Alle drei. Später dann auch das Mädchen. Wenn der Vater mal daheim war, begannen die Jungen zu trällern: *Ei - ei - ei - Maria, Maria aus Bahia...*

Ein Gassenhauer, der gerade modern war und den die Spatzen von den Dächern pfiffen. Katharina pfiff mit, ohne zu wissen, was es damit auf sich hatte. Irgendwann hörte Hermann es und knallt ihr eine. Diese Ohrfeige vergaß Katharina nie. Sie fürchtete ihren Vater nicht mehr – sie hasste ihn.

Die Mutter nahm Katharina beiseite. "Kind, bitte, lass die Jungen pfeifen und blödeln, aber mach du nicht mit. Du siehst ja, was dabei heraus kommt. Er wird nur wütend."

"Warum schlägt er mich? Ich habe nichts getan."

"Das weiß ich. Er ist im Unrecht und das weiß er. Deshalb kann er sich nicht wehren und lässt seinen Zorn an denen aus, die ihm körperlich unterlegen sind. Eigentlich", seufzte sie leise, „ist es ein Zeichen von Schwäche. Außerdem, und das kann ich dir bei dieser Gelegenheit gleich sagen, bekommst du bald noch ein Brüderchen oder Schwesterchen."

"Schon wieder", rutschte es Katharina heraus.

"Ja", klagte die Mutter, "schon wieder."

Einige Monate später wurde Hugo geboren. Er kränkelte vom Tag seiner Geburt und Jenny redete sich ein, dass es ihre Schuld sei. Sie hatte zwar wieder einen Jungen, aber nicht gewollt. Und er spürte es schon, als er noch im Bauch war. Das arme Kerlchen.

Er wurde nur ein knappes Jahr alt. Danach wurde Jenny nicht mehr schwanger. Nicht, dass ihr Mann Vorsicht oder gar Rücksicht hätte walten lassen – nein: er hatte sein Verhältnis zu Maria gefestigt und war kaum noch zu Hause. Jedenfalls für ein paar Jahre.

Nach annähernd drei Jahren Bauzeit war das Haus fertig. Trotz der vielen Arbeit, die Jenny nun, auch noch mit dem großen Garten, zu bewältigen hatte, war sie glücklicher als je zuvor. Sie hatte ihre Form von Freiheit gefunden. Dass Hermann ständig eine andere Frau besuchte, störte sie nicht im Geringsten. Ihre Söhne wuchsen ihr über den Kopf. Sie tat ihr Bestes, um die Jungen zu ordentlichen Menschen zu erziehen. Kopfzerbrechen bereitete ihr das Mädchen. Sie war eigensinnig und verschlossen. Nie kam sie mit einer Frage. Jenny überlegte oft, woran das liegen könnte; sie gab sich doch Mühe mit ihr. Auf die Idee, dass sie ihr eigenes Kindheitsmuster schon vor vielen Jahren auf die Tochter übertragen hatte, kam sie nicht. Trotzdem war in diesen Gedankengängen die Zeit des Hausbaus besonders gegenwärtig und somit auch das Wenige, das sie von ihrer Tochter zu den Gegebenheiten erfuhr...

*Katharina war mal wieder die Einzige auf der Baustelle. Zuerst hatte sie Hasso gefüttert, dann machte sie sich daran, ein paar Steine zu klopfen. Kuno und Heribert hatten sich wie üblich gedrückt. Angeblich mussten beide für die Schule etwas machen, was umso erstaunlicher war, als dass sie in unterschiedliche Klassen gingen und somit niemals das gleiche zu tun hatten. Jenny fragte nicht weiter. Es wäre sowieso unsinnig gewesen. Katharina war ohne zu murren gegangen. Dass sie innerlich vor Wut platzte, sah man ihr nicht an. Sie hatte gelernt, ihre Miene zu beherrschen. Als sie oben auf dem Berg ankam, traf sie ein Schock. Hasso lag vor seiner Hütte und rührte sich nicht. Normalerweise kam er ihr, soweit seine Kette ihm Freiheit ließ, entgegen. Immer stemmte er sich auf die Hinterbeine und legte den Kopf an ihre Schulter. Sie hielt ihn fest, streichelte ihn und sagte manchmal ganz leise: "Wir zwei haben wenigstens uns, nicht wahr?" Hasso gab dann immer einen ganz leisen Knurrlaut von sich als wollte er sagen: das weiß ich. Aber an diesem Tag kam er nicht. Er würde ihr nie mehr entgegen kommen. Wie es passiert war, konnte hinterher niemand sagen; der Hund hatte sich mit seiner Kette erwürgt.*

Katharina stellte den Wassereimer vor die Hundehütte, nahm den Körper ihres toten Freundes in die Arme und sprach leise mit ihm. Fast hatte sie das Gefühl, dass er sich bewegen würde. Doch das war nicht möglich. Weinen konnte sie nicht, das hatte sie schon lange verlernt. Tränen sollten erst viel später wieder Platz in ihrem Leben haben. Dann war es oft Wut und Hilflosigkeit.

Katharina ging zurück in die Stadt und berichtete der Mutter, dass Hasso tot sei.

"Hat ihn jemand vergiftet?", fragte die Mutter.

"Nein, er hat sich mit seiner eigenen Kette erwürgt." Und wutentbrannt fügte sie hinzu: „Ich habe immer schon gesagt, er soll nicht an einer Kette leben!"

"Kind, das ging doch nicht anders. Wenn wir ihn frei hätten laufen lassen, wäre bestimmt jemand gekommen, der ihn wirklich vergiftet hätte. Oder er wäre davon gelaufen."

"Er wäre niemals davon gelaufen", erwiderte Katharina, "er war mir absolut treu."

Darauf wusste die Mutter nichts zu entgegnen.

"Ich gehe wieder zurück."

Katharina drehte sich um und machte den gleichen Weg zum zweiten Mal an diesem Tag. Es schauderte sie bei dem Gedanken, ihren toten Freund wieder dort liegen zu sehen. Als sie jedoch oben ankam, hatten Heribert und Kuno ihn bereits begraben.

"Was habt ihr mit Hasso gemacht?", fuhr sie ihre beiden Brüder an.

"Begraben", antworteten die beiden. "Außerdem solltest du längst mit der Arbeit angefangen haben!"

Diese Herzlosigkeit empörte Katharina mehr als alles andere und zum ersten Mal schoss sie auf ihren ältesten Bruder zu. Mit voller Wucht schlug sie ihm die Faust ins Gesicht. Heribert riss sie zurück. "Bist du verrückt!", schrie er. "Das sagen wir dem Vater."

"Ja", äffte sie ihn an, "das könnt ihr. Petzen. Ich bin ja bloß ein Mädchen. Aber wartet es ab – ich werde es euch schon noch zei-

*gen." Wütend schnappte sie sich den ersten Stein und begann wie wild darauf herumzuhämmern.*

*"He – lass das; du machst den Stein noch kaputt."*

*"Andere Sorgen habt ihr nicht, oder?"*

*Plötzlich durchzuckte ein wahnsinniger Schmerz Katharinas Unteleib. Sie hielt die Luft an. Was war das, dachte sie. Aber da war es auch schon wieder vorbei. Eine Weile später kam der Schmerz zurück. Nicht ganz so heftig, aber in einer sich steigernden Woge, die ihr wiederum die Luft nahm. Außerdem hatte sie das Gefühl, dringend auf die Toilette zu müssen. Bloß – die gab es noch nicht. Solange hier Baustelle war, verzog man sich einfach hinter einen Busch und das war es. Außerdem, und soviel hatte Katharina mitbekommen, hatten es die Jungen wesentlich einfacher als sie. Sie musste sich hinhocken und es war schon passiert, dass ihr einer der Jungen nachgestiegen war, um sie bei dieser intimen Verrichtung zu beobachten. Sie bemerkte es und als sich beim Vater beschwerte, tat er das mit einem Achselzucken ab und meinte: "Na und? Später werden Männer dich ganz anders sehen."*

*Ratlos war sie gegangen; einmal mehr enttäuscht, dass ihr niemand half.*

*An diesem Tag ließ sich der Gang hinter einen Busch nicht vermeiden. Sie stahl sich leise davon und hoffte, dass niemand ihr Verschwinden bemerkte. Aus der Gewohnheit heraus, kletterte sie auf den hinter dem Haus liegenden Felsen und hoffte, dass die Brüder zu faul waren, ihr bis hierhin nachzusteigen. Sie zog den Schlüpfer herunter und erstarrte. Blut. Verzweifelt versuchte sie, es abzuwischen. Es kam immer neues nach. Sie wusste nicht, was es war. Und dann waren da die Schmerzen. Katharina biss auf die Zähne, um das Stöhnen zu unterdrücken. Gleichzeitig säuberte sie sich so gut es ging und stopfte sich weiches Moos in die Unterhose. Gott sei Dank hatte der Rock nichts abbekommen. Das hätte ihr gerade noch gefehlt. Inzwischen war sie sehr blass geworden, was sogar ihrem Vater einige Zeit später auffiel. Gnädig meinte er: "Es* scheint, dass dich Hassos Tod doch ziemlich mitgenommen hat. Geh für heute nach Hause."

Dankbar drehte Katharina sich um. Im Weggehen hörte sie, wie Kuno sagte: "Wozu denn das. Davon wird er auch nicht mehr lebendig."

Katharina hielt sich die Ohren zu. Im Dauerlauf machte sie, dass sie nach Hause kam.

Die Mutter war einkaufen. Vorsichtig sah Katharina sich um und ging erst einmal an den Kleiderschrank. Sie nahm sich frische Wäsche heraus und ging hinunter in die Waschküche. Ein Badezimmer gab es nicht und in der Küche wollte sie sich nicht waschen. Im Keller war sie wenigstens allein. Die Schmerzen hatten nicht aufgehört; sie waren nur nicht ständig da. Immer wieder traten sie in Wellen auf und sie krümmte sich jedes Mal aufs neue. Mühsam wusch sie sich und zog sich um. In den Schlüpfer legte sie eine Lage Taschentücher. Notfalls würde sie der Mutter sagen, sie habe sie verloren. Das gäbe zwar wieder Ärger, doch das war ihr im Augenblick egal. Wenn bloß die elenden Schmerzen endlich aufhörten. Sie hatte sich gerade wieder angezogen und war dabei, ihren Schlüpfer zu waschen, als die Mutter kam.

"Was machst du denn ...?"

Das Wort blieb ihr offensichtlich im Hals stecken. Entsetzt entfuhr es ihr: "Oh mein Gott, bis du auch schon soweit!"

Katharina sah sie an. Zum ersten Mal seit langer Zeit kamen Tränen. Tränen des Nichtverstehens und der Hilflosigkeit. "Ich habe solche Schmerzen. Muss ich jetzt sterben?"

"Nein, Kind. Du wirst zur Frau und dann ist das so. Das bekommt man einmal im Monat und ab jetzt kannst du auch Kinder bekommen."

Bei dieser unvollständigen Erklärung beließ sie es und fügte hinzu: "Hast du das Blut mit kaltem Wasser ausgewaschen? Der Rest geht beim Kochen raus. Sonst kriegen wir die Flecken nicht mehr weg. Ach ja, und du brauchst jetzt Binden. Komm mit."

*Jenny drehte sich um und Katharina folgte ihr in die Wohnung.*
*Die Mutter öffnete eine Kleiderschranktür und holte aus der hin-*
*tersten Ecke einen schmalen Karton. Darin befand sich das, was*
*sie als Binden bezeichnete. Katharina besah sich die Dinger, die*
*aus Stoff waren und ausgewaschen werden mussten (diese Schwei-*
*nerei kann man sich heute nicht mehr vorstellen.) und fragte, wie*
*sie damit umgehen sollte.*
*"Nun, was hast du denn jetzt in der Hose?", fragte die Mutter.*
*"Alte Taschentücher."*
*"Wir haben keine alten Taschentücher! Merk dir das. Wo soll ich*
*denn neue herkriegen, wenn du die damit versaust. Hier nimm eine*
*Binde und tu sie an die gleiche Stelle. Und, dass du mir die Ta-*
*schentücher auch wieder ordentlich auswäschst!"*
*Eingeschüchtert ging Katharina zurück ins Waschhaus und klei-*
*dete sich erneut um. Gott sei Dank war diesmal wirklich alles in*
*die Tücher gelaufen, so dass sie nicht noch einmal frische Wäsche*
*brauchte.*

Nachdenklich hielt Jenny inne. In welche Art Betrachtungen hatte
sie sich da verrannt? Sie war ehrlich genug, zuzugeben, dass das
keine Erinnerungen waren; es war vielmehr so, als hätte sie die Gedanken ihrer Tochter erlebt. Mit Schrecken stellte sie fest, dass ihr
dieses unzugängliche Mädchen nicht gleichgültig war. Im Gegenteil. In ihrer eigenen Verschlossenheit war eine verzweifelte Liebe,
gerade zu diesem Kind. Jenny lehnte sich zurück und schloss die
Augen. Katharina sollte das nicht merken. Nie. Ihr Gesicht veränderte sich, der übliche Ausdruck überlagerte ihre eigentlich wei-
chen Züge. Zu oft war sie verletzt worden. Einmal war Schluss. Es
war schlimm genug, dass sie Hugo noch bekommen musste. Sie
wollte ihn nicht und er hatte es im Bauch schon gespürt. Umsonst
hatte er es ihr nicht so schwer gemacht.
Der Gedanke an Hugo holte sie abrupt in die Gegenwart zurück.
Auch das Kapitel war vorbei. Der Junge hatte den ersten Geburtstag nicht erlebt. Als er starb, hatte er seine Mutter wie mit alten,

weisen Augen angesehen als wollte er sagen: Bist du nun zufrieden? Widerwillig schüttelte Jenny die Erinnerung ab. Vorwürfe halfen nichts. Hugo war ebenso gegangen, wie die drei Anderen zuvor. Sie hatte es nicht verhindern können. Die Gegenwart war wichtiger. Und die hieß, besonders in diesem Moment, Katharina.

Jenny war sich klar darüber, dass sie sich falsch verhielt. Trotzdem konnte sie nicht über ihren Schatten springen. Sie schaffte es einfach nicht, ihrer Tochter zu erklären, was es mit den monatlichen Blutungen auf sich hatte und warum sie ab jetzt schwanger werden könnte.

Katharina nahm die Binden, die ihr die Mutter gegeben hatte und legte sie in ihrem Bett unter das Kopfkissen. Wo sollte sie so etwas bloß hinpacken? Ihre Brüder schnüffelten überall herum und sie genierte sich maßlos. Dazu kam die Unsicherheit, mit der Krankheit in Zukunft umgehen zu müssen. Katharina war überzeugt, dass die Blutungen eine Frauenkrankheit bedeuteten. Fragen konnte sie niemanden. Die Mutter auch nicht – das hatte sie ja bereits gemerkt. Sie setzte sich auf die Bettkante. Gott sei Dank waren weder Vater noch Brüder daheim, so dass sie wenigstens noch ein paar Stunden für sich hatte. Ängste machten sich breit und in dunkle Gedanken versunken, schluckte sie die aufkommenden Tränen hinunter. Die Schmerzen ließen etwas nach und sie fragte sich, wie das in der Schule gehen sollte. Diese Binden mussten gewechselt werden und dann? Wohin damit? Und was sollte sie beim turnen oder schwimmen machen?

Während dessen saß Jenny in der Küche und hatte die gleichen Gedanken. Sie *musste* ihrer Tochter wohl doch noch etwas mehr dazu sagen, so sehr es ihr auch widerstrebte. Schwerfällig stand sie auf und ging ins Schlafzimmer. "Ich glaube, du solltest noch wissen, dass man diese Binden täglich mehrmals wechseln muss. Es kann sein, dass du sehr starke Blutungen bekommst, dann reicht einmal nicht aus", meinte sie.

Katharina sah hoch. "Ja, und dann?"

"Dann musst du in der Pause auf die Toilette gehen und die Binde wechseln. Hier hast du einen Beutel mit einem Gummituch. Darin kannst du die gebrauchte Binde einpacken. Eine frische zum wechseln habe ich dir noch dazu gegeben."

"Das werden die Anderen aber sehen."

"Dann musst du es so machen, dass es eben niemand sieht. Das geht niemanden etwas an und darüber spricht man nicht." Jenny sah ihre Tochter eindringlich an. "Hörst du, darüber spricht man nicht. Und schon gar nicht mit Jungen oder Männern. Und – merke dir eines, lass dich niemals von einem Jungen anfassen. Ich habe dir gesagt, dass du ab jetzt schwanger werden kannst. Denke an die kleine Reichelt."

"Was hat die denn damit zu tun? Die wohnt doch schon lange nicht mehr hier."

"Die ist nicht nur nicht mehr hier. Man hat sie weg geschafft. In ein Heim. Sie war nämlich in anderen Umständen."***

"Wieso?" Katharina sah ihre Mutter fragend an.

"Wieso?! Wieso – weiß ich auch nicht. Sie bekam ein Kind und musste weg."

Das Mädchen, von dem die Rede war, war eine Klassenkameradin von Katharina gewesen; keiner der beiden wusste, dass dieses Kind sich in ihrer Verzweiflung inzwischen umgebracht hatte. Sie wurde missbraucht. Aber niemand fand sich, der den Kerl zur Rechenschaft zog. *Schuld* hatte das Mädchen, das mit seinen dreizehn Jahren keine Ahnung hatte, was der Mann mit ihr machte.

Wenn diesen beiden jemand gesagt hätte, dass vierzig Jahre später die Frauen ihre Kinder bekommen würden, so wie sie es wollten, hätten sie die Welt nicht mehr verstanden.

Katharina sollte es erleben.

Jenny ließ ihre Tochter wieder allein. Sie hatte gehört, dass die Anderen heimgekommen waren. "Komm zum Abendessen", meinte sie nur noch. Lass dir nichts anmerken. Das geht den Vater nichts an und deine Brüder schon gar nicht."

Sie schloss die Tür und ließ eine völlig ratlose Tochter zurück.

***Das Wort schwanger nahm man nicht in den Mund: entweder waren die Frauen in anderen Umständen oder sie bekamen Jugend Anm.d.Autorin*

Beim Nachtessen war Katharina noch stiller als sonst. Der Vater war eine schweigsame Tochter gewöhnt. Außerdem hatte das Mädchen bei Tisch sowieso nur zu antworten, wenn sie etwas gefragt wurde. Und was sollte der Vater schon fragen. Ob sie in der Schule zurecht kam? Das interessierte ihn nicht. Die Mutter ebenso wenig. Katharinas Zeugnisse waren durchschnittlich; das Lernen fiel ihr nicht schwer. Spaß machte es ihr allerdings auch nicht. Sie bekam nur immer gepredigt: Du lernst für das Leben, nicht für uns. Also streng dich an. Wenn du mal keinen Mann kriegst, musst du für dich selber sorgen. Und dann musst du arbeiten.
Katharina verkniff sich die Frage, was sie denn machen sollte. Eine höhere Schule kam nicht in Frage. Ausnahmsweise lag das einmal nicht daran, dass sie ein Mädchen war. Auch die Jungen konnten keine Höhere Schule besuchen. Das kostete Schulgeld und dafür reichte es nicht. Auch nicht für die Jungen.

\*

In der einzigen Drogerie der Kleinstadt wurde sie in eine Lehre zur Verkäuferin gesteckt. Das war 1937 neben dem Beruf einer Kindererzieherin oder Kontoristin sowieso so ziemlich das einzige, was möglich war. Katharina ging mit den besten Vorsätzen dorthin; glücklich wurde sie nicht. Lehre hieß für ihre Chefin, dass das Mädchen den Laden fegte, putzte und vor allen Dingen, das jüngste Kind der Chefin im Kinderwagen spazieren zu fahren. Der Junge war missgebildet auf die Welt gekommen und diese Tatsache passte so gar nicht in das Weltbild reicher Leute. Und reich, im damaligen Sinne, waren diese Leute. Widerwillig fuhr Katharina den kleinen Rudolf aus. Im Stillen dachte sie nur: Gott sei

Dank weiß jeder, dass das nicht mein Kind ist. Wobei ihr die Herkunft eines Babys inzwischen bekannt war. Frauen, die schwanger waren, gab es immerhin zu sehen. Wenn man sich auch damals absolut nicht so ungezwungen mit einem dicken Bauch in der Öffentlichkeit bewegte.

Nach ein paar Monaten warf sie das Handtuch und suchte sich eine Tätigkeit in einem Büro. Ohne Ausbildung. Sie lernte Stenografie und Maschineschreiben und kam auf ihre Weise gut zurecht. Ihren Verdienst musste sie, bis auf ein geringes Taschengeld, abgeben, doch das war zu jener Zeit üblich. Das mussten sogar die Jungen. Wenn sie dann mal ein paar Münzen in der Tasche hatte, kaufte sie sich mit Vorliebe Schokolade. Allerdings achtete sie sorgfältig darauf, alles aufgegessen zu haben, bis sie daheim ankam. sonst fraßen ihr die Brüder den Rest weg. Das sah sie nicht ein.

Inzwischen hatte Katharina das Tanzstundenalter erreicht. Eines Tages kam sie der Mutter mit der Bitte und wurde, wie hätte es anders sein können, abgeschmettert.
"Kind", sagte die Mutter, "das kostet Geld. Wie denkst du dir das?"
"Aber ich verdiene doch. Dann darf ich wohl auch mal ein bisschen Vergnügen haben."
Das hätte sie, wenn überhaupt, besser anders formuliert. Der Erfolg war eine Ohrfeige vom Vater, der zufällig in die Küche kam und den Dialog hörte.
"Du Rotzgöre, was fällt dir eigentlich ein?!", brüllte er. "Statt tanzen zu gehen und lesen zu wollen solltest du besser lernen, anständig Strümpfe zu stopfen!"
Das Thema war erledigt.
Katharina wusste sich zu helfen. Sie klemmte sich hinter ihre beiden Brüder.
"Heribert, wenn du dich das nächste Mal mit Gisela triffst, nimmst du mich mit. Sag, dass wir gemeinsam *was-weiß-ich-wohin* gehen. Aber nimm mich mit."

"Du spinnst wohl! Was soll ich mit meiner kleinen Schwester im Schlepp."

"Wenn du es nicht tust, sage ich den Eltern, wohin du gehst und mit wem du dich triffst."

Davor hatte ihr Bruder nun doch einen gewissen Bammel und willigte notgedrungen ein, sie mitzunehmen.

Katharina verstand es, der Mutter diese gemeinsamen Unternehmungen zu verkaufen. Ob sie wirklich arglos war oder nur wieder einmal die Augen verschloss, wusste sie nicht. Jedenfalls traf sie sich von da an regelmäßig mit ihrer Freundin und lernte tanzen. Ohne Unterricht.

Es ging nicht lange gut. 1939 kam der Krieg und Unterhaltungen dieser Art wurden verboten. Die Frauleut' in der Heimat konnten unmöglich ihren Vergnügungen nachgehen, während die Männer im Feld für Ehre und Vaterland draufgingen. Eingesehen hat Katharina das nicht – aber es war so.

Und Jenny, ihre Mutter, hielt weiter still.

In den Kriegsjahren musste sie lernen, allein zurechtzukommen.

Erst 1943, als Katharina ihr Wilhelm Tenholst vorstellte, wurde sie munter. Mit allen Mitteln versuchte sie zu verhindern, dass ihr Mädchen heiratete. Zu spät. Sie hatte im Laufe der Jahre das Vertrauen, das ihre Tochter jemals hätte haben können, verwirkt.

Katharina heiratete ins Rheinland. Entgegen aller Unkenrufe ihres Bruders Kuno, der bemerkte: "Du willst weg? Das hältst du doch sowieso nicht durch. Wenn du den Kirchturm nicht mehr siehst, gehst du ein vor Heimweh. Auf Knien wirst du wiederkommen."

Katharina kam nicht zurück. Dieser ironisch hingeworfene Satz sollte ihr Leben prägen. Damals wusste noch niemand, dass zwei Jahre später der Krieg vorbei sein würde und dass einmal eine DDR einen zweiten deutschen Staat bilden sollte. Sie ging und ließ ihre Mutter zurück. Jenny begriff, dass sie nun wirklich allein war.

Hermann Rudloff trennte sich schon vor Jahren von seiner Maria, das Verhältnis zu seiner Frau war jedoch zerstört. Jenny hatte sich in sich zurückgezogen und er kam nicht mehr an sie heran. Wenn er Sex wollte, gut, sie ließ es über sich ergehen, das war's. Irgendwann ließ er es sein. Frauen in den Wechseljahren galten in seinen Augen sowieso nicht mehr als vollwertig und somit war auch sein Interesse an einer körperlichen Beziehung erloschen.

Jenny war froh darüber.

Außerdem war Hermann inzwischen krank. Asthma. Einen kranken Mann wollte Maria anscheinend nicht. Mit unbewusstem Zynismus fragte Jenny ihn seinerzeit: "Will sie dich jetzt nicht mehr? Kannst du nicht mehr mithalten?"

Daraufhin hatte Hermann sich nicht gescheut, seine Frau zu schlagen. Das Ende einer Ehe, die niemals eine war. Die Fassade wurde jedoch aufrechterhalten. Für die Nachbarn.

Hermann Rudloff starb im Alter von 72 Jahren. Was heißt er starb? Es scheint eher so, als hätte man ihn gestorben, wobei keiner der Verwandten dieses Gefühl loswurde, konnte es im Gegenzug aber auch keiner beweisen.

Es passierte genau auf Jennys Geburtstag.

An diesem Morgen ging es ihm besonders schlecht. Wetterumschwung; er kämpfte mit arger Luftnot. Sogar sein Asthmapulver versagte, und Jenny holte den Arzt.

1964 – das war die Zeit des kalten Krieges. Rentner waren in der (damals schon maroden) DDR ohnehin nicht besonders beliebt. Sie kosteten Geld, was der Staat nicht hatte. Der Arzt kam zwar, sonderlich interessiert, seinem Patienten zu helfen, war er nicht. Er zuckte die Achseln – dieses Bild vergaß Jenny nie – und meinte: "Na ja, das ist das Alter (!). Ich geb' ihm mal 'ne Spritze."

Und zu Hermann Rudloff gewandt: "Jetzt wirst du schön schlafen, Opa."

Er wachte nie mehr auf.

Jenny stand an seinem Bett, als er aufhörte zu atmen. Es war zu spät für sie. Zu spät, als dass sie noch einmal versucht hätte, wirklich leben zu wollen.

Katharina musste benachrichtigt werden. Jenny schickte ein Telegramm. Telefon war noch nicht üblich, nur bei Geschäftsleuten. Das konnte und durfte man allerdings keinesfalls benutzen, um in den *Westen* zu telefonieren. Meistens kam man gar nicht *raus* oder wenn einmal, dann war mit Sicherheit die Leitung besetzt. Abgehört wurde sowieso. Wenn es auch niemand zugab. (Katharina versuchte in den späteren Jahren oft, ihre Cousine in Chemnitz, was bis zur Wende Karl-Marx-Stadt hieß zu erreichen. Es gelang ihr äußerst selten).

*** 

## Die Tochter

Frei! Einfach nur frei! Und das mitten im Krieg.
Das war's, was Katharina dachte, als sie endlich im Zug zu ihrer Schwiegermutter saß. Sie hatten guten Kontakt zueinander, zusammengeschweißt durch die Tatsache, dass sie als Ehefrau um ihren Mann und die andere als Mutter um ihren Sohn bangte.
Dann der Empfang. Es gab etwas zu essen, das war zu jener Zeit wichtig. Sehr wichtig sogar. Gemüse und sogar etwas Fleisch. Das hatte sie schon lange nicht mehr gehabt. Im Gegenteil. Wenn sie daheim einmal irgendwo etwas ergattern konnte, musste sie es verstecken, weil Kuno alles vertilgte, was ihm in die Finger kam. Ob es sein Anteil war oder nicht, störte ihn dabei nicht im Geringsten.
Katharina gab sich alle Mühe, mit ihrer Schwiegermutter auszukommen. Es war auch nicht schwer. Bis ...? Ja, bis ihr Mann aus der Gefangenschaft kam. Nicht nur der Mann war heimgekommen, auch der Sohn. Ein bisschen arg dünn, aber sonst äußerlich unbeschadet.
Damit begann Katharinas Leidensweg. Von einem Tag auf den anderen veränderte sich das Verhältnis zu ihrer Schwiegermutter. Sie konnte nichts mehr richtig machen und, viel schlimmer, ihr Mann stand nicht hinter ihr.

Katharina gehörte nun einmal zu den Menschen, die nur im Einklang leben konnten; und diese Harmonie versuchte sie, mit allen Mitteln aufrecht zu erhalten. Der Preis war hoch.

Irgendwann einmal begann sie, ihren Mann zu hassen. Bitter dachte sie bei dieser Erkenntnis, dass es immer eine Duplizität der Ereignisse geben würde. Sie wäre am liebsten zurückgegangen. Aber da stand Kuno's Satz in der Luft: Auf Knien wirst du wiederkommen.

Sie ging nicht. Sie biss die Zähne zusammen und blieb. Viele Jahre.

Die ersten Wochen, nachdem Wilhelm Tenholst aus der Gefangenschaft zurück war, vergingen mit der Suche nach Arbeit. Wohnen konnte man im Haus der Mutter, das hatte, bis auf ein paar ungefährliche Risse, nichts abbekommen. Dafür war man dankbar. Die Stadt war ein Trümmerhaufen und ein großer Teil der ortsansässigen Fabriken noch nicht oder nicht mehr funktionsfähig.

Arbeit war zunächst einmal das wichtigste. Wilhelm fand etwas, wenn auch nicht in seinem erlernten Beruf. Er hatte eine Ausbildung als Hand- und Filmdrucker absolviert. Ein Beruf, der seiner künstlerischen Neigung sehr entgegen kam. Zu dieser Zeit zeichnete sich bereits ab, dass die alten Techniken vom Aussterben bedroht waren.

Katharina suchte sich ebenfalls Arbeit. Für sie war es einfacher, Bürokräfte waren gefragt. Dazu kam, dass die Männer ohnehin in der Unterzahl waren und viele Frauen zu diesem Zeitpunkt schon begannen, die Stellen von Männern auszufüllen. Eine Folge des Krieges. Ein Teil war noch nicht wieder zu Hause und ein großer Teil würde nie wieder kommen. Es fand, sozusagen in aller Stille, eine erschreckende Umkehrung der Gegebenheiten statt.

Dazu kam die horrende Wohnungsnot. Die trieb allerdings auch Blüten, die von Hausbesitzern nicht gerade freudig begrüßt wurden. Zum Beispiel: Zwangseinweisungen. Auch Wilhelms Mutter blieb davon nicht verschont. Unterm Dach wohnte Frederik Petersson, ein abgemusterter Kapitän. Er ging nur im weißen Anzug mit Panamahut aus dem Haus. Ein äußerst liebenswürdiger Zeitgenosse, solange er nüchtern war. Er wohnte nur ein paar Jahre bei Tenholst. Sein Alkoholkonsum wurde ihm im Winter 1952 zum Verhängnis. Er starb in der Gosse. Erfroren.

Obwohl Katharina nichts von ihm hielt, eben weil er ständig besoffen war, blieb ihr eines schönen Tages nichts anderes übrig, als eine Einladung von ihm anzunehmen. Er hatte sich wieder einmal, in seiner tollen weißen Uniform, im Hausflur stockbetrunken langgelegt, als ausgerechnet Katharina beim Nachhausekommen über ihn stolperte. Dafür wollte er sich entschuldigen. Da Katharina nicht diejenige sein wollte, die ein Friedensangebot ausschlug, erklärte sie sich seufzend damit einverstanden, an einem Nachmittag auf einen Kaffee in den ersten Stock zu gehen. Offensichtlich verfügte Frederik Petersson nicht über ausreichend Geschirr. Das bedeutete, er hatte nur zwei Tassen, die beide benutzt waren. Eine davon stellte er für sich, so dreckig wie sie war, auf den Tisch. Zu Katharina meinte er: "Die geh' ich eben spülen."
Katharina wunderte sich, wieso er damit in Richtung Toilette verschwand. Als sie dann die Spülung hörte und sah, dass Petersson zurückkam, machte sie nur noch dass sie wegkam. Sie ekelte sich Tode. Kurze Zeit später hatte sich das Thema von allein erledigt.

Anders war es dann mit dem Ehepaar Cohn. Nicht nur, dass sie seitens des Einwohnermeldeamtes eine ganze Etage zugewiesen bekamen; sie hielten sich auch tapfer bis ins hohe Alter. Das heißt: Wilhelmina Cohn, die ihren Mann noch um etliche Jahre überlebte, ging mit fast neunzig in ein Altenheim. Bis dahin durften sich die Hausbewohner mit ihr amüsieren. Das war, auch nach über dreißig Jahren, immer noch ein äußerst zweifelhaftes Vergnügen.
Selbst schon seit Jahren nicht mehr in der Lage, den eigenen Haushalt zu versorgen, engagierte sie eine Putzfrau, die bereits weit über 70 Jahre zählte. Die schaffte es immerhin, mit einem halben

Eimer Wasser die Fenster in der Wohnung, die Fußböden und auch noch die gesamte Treppe von oben bis unten zu putzen. Katharina trat einmal kräftig ins Fettnäpfchen als sie die alte Dame fragte: "Wollen sie nicht von dem Rest noch einen Kaffee kochen. Dunkel genug ist die Brühe ja."

Na, das war's dann. Von diesem Zeitpunkt an war Katharina das bevorzugte Objekt der Cohn'schen Sticheleien. Die Schwiegermutter, lebensuntüchtig und boshaft, blies in das gleiche Horn. Katharina hatte über Jahrzehnte einen schweren Stand und Wilhelm unterstützte sie nicht. Er sah es einfach nicht. Oder? Welche Art von Verpflichtung er sich seiner Mutter gegenüber auferlegt hatte, konnte Katharina nie nachvollziehen. Sie sagte öfter als einmal zu ihm: "Lass uns doch endlich wegziehen. Wir verdienen beide und irgendwo werden wir uns doch eine kleine Wohnung leisten können. Aber wenn wir hier bleiben, geht das niemals gut."

Wilhelm zuckte die Achseln. "Du weißt, dass wir uns eben genau das nicht leisten können. Außerdem – was tut meine Mutter denn? Wir wohnen hier ..."

"Ja, und wir müssen mehr Miete zahlen als die Cohns. Das müssen andere Kinder nicht."

"Mag sein. Mutter hat doch auch bloß eine geringe Rente. Von meinem Vater kriegt sie nicht viel und das Haus muss sie schließlich auch noch abbezahlen."

Das hatte Wilhelms Vater für 27.000 Goldmark 1926 gebaut.

"Sie muss schließlich auch leben."

Katharina knirschte mit den Zähnen. "Gut, muss sie. Dann überlege dir bitte mal, wie sie lebt. Den Garten mache zum größten Teil ich, wenn ich abends von der Arbeit komme."

"Ja, gut", unterbrach Wilhelm sie, "du kannst aber nicht leugnen, dass sie auch was tut."

"Oh ja", fauchte Katharina zurück, "vor allen Dingen dann, wenn alle Leute ihr zusehen. Hinterher kriege ich dann zu hören: Ach die arme Frau, die muss sogar noch den Garten machen. Dabei ist sie auch nicht mehr die Jüngste."

Wütend blitzte Katharina ihren Mann an. Der zuckte nur mit den Schultern und stahl sich davon. Auseinandersetzungen dieser Art waren nicht sein Geschmack. Tief im Innern wusste er, dass sein Verhalten falsch war. Er hätte zu Katharina stehen müssen. So oder so, er hatte sie aus ihrer Heimat mitgenommen. Dass sie froh war, der Atmosphäre ihres Elternhauses entronnen zu sein, wusste er damals nicht.

Das Zusammenleben wurde unter diesen Auseinandersetzungen, die sich häuften, nicht erträglicher. Eines Tages war es dann soweit. Wilhelm kam zum ersten Mal betrunken nach Hause. Katharina, deren Nerven blank lagen und die noch nie über diplomatisches Geschick verfügte, rastete aus und das reizte Wilhelm noch mehr. Er drehte sich um, warf Katharina auf das Bett und fiel über sie her. Sie wand sich unter ihm, aber er war stärker. Zum Schluss hielt sie ganz einfach nur still.

Von ihrer eigenen Mutter geimpft, ließ sie jegliche sexuellen Kontakte nur über sich ergehen, *weil Männer ja doch bloß das Eine wollten* – und sie? Sie wollte endlich ein Kind. Etwas, was ihr in ihrem Leben ganz allein gehörte. Das ihr Besitz war.

Die Vergewaltigung verzieh sie Wilhelm nie; sie blieb nicht ohne Folgen. Für Katharina das einzige, was sie mit ihrem Leben aussöhnte.

Sie begann, in sich hinein zu horchen und ihr Leben auf das kommende Kind zu konzentrieren. Schon als junges Mädchen nahm sie sich vor: Wenn ich einmal ein Kind bekomme, dem soll es besser gehen als mir.

Damit waren nicht die Lebensumstände oder die Probleme während des Krieges gemeint. Sie wollte ihrem Kind alle Aufmerksamkeit schenken, derer sie fähig war. Sie wollte es behüten und beschützen; ein Leben lang.

Als das Mädchen geboren war, sagte sie müde und völlig erschöpft zu ihrem Mann: "Es soll Annemarie heißen."

Wilhelm war es egal.

Sie verwies ihn in die zweite Reihe. Er war nicht mehr existent. Eine Rolle, mit der er nie zurecht kam und die er immer öfter in Alkohol ertränkte.

Katharina warf ihn zwischendurch immer mal wieder aus der Wohnung, aber im Grunde interessierte es sie nicht mehr. Die Katastrophe kam erst viel später.

Annemaries Erbgut.

*

## Der Tanz mit der Flasche

Annemarie sah in den Himmel. Die Sonne stand tief; eine herrliche, fast ins Violette schimmernde Glaskugel, die sich in der Unendlichkeit verlor. Die Ränder waren orangerot gezackt und blitzten über dem Horizont.

Sie verbeugte sich ironisch vor der Flasche als sei sie ein Partner. Dann begann sie zu tanzen. Mit der Buddel durch das Wohnzimmer. Sie drehte sich schneller und immer schneller. Dann knickte sie ein und stürzte zu Boden. Reglos blieb sie liegen. Die Flasche zerschellte und der Inhalt ergoss sich auf den Teppich. Annemarie kicherte: „Du bist blöd; du bist ja so entsetzlich blöd ..."

In ihr Unterbewusstsein drangen Laute. Annemarie wollte aufstehen, doch der Körper versagte den Dienst.
Sie blinzelte. „Was macht Ihr hier?"
Die Figuren vereinzelten sich und mit verschwommenem Blick sah sie auf einen Mann, der direkt vor ihr stand.
„Lasst mich in Ruhe" murmelte sie und drehte sich auf die andere Seite.
„Lasst mich doch endlich in Ruhe!"

Ratlos sahen Kevin und Monika sich an.

„Es ist wieder soweit" seufzte Kevin. „Ob sie wohl jemals davon loskommt? ... und wie das hier wieder aussieht!"

Monika wandte sich angewidert ab. „Ich mache diesen Saustall nicht noch einmal sauber. Mir hat das letzte Mal gereicht. Wenn ich bloß an die Tiefkühltruhe denke, wird mir übel."
Kevin nickte. „Und dabei hatte ich in den vergangenen Wochen ein etwas besseres Gefühl. Irgendwie ... ??? Es bestand Hoffnung."
„Nein", sagte Monika hart, „es bestand keine Hoffnung. Ihr habt Euch alle etwas vorgemacht. Wenn es das erste Mal gewesen wäre – okay; doch es war *nicht* das erste, sondern bereits das dritte Mal. Es bestand keine Hoffnung. Absolut keine!"
„Willst du sie fallen lassen?" fragte Kevin zurück.
„Willst du an ihr kaputt gehen?"
„Wir müssen die Konsequenzen ziehen ..."

\*\*\*

## Was passiert mit einem Menschen, der gedemütigt wird und ... das zulässt?

Um dem diesem Thema gerecht zu werden, sollte man vielleicht mit dem Täter/den Tätern anfangen, um mögliche Rückschlüsse auf das Verhalten dieser Menschen ziehen zu können. Es mag irreal klingen, doch auch die Täter sind im gewissen Sinne Opfer, deren Verhaltensmuster vielfach in der Kindheit und in der Familie geprägt wurden. Ebenso wie deren Opfer ... die Beweggründe sind oft die gleichen, die Auswirkungen katastrophal.

Beschäftigen wir uns zunächst dem Oberbegriff *Demütigung*, der landläufig mit Kränkung übersetzt wird. Stimmt – ist aber zu kurz gegriffen. Verachtung, Erniedrigung, Entwürdigung treffen es besser. Doch letztendlich ist es Mord – Seelenmord, der nicht selten zum Suizid der Betroffenen führt.

Trotz dieser Brisanz ist das Problem kein offizielles Forschungsthema (Stand 2015 – Literaturquelle *Die Macht der Kränkung* von Prof. Dr. Reinhard Haller); weder in der Psychologie, noch in der Kriminologie. Nicht nachvollziehbar, da sowohl Ärzte in Zusammenarbeit mit Psychologen, als auch Kriminologen und die normale Bevölkerung mit den Auswirkungen täglich konfrontiert werden. Aggressionen einerseits, steigende Zahlen von Selbstmördern auf der anderen. Namhafte Fachliteratur gibt es in Massen, beim näheren Hinsehen entpuppt sich vieles davon jedoch als insofern ungeeignet, als dass (unbrauchbare) Redewendungen als Ratschläge verkauft werden, wie:

*Wie Sie sich nie mehr gekränkt fühlen...*
*Demütigungen begegnen ohne darunter zu leiden...*
und Ähnliches.

Für die Betroffenen bringt das nichts; sie sind tief **be-** und **ge**troffen und alle, noch so gut gemeinten Ratschläge, laufen ins Leere, weil sie den Kern nicht treffen. Die Seele.

Es soll Menschen geben, die Angriffe dieser Art wegstecken und andere, die tierisch darunter leiden.

Wegstecken ... aha, wer dergleichen einfach an sich ablaufen lassen kann, gehört nicht in die Kategorie derer, die darunter **leiden**. Ihnen fehlt sozusagen ein *Gen (!)*. Die Empathie.

(Zum Vergleich, wie diese Anmerkung gemeint ist: mir fehlt auch ein Gen – das Shopping-Gen!)

Dabei stellt sich als Erstes die Frage, wer demütigt:

*Soziopath*
*Psychopath*
*Narzisst*
*der ganz normale (?) Mensch*
*der falsche Freund (?)*

Und wer wird getroffen:     *Das Opfer.*
Dazu kommen wir am Schluss, da es sich dabei um einen äußerst komplexen Bereich handelt, der eine möglichst umfassende Betrachtung erfahren sollte. Sicher ist, dass mindestens einer der vorgenannten Charaktere im Umfeld des Opfers zu finden ist.

Nehmen wir uns den **Soziopathen** vor; psychiatrisch gestört in seinem Sozialverhalten. Nach außen hin wirkt er unauffällig, doch er steuert seine Handlungen immer so, dass es aussieht, als täte er seinen Mitmenschen etwas Gutes. Diese Handlungsweise kommt allerdings nur zum Tragen, wenn er sich persönliche Vorteile davon verspricht. Reagiert sein Gegenüber nicht so, wie er sich das vorstellt, resp. wie er *will*, scheut er sich nicht, seinen Willen mit äußerst unlauteren Mitteln durchzusetzen. Er hat kein Problem damit, Lügen und üble Nachreden zu verbreiten, aber immer so, dass **er** als Opfer dasteht. *„Sieh nur, ich bin sooo gut und was er/sie mir angetan!"*
Diese Lügen sind inhaltlich Demütigungen, gegen die Betroffene sich selten wehren können, weil sie nicht oder nur spät durch evtl. verändertes Verhalten ihrer Mitmenschen davon erfahren. Demütigungen durch die Hintertür, deren Folgen unabsehbar sind. Er genießt die Macht, die er damit ausübt. Der Soziopath ist durchaus in der Lage Gefühle zu entwickeln, doch er setzt sie ausschließlich zu seinem Vorteil sein. Im Gegensatz zum

**Psychopathen**, der keine Emotionen kennt, sich aber dennoch seiner Handlungen voll bewusst ist. Häufig überaus eloquent, besticht er häufig durch Aussehen und/oder Auftreten, was er sich auch zu Nutze macht, um andere zu demütigen. Absolut asozial. Durchsetzung eigener Interessen auf Kosten Anderer; Rücksichtslos – er genießt, ähnlich eines Sadisten, was er angerichtet hat und weidet sich daran, dass ein Anderer leidet.

215

Bleibt noch der *Narzisst*: Selbstverliebt braucht er Aufmerksamkeit um jeden Preis. Er scheut sich nicht, sein Opfer in die Rolle eines/einer Schuldigen zu drängen und dafür zu sorgen, dass der Betroffene sich wertlos, emotional angeschlagen und erniedrigt fühlt. Die Vorgehensweise ist häufig mit bösartigen Verleumdungen gekoppelt, aber immer so, dass nur die Anderen schuld sind.

Bei allen steht ganz oben nur ein Begriff: *Macht!*

Schon Abraham Lincoln sagte:
*Willst Du den Charakter eines Menschen erkennen, gib ihm Macht.*
Ein weiser Mann.
Fragt sich, wie verhält sich

*Der normale Mensch* gehört am wenigsten zu denen, der Demütigungen bewusst austeilt und wird bisweilen selbst zum Opfer. Es ist jedoch ein Unterschied, ob man (un)wissentlich jemanden beleidigt, kränkt oder demütigt.

Anders dagegen der vermeintliche Freund, der es z.B. nicht erträgt, dass ein Mensch, den er für sich beansprucht, auch anderen Sympathien entgegenbringt. Er geht manchmal in seiner Eifersucht soweit, den Anderen – der ihn für einen Freund hält – zu verunglimpfen und einen Keil in diese Harmonie zu treiben. Auch wenn später alles angeblich nicht so gemeint war/ist ...wird sich der/die Betroffene trotzdem als

*Opfer* fühlen. In vielen Fällen sind diese Opfer Menschen, die sich, bedingt durch ein hohes Maß an Empathie, sehr schnell zutiefst getroffen fühlen. Sie sind in der Lage, sich in Andere hinein zu versetzen und verstehen nicht, warum ihnen gerade von einer solchen Person Schmerz zugefügt wird.

In vielen Fällen wird die Vorstufe zu dieser Haltung (!) im Kindesalter gelegt. Der Vater sagt: *„Seit du auf der Welt bist, zähle ich nicht mehr!"* Das Kind fühlt sich schuldig.

Die Mutter sagt: *„Ich habe dich nur bekommen, weil ich einmal im Leben etwas haben wollte, was mir ganz allein gehört!"*

*Machtmissbrauch!* Das Kind fühlt sich vielleicht nicht im eigentlichen Sinne schuldig, aber verpflichtet, in Allem und jederzeit der Mutter zu gehorchen. Und diese nutzt ihre Macht bis zum Äußersten aus. Ein Leben lang.

Die Angst- und Schuldgefühle setzen sich bei dem Kind fort und da es ohnehin – bedingt durch die An- und Aussprüche der Eltern – keine Chance auf eine normale Entwicklung hat(te), baut es sich eine eigene Welt. Kommen in Kindergarten oder Schule, aus welchen Gründen auch immer, weitere Kränkungen hinzu, die möglicherweise heute, bei Licht besehen, gar keine waren, ist der Weg zum *Mauerbau* nicht mehr weit. Das Kind trachtet danach, die Liebe der Mutter zu erringen, findet aber nur Befehle und keine Anerkennung. Worte wie: das kannst du sowieso nicht; dazu bist du zu klein – zu dumm – oder, noch Gravierender … das darfst du nicht, du bist (z.B.) ein Mädchen! Was alles einschloss. Vor allem Verbote ohne Erklärung und/oder Begründung.

Bestrafungen, Liebesentzug, Zurückweisung…

Keine Möglichkeit auf eine normale Entwicklung.

Das Kind wird erwachsen, die Ängste, nicht anerkannt zu werden, bleiben. Ehrgeiz ist vielfach die Folge. Ich muss besser sein als alle Anderen, dann werde ich auch wahrgenommen. Häufig neigen die Betroffenen zu übermäßiger Selbstkritik. Eine erstklassige Basis, verletzt zu werden, da unter diesen Aspekten die Chancen, sich wehren zu können, gleich Null sind. Kein Selbstbewusstsein, kein Selbstvertrauen und das, obwohl eine durchaus akzeptable Intelligenz vorhanden ist. Vielfach ist diesen Menschen gegeben, sich durchaus eloquent ausdrücken zu können. Sobald es aber um Emotionen geht, greifen sie auf Schriftliches zurück. Eine weitere Auffälligkeit ist, dass sie gut mit Kritik umgehen können – aber nicht mit Schweigen. Es wird als verletzend empfunden und nährt die innere Einstellung, nicht akzeptiert zu werden. Dieses Verhalten ist der Unsicherheit geschuldet.

Ein (unbekannter) Autor hat einmal folgenden Spruch von sich gegeben:

*Weisheit habe ich erreicht, wenn ich nichts und niemand mehr die Schuld für meine Situation gebe...*

Man sollte dem Urheber dieses Spruches sein Zitat um die Ohren hauen! Gerade die Menschen, die unter Zurückweisung oder Ähnlichem gelitten haben, suchen niemals die Schuld bei Anderen. Das ist ja die Crux. Durch ein hohes Maß an Empathie stellen sie oft genug ihre eigenen Bedürfnisse zugunsten anderer zurück. Sie sind hochsensibel und bei ihnen gibt es nur ein entweder oder – **„nur ein bisschen"** kennen sie nicht. So wenig, wie es möglich ist, nur ein bisschen schwanger zu sein, ist es genauso unmöglich, nur ein bisschen wütend, ein bisschen verrückt oder ein bisschen verliebt zu sein. Welche Emotionen sich in diesen Menschen auch abspielen, sie gehen immer sehr tief. Sie verausgaben sich emotional und leiden darunter, manchmal, ohne es zu wissen.

Bedingt durch ihre Verletzlichkeit unterdrücken sie ihre Gefühle oder lassen sie nur soweit zu, dass niemand wirklich erkennt, wie es um sie bestellt ist. Sie schützen sich, indem sie versuchen, alles so sachlich wie möglich zu sehen und vor allem: nach außen zu tragen. D.h.: zum Beispiel werden Gefühle in verschließbare Schubladen gesteckt oder auf Ebenen verteilt, zu denen nur der Betreffende Zugang hat. Nach außen immer ... cool !

Kommen wir zum Ende der Frage ... *__wenn er es zulässt?__*
Fazit:    *Was passiert mit diesen Menschen?*
          *Nichts...!?*

Sie müssen mit Zurückweisungen und Verletzungen seit der Kindheit leben und leiden einfach weiter. Sie suchen künftig alle Schuld bei sich, schaffen sich ein Refugium, in das nur selten Menschen der Einlass gestattet wird und achten sehr darauf, dass sie immer von innen nach außen blicken – doch niemals Zutritt gewähren. Wenn aber es doch einmal einem Menschen gelingt, ihr Vertrauen zu erwerben und sie dann vorsichtig eine Öffnung in der Mauer zulassen, passiert genau das, was zuvor schon erwähnt wurde: es gibt kein *„nur ein bisschen"* – wenn, dann ist das ein dauerhafter Zutritt. Unter Umständen wieder mit den eventuellen Folgen, erneut verletzt zu werden.

Der Kreis schließt sich…

…was aber nicht heißt, dass das Thema einfach abgehakt wird, sondern eher, dass man sich damit auseinandersetzt und versucht, diesem – eigentlich unwürdigen – Zustand ein Ende zu setzen.

Also zu lernen, auch mal nein zu sagen!

\*\*\*

## Seele aus Glas

Weißlich grau lagen die Nebel über den Wiesen des Schwalmtals. Die dunklen Körper der Wisente zeichneten sich unscharf in der Ferne ab. Hendrike stand an der Wegbiegung und atmete trief. Sie liebte die undurchdringlichen Nebel; sie gaukelten ihr vor, dass sie unsichtbar sei. Kindheitserinnerungen stiegen auf. Wenn ich dich nicht sehe, siehst du mich auch nicht. In Gedanken stand sie, wie so oft, am Gartentor in Brüggen und blickte sehnsüchtig auf die Straße. Draußen spielten die Nachbarskinder. Sie wollte gern mitspielen, doch da erklang schon die Stimme ihrer Mutter: „Warum stehst du am Tor? Du gehst mir nicht auf die Straße. Die Kinder da draußen sind kein Umgang für dich – du willst doch kein Straßenmädchen werden?"

Hendrike schüttelte den Kopf. Nein, sie wollte gewiss kein Straßenmädchen werden, wenn sie auch nicht die leiseste Ahnung hatte, was das war. „Mama, was ist ein Straßenmädchen?"

„Das kann ich dir nicht erklären, dazu bist du noch zu klein."

Widerwillig ging Hendrike zurück in den Garten. Er war riesig, sie konnte dort ganz allein spielen und brauchte ihre Spielsachen mit niemanden zu teilen, sagte die Mutter immer.

*Immer wieder dieser Garten und immer nur allein ...*

Vier Jahre zählte Hendrike, doch dieser Satz sollte sie ein Leben lang begleiten.

Nur wer ganz genau hinhörte, konnte das *Sssst* hören. Die kleine Seele bekam ihren ersten Riss.

Später, in der Schule, brannte sie darauf, lesen zu lernen und hütete ihr erstes Buch *Katrin auf dem Bauernhof* wie einen Schatz. Sie las es so oft, dass sie es beinahe auswendig hersagen konnte und es dauerte nicht lange, da machten sich die Seiten, selbstständig. Uhu musste her – es wurde immer und immer wieder geklebt.

In der Schulbücherei wurde sie Dauergast, denn die Eltern konnten gar nicht soviel Bücher heranschaffen, wie Hendrike konsumierte. Schon da lebte sie in ihrer Welt, doch niemand bemerkte es. Nach der Schule wurden die Hausaufgaben mit großer Sorgfalt erledigt, mit besonderer Vorliebe schrieb sie Aufsätze. Während der Rest der Klasse darüber stöhnte, gab es für Hendrike nichts schöneres. Einer ihrer Aufsätze, über Napoleon I. war so gut, dass der Lehrer die Mutter in die Schule zitierte. Er wollte nicht glauben, dass seine Schülerin den Aufsatz allein geschrieben habe. Doch sie ließ ihrer Phantasie freien Lauf, kam fast immer mit Einsen nach Hause und hätte gern eine weiterführende Schule besucht, allerdings kostete das zu dieser Zeit Schulgeld und fiel deshalb aus. Mangels Masse. Denn eines hatten sie daheim im Überfluss: den Mangel!

Dass das nicht der wirkliche Grund war, erfuhr sie erst Jahrzehnte später. Zu spät.

Zehn Jahre weiter.
Nach den, damals üblichen, acht Jahren Volksschule begann Hendrike eine Lehre, auch nicht in dem Beruf, den sie gern ausüben wollte. Doch Anfang der 1960er Jahre waren Mädchen in Jungen- respektive Männerberufen weder üblich noch zulässig. Sie wäre gern Elektriker/in geworden. Abgesehen davon, dass sie mit einem solchen Wunsch auf Unverständnis stieß: *wie kann man als Mädchen Elektriker werden wollen?*, scheiterte die Umsetzung an einer weiteren, simplen Tatsache. Der Ausbildungsbetrieb hätte eine zusätzliche Damentoilette einrichten müssen. Stattdessen begann sie, auf Geheiß ihrer Eltern, eine kaufmännische Ausbildung und wie immer, fügte sie sich. Da der Ausbildungsbetrieb ein Mini-Unternehmen war, musste sie während dieser Zeit wesentlich mehr tun und lernen als ihre ehemaligen Klassenkameraden, die in größeren Betrieben landeten. Doch das schadete nicht. Hendrike nahm alles auf wie ein Schwamm und holte vieles nach, was ihr, mangels einer weiterführenden Schule, versagt geblieben war. Lernen, lernen und nochmals lernen.

Noch einmal fünf Jahre später.
In dieser Zeit wurde Gwen Bristow's Buch *Kalifornische Sinfonie* in Deutschland populär und Hendrike las diesen Roman mit Begeisterung. Sie hatte ohnehin die Gabe, sich beim Lesen in einer anderen Welt zu verlieren; nun war sie auf großem Treck nach Santa Fé. Als der Film in die Kinos kam, gab es für sie kein Halten mehr. „Mama, ich möchte am Sonntag ins Kino – *Die kalifonische Sinfonie* wird gezeigt."
„Mal sehen."
Diesen Satz kannte sie. Es war immer dasselbe. Hendrike zählte inzwischen neunzehn Jahre und man muss wissen, dass man zu dieser Zeit erst mit einundzwanzig Jahren volljährig wurde. *Solange*

*du deine Füße unter diesen Tisch stellst, hast du zu tun was ich dir sage!* Wer von den heute sechzig"+"-jährigen kennt diesen Satz nicht.

Volle drei Wochen bettelte Hendrike darum, ins Kino gehen zu dürfen, und dann überwand sie sich, nachdem ihre Mutter im *passenden* Moment einen Herzanfall bekam, und ging tatsächlich. Das hatte sie noch nie getan. Diese Anfälle traten immer auf, wenn Hendrike etwas wollte, was ihre Mutter nicht guthieß. Und ihre Tochter einige Stunden ohne ihre Aufsicht in die Welt zu entlassen, gehörte dazu. Doch damit nahm das Verhängnis seinen Lauf.

Der Film hatte Überlänge und Hendrike bemerkte mit Schrecken, dass sie das Kino zu einer Zeit verließ, zu der sie eigentlich schon hätte daheim sein müssen. Der Himmel hatte ein Einsehen und schickte ihr auf dem Nachhauseweg einen ehemaligen Klassenkameraden aus der Berufsschule, Manfred, vorbei, der anhielt und sie fragte, wohin sie denn wolle. Er war übrigens der Einzige, der zu dieser Zeit bereits ein Auto fuhr. Aber gut, die Familie war verwandt mit hochrangigen Militärs aus dem ersten und zweiten Weltkrieg und daher finanziell ein bisschen besser bestückt als sonst zu dieser Zeit unter *Otto Normalverbraucher* üblich.

Auf seine Frage, wohin des Weges, antwortete sie: „Nach Hause – ich bin schon verdammt spät dran. Das gibt wieder einen Auftritt", seufzte sie.

„Steig ein, ich bring dich eben heim."

„Danke – aber bloß bis zur Unterführung. Den Rest muss ich zu Fuß gehen. Wenn meine Mutter sieht, dass ich aus einem Auto steige, kann ich mich auf eine Ohrfeige gefasst machen und darf die nächste Zeit bloß noch raus, um arbeiten zu gehen."

Manfred sah sie mitleidig von der Seite an. Er hatte schon mehrmals festgestellt, dass Hendrike nie etwas mitmachte. Entweder hatte sie gerade dann keine Zeit, oder sie weilte zum Verwandtenbesuch auf dem Land, oder – oder – oder. Das kam ihm immer schon ein bisschen komisch vor, aber nun hatte er die Gewissheit, dass sie ganz einfach nichts durfte. Sie tat ihm leid, helfen konnte er ihr nicht.

Inzwischen hatten sie die Unterführung erreicht und Hendrike stieg aus. „Danke", sagte sie zu ihm, „wir sehen uns bestimmt einmal wieder."

„Das hoffe ich doch". Manfred lächelte und dachte, dass das wohl eher dem Zufall überlassen bliebe.

Langsam, in dem Bewusstsein, dass es ohnehin Vorwürfe hageln würde, ging sie um die Ecke auf das Haus zu, die wenigen Stufen zum Eingang hoch und wollte gerade klingeln, als die Haustür von innen aufgerissen wurde und sie eine schallende Ohrfeige empfing. Erschrocken sah sie in das wutverzerrte Gesicht ihrer Mutter und hielt sich fassungslos die Wange.

„Woher kommst du jetzt?"

„Aus dem Kino."

„Das kann nicht sein, du hättest schon vor zwanzig Minuten zu Hause sein müssen!"

„Ich kann nicht dafür, dass der Film Überlänge hatte. Ich bin erst um zehn Minuten vor neun aus dem Kino gekommen …"

„Aha! Wenn das so wäre, was nicht sein kann, dann könntest du noch nicht hier sein!"

„Doch! Auf dem Heimweg hat mich Manfred aufgegabelt und mit dem Auto bis zur Unterführung mitgenommen. Sonst wäre ich tatsächlich noch nicht hier." Inzwischen rollte eine Welle des Zorns über Hendrike und sie musste an sich halten, nicht zu schreien. Wütend folgte sie ihrer Mutter in den Hausflur und ging direkt in ihr Zimmer.

Doch das war noch nicht das Ende.

Am kommenden Tag ging die Mutter zum Kino und erkundigte sich, ob es stimmte, dass der Film Überlänge hatte. Das wurde ihr von der Dame an der Kasse bestätigt. Daheim machte sie den Fehler, ihrer Tochter zu bestätigen, dass diese die Wahrheit gesagt habe. Dieser Vorgang untergrub unwiderruflich jegliches Vertrauen.

Doch das leise **Ssssst** der Seele hörte niemand – sie war nun endgültig zerbrochen.

Jahre später …

Nach ihren drei Lehrjahren, einem außergewöhnlichen Hintergrundwissen und einem Stellenwechsel hatte sie sich in ihrem neuen, ganz eigenen Leben etabliert. Das war einfach, sie hatte ihre Bücher. Mehr denn je zog sie sich in ihre Welt zurück und ließ die Realität draußen, was nicht hieß, dass sie das, was um sie herum geschah, nicht registrierte. Die Ehe ihrer Eltern war nicht das, was sie sich unter einem gemeinsamen Leben vorstellte. Vergleichsmöglichkeiten gab es allerdings auch nicht, da die Partnerschaften zu dieser Zeit häufig von anderen Kriterien geprägt waren. Das galt besonders für Kinder, vor denen man alles geheim hielt, und gewiss für Mädchen.

*Das tut man nicht,*
*Denk dran, du bist ein Mädchen,*
*Solange du deine Füße unter diesen Tisch stellst, hast du zu gehorchen.*

Solche Töne bestimmten die Tagesordnung und wurden sowohl ge- als auch überhört. Da waren die Jugendlichen sicherlich nicht anders als die Teenies von heute.

Gehorchen! Ein Zauberwort, was man in der heutigen Erziehung oftmals vermisst. Dennoch glich die Erziehung zu dieser Zeit wohl eher einer Dressur und man spurte, sonst setzte es Backpfeifen. Da war man damals nicht gerade pingelig. Und, wie bereits erwähnt, volljährig wurde man erst mit einundzwanzig!

Hendrike lebte ihr Leben und litt. Vor allem unter der Ausgrenzung, die sie erfahren musste, weil sie nichts mitmachen durfte. Sie bekam alles verboten. Ohne Erklärung, versteht sich. Von Zeit zu Zeit hieß es allenfalls: „Das ist nichts für dich … oder: Das ist doch kein Umgang, du bist doch hoffentlich was Besseres …"

Nein, Hendrike wollte nichts Besseres sein, sie wollte dabei sein. Sie wollte mitmachen dürfen, eine Freundin haben, Veranstaltungen besuchen …

In Ermangelung dieser Möglichkeiten stürzte sie sich auf Zeitungsanzeigen von Menschen, die Brieffreundschaften suchten. Unter diesen Anzeigen war auch die, ihres zukünftigen Mannes. Sie lernten sich nach kurzer Schreibphase kennen und heirateten sehr schnell. Dass diese Ehe unter keinem guten Stern stand, dürfte von Anfang an klar gewesen sein. Er heiratete Hendrike, weil er es satt war, seinen Haushalt allein zu führen. Und sie, nun ja – das lag ohne weitere Ausführung auf der Hand.

Und es kam, wie es kommen musste. Die Ehe ging schief. Da man sich aber in den Siebziger Jahren nicht scheiden ließ – als Frau schon mal gar nicht, hielt diese verkorkste Verbindung trotzdem vier Jahre. Doch dann ging es nicht mehr. Das nächste **Sssst** war fällig und die Seele zerbrach.

Hendrike flüchtete aus dieser Ehe und kroch bei einem Freund unter, der sie – überrascht und erstaunt – für ein paar Nächte beherbergte. Dieser Mann war ein Freund, doch das war zu dieser Zeit ungewöhnlich. Freundschaften zwischen Männern und Frauen wurden grundsätzlich angezweifelt, die Frau galt als Matratze… und hatte ihren Ruf für alle Zeiten ruiniert. Hendrike war das egal, sie wollte nur noch raus. Dennoch dauerte es noch fast ein Jahr, bis sie den endgültigen Schritt wagte und die Scheidung einreichte.

Bis sie begriff, warum ihre Jugend und ihr Leben so verlaufen mussten, vergingen Jahrzehnte. Sie verstand zwar nun alles, doch es änderte nichts mehr. Unter den heutigen Gesichtspunkten, respektive Erkenntnissen, war ihre Mutter eine arme Socke, doch das brachte ihr die verlorenen Jahre nicht zurück und machte das seelische Leid nicht ungeschehen.

Ausgerechnet der Freund, der ihr für ein paar Nächte Unterkunft gewährte, wurde zum Retter für ihre Seele. Hendrike sagte später einmal, dieser Mann war zu dem Zeitpunkt, als ich seine Hilfe benötigte, selber ein seelisches, körperliches, geistiges und moralisches Wrack. Doch genau diese Tatsache war es, die Hendrike gesunden ließ. Er brauchte Hilfe, die gab sie ihm und konzentrierte sich auf seine Person. Ihre Probleme drängte sie in den Hintergrund und stellte irgendwann fest, dass diese ihre Schrecken langsam verloren. Die zerrissene Seele gesundete natürlich nicht sofort; Hendrike begann, sich selbst nicht mehr als Mittelpunkt allen Unglücks zu sehen.

Aus dieser Verbindung wurde mehr. Sie heirateten. Die ersten Jahre waren für beide nicht leicht; immerhin schlugen sie sich mit Geschehnissen aus der Vergangenheit herum. Übersensibel und zutiefst verletzt, machten sie sich das Leben gegenseitig nicht gerade leicht. Eines Tages begannen sie, sich darauf zu konzentrieren, nur sie beide waren wichtig. Hendrike und Johann wuchsen zusammen. Und beider Seelen, einst Gläser, die einen Sprung hatten und nicht mehr klangen, fühlten sich an, als seien sie ... gekittet.

Mehr als vierzig Jahre später
Hendrike saß vor dem Spiegel und grinste sich an: Na, altes Mädchen, so langsam kannst du auch den Runzelbonus in Anspruch nehmen...

Johann trat hinter sie und lächelte: „Wie geht es dir?"

„Hm, so ganz genau weiß ich das nicht."

„Ich habe das Gefühl, dass du in den letzten Wochen dabei bist, deinen Kokon zu verlassen – oder täusche ich mich da?"

„Nein, irgendwie hast du Recht; aber es ist für mich schwierig, zu begreifen, dass es tatsächlich einen Menschen geben soll, der mich wahrnimmt und einfach mag. Wie lange habe ich das nicht mehr erlebt?"

„Wie lange hast du es nicht zugelassen?"

„Ja, und jetzt lasse ich sozusagen jemanden in meinem Leben herumlaufen. Dieser Mensch hat es sich, per Dauerkarte, in meinen Gehirnwindungen ausgesprochen gemütlich gemacht."

Jetzt lachte Johann hell auf: „Und … du wirst es nicht glauben, das weiß ich – aber damit kann ich nicht nur leben, ich kann sogar damit umgehen. Schließlich kenne ich dich schon ein paar Tage. Entspann dich!“

Hendrike lehnte sich zurück und dachte, so ist das jetzt:

Das Glas hat keine gekittete Naht mehr, es ist einfach zusammen geschmolzen.

\*\*\*

*Zum Jahresende*

## Santa Claus
*Gastbeitrag von Gerhard Krohn, Echzell*

Der Weihnachtsmann hat mitgeteilt,
dass er zum Fest Zuhause weilt.

Er ist betrübt, es tut ihm leid,
grundsätzlich wär' er ja bereit,
doch die Corona-Restriktionen
verhindern seine Aktionen

Er ist geboostert, ist geimpft,
doch hat der Tierarzt ihn beschimpft
und ihm mit bösem Blick erklärt,
sein Rentier sei der Ansteckherd.

Da hilft kein impfen, boostern, putzen
Du darfst es einfach nicht benutzen.
Das ist der Grund, habt Ihr's geschnallt,

kein Santa Claus – und
                Tschüss bis bald!

# Eine Hausfrau zum Jahreswechsel

Endlich ist der Stress vorbei...
Nun hat das Neue Jahr begonnen;
Was gab es nicht alles zu besorgen,
Damit die Familie sich konnte *sonnen*!

Erst die Geschenke für die Lieben,
An Freunde und Bekannte Karten geschrieben;
Ein Weihnachtsbaum, *das Beste*, na klar...
Man gönnt sich ja sonst nix –
               eine Nordmanntanne war.

Speisen und Getränke, natürlich alles frisch...
Sollten für alle Lieben auf den Tisch!
Dann der letzte Tag im Jahr...
Raketen her – na wunderbar!

Wer denkt denn nach, ob's in der Welt knallt,
Ob jeder noch etwas zu essen hat.
Wir wollen doch alle nur ein wenig Spaß,
Die bösen Geister vertreiben – oder so etwas!

Nun beginnt endlich ein neues Jahr,
Mit weniger Katastrophen ... hoffen wir mal!
So ganz nebenbei – Europa wächst zusammen,
Mussten uns an neues Geld gewöhnen, alle.

Wie sagte der Kaufmann an der Ecke?
Jetzt geht's uns gut; es kostet alles nur noch die Hälfte!!!
Bald sind auch die letzten Lichter erloschen,
Wir hatten keiner mehr auch nur einen *Groschen*,
Und die Müllabfuhr kommt den Abfall holen.

Ein paar Tage Ruhe, man denkt noch mal nach,
Alles in allem eine schöne Weihnacht.
Auch der Übergang ins Neue Jahr ...
Die Familie zufrieden war.

Oh Schreck, die besinnlichen Tage sind vorbei,
Die nächsten Termine kommen herbei!
Geburtstage – Karneval – den Urlaub planen,
Der Stress hat uns wieder
                              **auch im neuen Jahr!**


## Der Kalender

Wer an den Kalender denkt ...
zuerst an *den*, der aufgehängt,
ob in der Firma oder zu Haus',
in jedem Bahnhof gibt es ihn auch.

Kalender gibt's gar viele Arten
Tisch- und Faltkalender, Kalenderkarten.
Dann ist der eine für Termine,
der andere für den Geburtstag der Lieben.
Kalender gibt es fürs Horoskop...
Kalender auch für Kultur und Sport.
Kalender gibt es auch für Blinde,
damit auch sie das Datum finden.

Nicht zu vergessen: *die* mit den tollen Motiven,
für Leute, die Autos oder Tiere lieben.
Mit Landschaften aller Jahreszeiten...
auch Kalender mit klugen Köpfen uns begleiten.

Für jede Firma, die was auf sich hält,
wird ein eigener Kalender hergestellt.
Und kommt einem eine Frage in den Sinn,
die Antwort steht sicher im Kalender drin !

Die Moral von der Geschicht'
ohne Kalender geht es nicht.
es sei denn, das letzte Stündlein ist gekommen,
doch – auch dann wird er zur Hand genommen.

## Modernes Gebet

Herr        In meiner Kindheit betete ich
Vater unser
Der du bist im Himmel
Geheiligt werde dein Name
Dein Reich komme
Dein Wille geschehe
Wie im Himmel so auf Erden


Herr        Heute bete ich
Vater unser – bist du noch im Himmel?
Ich will ja gern deinen Namen heiligen
Und, dass dein Reich komme
Das hoffe ich
Aber – Dein Wille geschehe!
Ist das wirklich dein Wille, der jetzt geschieht?
Alle die kleinen und großen Kriege
Morde, Vergewaltigungen, Raubzüge.
Ich kann das nicht glauben.

Gewiss, du hast auch gesagt:
macht euch die Erde untertan.
Damit hast du sicher nicht gemeint,
Dass die Menschen sie vernichten.

| Herr | Und jetzt versuchen einige, wenige Menschen |
| | sich zu bereichern |
| | Dafür müssen tausende Familien in Not |
| | und Armut leben, weil sie dafür entlassen |
| | werden |
| | Andere kommen auf die wahnsinnige Idee, |
| | die heiligen Feste, wie Ostern und |
| | Weihnachten abzuschaffen |
| | nur um des Profites willen… |

Herr     Du siehst, was alles falsch gemacht wird
Du siehst, was ferner daraus resultiert.
Hilf uns!
Hilf all denen, die nicht in der Lage sind
Die katastrophalen Folgen ihrer
          Handlungsweise
Zu verstehen – zu begreifen – oder nicht
          den Mut haben
Zu ihren Fehlern zu stehen.
Hilf uns!

Noch niemals war deine Hilfe
so dringend vonnöten wie jetzt

Amen

# Inhaltsverzeichnis

## Geschichten mit Herz

## Konsum heute – von allem zuviel?

## Vorgärten – Schrebergärten … mit und ohne Steine

## ... und so was gibt es auch

## Ein bisschen Krimi muss sein

## Gedankensplitter aus der Seele

## Zum Jahresende

## Bitte beachten Sie auch die folgenden Seiten

 Jochen Krohn *1938 in Dresden verbrachte seine Kindheit in Potsdam. 1953 Übersiedlung nach Köln. Er kam erst spät zum Schreiben, wobei der Schwerpunkt auf Gedichten und Kurzgeschichten liegt. Mit seiner ruhigen Erzählweise wird selbst ein spannender Krimi zur *ent*spannenden Lektüre. Ob jemand von der Brücke *fällt*, es um Erbstreitigkeiten geht, in deren Mittelpunkt ein dreihundert Jahre alter Bauernhof eine entscheidende Rolle spielt, oder man überlegt, in einem Vorgarten, der mit Schotter befüllt ist, vielleicht nicht doch mal bei Nacht und Nebel Blumensamen zu verstreuen …

Gemütlich zurücklehnen und sich in die Geschichten vertiefen ist angesagt.

 Renate Krohn *1948 in Hüls/Ndrh. begann zu schreiben, nachdem ihr Chef sie mit einer dreisten Bemerkung so verärgerte, dass sie sich ihre Wut von der Seele schrieb. Bei der Gelegenheit stellte sie fest, dass es ihr Spaß bereitete, Gedanken und Gegebenheiten in Worte zu fassen.

Die Veränderung der Gesellschaft seit jener Zeit, war ihr immer ein Anliegen, wobei sie stets darauf bedacht war und ist, realistisch, jedoch nicht negativ zu sein. Der Wandel, auch in der Sprache ist unüberseh- bzw. unüberhörbar und manchmal für den Einen oder Anderen nicht unbedingt nachzuvollziehen. Die heute gebräuchliche Ausdrucksweise erweckt oft den Eindruck, als seien Worte und/oder Sätze einem anderen Bildungsniveau zuzuordnen.

Die vorliegenden Geschichten und Gedichte sind aus dem täglichen Leben gegriffen und einfach dem Volks aufs Maul geschaut. Jeder erlebt Situationen, die entweder zum Schmunzeln oder zum Nachdenken anregen.

# Bisher bei BoD erschienene Titel

2015      Renate Krohn
*Und er blicket stumm auf das freie Land ringsum*

Geschichten aus der Zeit zweier deutscher Staaten
ISBN 978-3-7386-3610-9

2016      Jochen und Renate Krohn
*Bobo und Bobinchen*

Tiergeschichten für kleine und große Kinder
ISBN 978-3-7412-5992-0

2017      Jochen und Renate Krohn
*Tod in der Berghütte*

Liebenswürdiges und Mörderisches passt durchaus zusammen
ISBN 978-3-7448-4541-0

2018      Jochen und Renate Krohn
*Die Ente vor der Schranke*

Geschichten zum Schmunzeln und Nachdenken
ISBN 978-3-7460-2401-1

2018      Renate Krohn
*Mariness lebt ihren Traum*

Schauspielerin zu werden ist ihr größter Wunsch
– doch der Weg ist steinig
ISBN 978-3-7481-8743-1

| | |
|---|---|
| 2019 | Jochen Krohn |

*Der Stein des Anstosses*

Auch wenn man mal nicht so gut drauf ist, Lesefutter geht immer
ISBN 978-3-7494-7625-1

2019     Renate Krohn

*Warum musste Helenchen sterben*

Wer bringt eine ältliche Bibliothekarin um, deren
einziger Lebenszweck ihre geliebten Folianten
sind
ISBN 978-3-7504-4658-8

2020     Jochen und Renate Krohn

*Der unverhoffte Zeuge*

Das war Pech – einer hat es doch gesehen … und
andere Geschichten mitten aus dem Leben
ISBN 978-3-7526-4946-8

2020     Renate Krohn

*Begegnung mit Ricardo*

Er setzte alles auf eine Karte, ging nach Deutschland,
um zu arbeiten. Es kam anders als gedacht – er blieb!
Und er baute das *neue* Deutschland mit auf …
ÎSBN 978-3-7526-7910-6